海奧華預言

Thiaoouba Prophecy

第九級星球的九日旅程
奇幻不思議的真實見聞

米歇・戴斯馬克特｜著　張嘉怡｜譯　Samuel Chong｜審校
Michel Desmarquet

目錄

【推薦序】

宇宙文明眞相大破譯

生化博士　江晃榮
台灣外星人研究鼻祖、台灣外星人研究所所長

近代飛碟及外星人研究始自一九四七年羅滋威爾飛碟墜毀事件，而七十多年來自稱曾與外星人接觸過，甚至到過外星球帶回資訊的人非常多，全球各地都有、台灣也有，我也曾調查探討過。但其中眞假誰也拿不出令人信服的證據來。

地球上有很多至今實證科學仍無法解釋的現象——遍及全球的巨石文明誰建造的、目的何在？還有像是符合天文及數學原則的金字塔、智利外海復活節島上的摩艾石像、英國巨石陣及秘魯的那茲卡線與圖案等等；以及那些不該存在卻出土的古文明物品，也就是「歐帕茲」（out-of-place artifact，簡稱 OOPArt），例如：考古出土的滑翔機、飛機模型、計算機、水晶頭骨、伊卡黑石、人騎恐龍玩偶、有子彈孔的牛頭骨等等，這些物品的存在都已超過一萬年以上，然而當年並無現代科技，無法清楚說明歐帕茲現象（在不尋常或不可能的位置或時間發現古物）。

再者，瑪雅人突然集體失蹤之謎以及人類來自何方？眞如宗教所說的嗎？佛經說法之一是

人來自光音天，那麼光音天在何處？《聖經》說神以泥土造人、上帝造萬物，那麼爲何宗教經典上所描述的種種卻有著幾萬年後的超高科技呢？

由於現今科學有其局限性，因此有太多難以解釋的現象。再舉兩個例子，一是火星衛星的發現。火星的兩顆小衛星是在十九世紀的七〇年代發現的，可是在此的一百五十年前，英國諷刺作家喬納森．斯威夫特（Jonathan Swift），在其以筆名執筆之小說《格列佛遊記》當中即描述「書中主角除了到過大、小人國之外，也到過一個叫做拉普塔的國度，當地天文學家告訴他說，火星有兩顆衛星，與火星的距離分別是火星半徑的三倍及五倍，繞火星公轉的週期是十小時及二十一個半小時。」而近代科學所發現的火星衛星與火星的距離分別是火星半徑的二點八倍及六點九倍，繞火星公轉的週期是七點六五小時及三十點三小時。這兩者數值差異很小，科幻小說家又是如何比科學家早一百多年得知這些數據？學院派科學家爲何不用現代科學理論做出合理解釋呢？

其二是原子不生不滅論。在正常情況下原子似乎是不生不滅的。在近代家畜的飼養技術化之前，牛是吃草喝水的；草的主成分是碳水化合物，所以進入牛體內的元素是以碳、氫及氧爲主，但牛肉及牛乳中卻是含氮量高的蛋白質，然而牛不可能將空氣、氮氣行固氮作用，那麼氮原子是如何無中生有的呢？

演化理論影響了一百多年以來的生物學。以其理論而言，在地球生成後的二十到三十億年期間都是單細胞低等生物；而近來所謂「寒武紀大爆發」的發現，卻顯示出在不到幾百萬年間（等於一夕間）突然出現了許多高等生物，這似乎違背了演化理論。科學家認爲人類的出現不過百萬年，但恐龍滅絕是在六千五百萬年前，人類與恐龍可能同時並存嗎？

因此自稱到過外星球並得到外星資訊的人均應將這些疑點說清楚。這些人並非說謊，而是應該有如瞎子摸象般無法一人代表全部。所以，我所知最具完整性、也最可信的就是米歇·戴斯馬克特（Michel Desmarquet）的《海奧華預言》了！

此書在一九九三年出版英文版時，我就已購買。當時我曾努力要譯成中文出版，可惜未能如願；一九九七年日文版上市，書名爲《超巨大「宇宙文明」の真相——進化最高「カテゴリー9」の惑星から持ち帰ったかつてなき精緻な「外宇宙情報」》，成爲當時暢銷書，筆者也有一本。

本書有別於其他宣稱有來自外星資訊的書，不僅解開許多古文明之謎，更合理地解釋宗教經典中無法理喻的現象。古文明解謎包括：姆大陸、亞特蘭提斯科技文明、地球陸地海洋變遷、復活節島之謎、金字塔與古埃及的關聯、外星科技人體飄浮空中、輪迴轉世等地球人眼中的超能力現象等等。

「人從那裡來」一直是科學、哲學與宗教探討的課題，《聖經》中描述了許多二十世紀才有的試管嬰兒，對應了聖母的處女懷胎產下耶穌，而耶穌的復活就是目前生物科技複製技術的呈現，此外像是人種有不同膚色及在地球上的分布等，本書皆有詳細說明。

有一件與我有關的有趣話題必需在此分享。在本書出版前的一九六〇年代，我就曾到過日本青森縣的耶穌基督墳墓。許多證據顯示耶穌住過日本，而釘在十字架上的並非他本人；我便在台灣某一雜誌發表過此一研究，當時正反意見的人均有，基督教徒的反彈最激烈。直到後來本書英文版上市也有很大篇幅談及此事件，才終於壓低了反彈者的聲浪。

對於《聖經》中著名神蹟「摩西分紅海」，很多人試著以現代科技去解讀，然而在本書中另有來自第九級行星「海奧華」的訊息。又，《聖經》出埃及記第十六章出現的嗎哪（mennu，古埃及文，意思是食物），本書中也有多處提及。因我的專長是生物技術，推斷嗎哪應該就是螺旋藻（藍藻），是太空糧食，書中也有詳細描述。

本書英文版出版至今將近三十年，全球十五種不同語言譯本均是暢銷書。今聞橡樹林出版社亦將出版繁體字中文版，感到非常高興，因這是我二十五前的夢想，終於實現，也感謝本書原文版編輯對出版此書的用心。

總之，這是一本值得珍藏、一讀再讀的好書，故樂爲之序。

【審校者序】

非凡的經歷，非凡的奇書

Samuel Chong

靈性的知識與心靈的覺醒

知識就是力量。有了靈性知識，人們就可能會體驗到心靈層面上的覺醒。

在我小時候，一直夢想能透過某種獨特的方式，甚至是快捷的方式來獲取知識。我認爲地球上的科學進步得太慢了，不能滿足我當時探索宇宙的目標。所以，我就想，既然外星人曾經拜訪過我們，而他們擁有比我們更先進的技術和文明，我們爲什麼不從外星人那裡獲得知識和技術呢？

在二〇一四年末，我偶然發現了一本名爲《海奧華預言》的書，作者是米歇·戴斯馬克特。出於對作者遭遇的好奇，我立刻從圖書館借到此書，翻開後愛不釋手，因爲我知道這本書記錄了作者眞實的經歷，而書中訊息也在我心裡產生共鳴，並且解答了我從小到大老是得不到滿意答案的問題，包括但不限於以下：

- 為什麼有些有特異功能的人可以物化某些物件？
- 為什麼通靈的人能夠看到「靈」並與它們溝通，同時可以獲取一些除了當事人以外沒有他人知道的訊息？
- 埃及金字塔是如何建造的？用途為何？
- 為什麼在百慕達三角有如此多的船隻和飛機離奇失蹤？平行宇宙是眞的嗎？
- 復活節島的雕像是如何建造的？為了誰而建造的呢？
- 眞的有鬼嗎？轉世輪迴和瀕死經歷究竟是什麼樣子的？
- 未來會發生什麼？我們能回到過去，看看我們過去的世界嗎？眞的有轉世嗎？
- 有些人有超感知能力或通靈能力。我們如何開發此類能力？
- 過去地球人與外星人的經歷或互動是什麼樣子的？
- 耶穌基督是誰？究竟發生了什麼事情？為什麼他在三十歲左右突然能夠顯示神蹟，而在他年輕的時候卻沒有這樣的文獻記錄？
- 月球來自哪裡？恐龍是如何滅絕的？
- 做錯事的人眞的會進地獄嗎？世界上有這麼多因宗教而導致的衝突，難道不應該有一種普世的信仰，或者眞正反映眞理的靈性知識嗎？

整本書的內容合情合理，但其中亦包含非常前衛的知識。也許這本書最重要的主題是人生的意義——人以肉體形式存在，唯求精神發展之目的。許多透過催眠進行前世回溯的案例也間接證明如此。此外，這本書告訴我們，沒有精神知識的物質技術正導致全球性災難的發生。因此，我們的科學技術應該協助精神發展，而不是（像現在這樣）在貨幣體系和物質世界中限制和奴役人們，因爲貨幣體系和物質世界都是暫時性的。

事實上，因爲我對此書如此著迷，我決定拜訪作者米歇．戴斯馬克特以了解書中未寫入的內容。對我來講，此書的眞實性是不容置疑的。我希望拜訪作者的原因是由於作者在後記中提到他和濤（擁有高度文明的外星人）「還有許多並未寫入書中的其他對話」，並且「還了解到比書中內容更不可思議的事情」，但他不被允許討論那些內容，「因爲我們還遠遠不能理解」。這「許多並未寫入書中的其他對話」引起了我的好奇心，我決定在見到作者後刨根問底，尋個究竟。

通過在網路上搜索，我找到了 Tom Chalko 的網站（https://www.thiaoouba.com/），他在網站上發表了對本書的分析和想法。但是，當我發信給他後，他並沒有告訴我作者當時的所在城市。然而我並不死心，做了進一步的搜索，發現了幾位訪問過越南並偶然遇到作者的遊客的網站。我聯絡了他們，但他們拒絕向我提供作者的確切位置，因爲據他們說，作者並不想透露他的具體位置。因此，我決定碰碰運氣，先去作者所在的城市，到了之後再看看是否可以找到他。

對我來說，這是一個重大的決定，因爲我自己是一個節儉、甚至可以說是吝嗇的人。除非必要，我絕不會支付無意義的機票及旅行相關費用。此外，在不知道作者確切位置的情況下就前往作者所在的城市，意味著我的整個行程可能會是空手而歸的。然而，我十分堅定，認爲此事意義重大，所以我訂了航班，帶著先前所提遊客張貼在網站上的作者的平房旅館照片，並於二〇一六年三月二十四日抵達了作者所在城市。

作者所在城市位於越南一座非常特別的島嶼，也是越南唯一一個遊客不需要簽證就可以旅遊的地方。飛機落地後，我向計程車司機出示了以前見過作者的遊客在網站上所提及之作者與他人下棋的酒店地址，還有作者平房的照片。幸運的是，在第二次嘗試時，我就抵達了作者經營的平房旅館。我興奮不已，非常期待與這本書的作者見面，這位有如此非凡經歷的人。

我付了在作者平房旅館居住幾天的房費，隨後等待作者的到來。我被告知他正在午睡。經過幾個小時的等候，米歇出現了，他似乎有些生氣，因爲我閱讀了他的書後找到了他。然後我問了他一些有關此書內容的問題，他顯得很不耐煩，要我重讀這本書。他還說我問的問題並不重要。我決定晚餐時嘗試讓他告訴我書中沒有寫的內容。

到了晚餐時，當我問到可否請他告知書中沒有寫的內容時，他十分堅定地告訴我：「不能！」我再次提出請求，他再次堅定地回答了：「不能！」我之後最後一次嘗試，他還是告訴我：「不能！」我非常失望，決定等他心情好的時候再試一次，並利用這段時間享受我在那裡的時光。

米歐非常喜歡下國際象棋。他棋技高超，贏了我好幾盤。在下棋的時候，我曾試圖偷偷地裝作不經意的樣子問了他幾個問題，但他仍然沒有提到任何關於書中沒有寫的內容。在之後的一次晚餐上，他驚訝地告訴我，濤曾告訴他我要去拜訪他。我再次向他確認，他證實了這一點。但在當我試圖讓他進一步解釋時，他拒絕了。隨後，他將主題轉向了想與我分享的一些話題，包括他得知飛行員不被允許飛越埃及大金字塔的事情，因爲這樣會破壞飛機上的儀器設備等等。他還講了很多笑話。總的來說，我與他在一起十分開心，而且我也認識了他的侄女兼助手利利（Lyly），他稱讚利利特別聰明，有十分敏銳的思維。

就在我即將離開之前，米歐給我看了一份合約，是他與中國某家出版社簽訂的。那家出版社向他支付了版稅，以取得在中國出版此書的版權。米歐告訴我，在他收到款項後，這家出版社再也沒有與他聯絡過，好像失蹤了一樣。我把合約拍了照，答應他嘗試聯絡交涉，並跟進此書在中國的出版事宜。

爾後，我通過利利與米歐保持聯絡，讓他們了解該書後續在中國出版的進展情況。在二〇一七年三月五日，我欣慰地收到來自米歐的電子郵件。內容如下：

親愛的 Samuel：

重大新聞。濤通過心靈感應與我溝通，我不知道她怎麼知道你爲我的書在中國做了什麼。她很高興，並授權可以向你揭示書中沒有寫的重要信息之一。如果你還記得，她是禁止我向任何人透露的。她說，如果你能成功的將《海奧華預言》在中國出版，那麼當你來拜訪我時，我會告訴你這個非常重要的信息。我很驚訝，完全震驚了！想必你應該會感到滿意。收到請確認。謝謝。

致上我最誠摯的問候和感謝。

米歇

收到這封電子郵件後，我感到非常高興和驚訝，立即對他作出了積極回應，並更加努力地推動本書在中國出版。與此同時，我告訴妻子我可能會再去拜訪米歇，但她堅決反對，說我已經用盡了一次機會與米歇見面，把她和孩子留在家裡，而且我已經答應她不會再這樣做了。我試圖解釋原因，但她仍然反對。所以，我只能背著她偷偷前往。

機會終於在二〇一八年三月來臨了。我邀請了朋友與我一起拜訪米歇。在我第二次與米歇見面的時候，他精神很好，還講了很多笑話給我們聽，解讀了我們的氣場，講述了他的人生經歷。

我們所愛之人的離去

作者米歇於二〇一八年七月九日在越南過世。在他去世前，他仍表示渴望再次與濤接觸並離開這個世界。他對我說，「我必須不斷地講笑話。否則，地球上的世界將會令我太沮喪了。」他的逝世對他本人來說是一種解脫，但他也留下了許多我們未能得到答案的問題。然而，此書爲我們指引了一個方向，以便我們可以進一步探討一些我們可能感興趣的話題。對於細心的讀者來說，本書中的每個句子都有可能爲其打開一個全新的世界。

而今，我正在承擔著一個巨大的責任，就是盡快讓盡可能多的人閱讀此書，尤其是年輕人。爲了達到此目的，我通過華頌基金會設立了一個名爲「美好世界」讀書進步的獎學金（請訪問 https://www.chinasona.org/scholarship.html）。如果您喜歡此書，請幫忙宣傳，以讓更多的人了解到這本書或獎學金。

前言

我受命於人，寫下此書。書中描述了我所經歷的一系列事件——我確認，這些都是我的眞實親身經驗。

我猜想，有些讀者可能會把這當成科幻小說，因爲故事實在離奇，簡直就像憑空編造，但我的想像力遠不足以支撐如此的精心編排。這不是科幻故事。

心誠之人將會從我帶來的訊息中找到眞相，我的朋友們想讓我將這些訊息傳達給地球上的人們。

書中所載訊息雖涉及種族和宗教，但絕對不代表作者對任何種族或宗教存有偏見。

米歇·戴斯馬克特（Michel Desmarquet）

一九八九年一月

他們有眼卻不見，有耳卻不聞……。——《聖經》

1

神秘訪客：濤①

突然間，我從睡夢中醒來，不知自己睡了多久。我是眞的醒了，精神得很，渾身警覺。天啊！現在幾點了？莉娜睡在旁邊、雙手握拳，就這樣睡著……。

我卻一點都不想再睡了，說不定現在已經是早上五點。我下了床，走到廚房看了看鐘。什麼！現在才凌晨十二點半！我好像還沒在這個時間醒來過。

我脫掉睡衣、換上襯衫和褲子——別問我爲什麼，我自己也不知道。我還不知道的是，自己怎麼就鬼使神差地走向了書桌，拿起紙筆開始寫字。我的手好像知道要寫什麼一樣，根本不受我控制。

「親愛的，我要出趟門，大約十天。你放心，我一定安全回來。」

我把紙條放在電話旁邊，開了門走到走廊。我繞過還擺著昨晚棋局的桌子（棋盤上的白色國王棋還留在被將死的地方），輕輕地推開了通往花園的門。

今晚的夜空異常明亮，但絕不是星星的緣故。我很自然地想了一下現在的月相，月亮應該快升起了吧。我生活在澳洲的東北部，這裡的夜晚向來明朗。

我下了台階、走向院子裡的露兜樹。要是在平常的這個時間，外面肯定是蟋蟀詠唱、蛙鳴不絕，就像一場熱鬧的音樂會，還能演奏個通宵。然而此刻卻是萬籟俱寂，不知道是怎麼了。

我往前走了幾步，突然間，藤樹變了顏色，屋子的牆壁、露兜樹也變了——周遭一切就好像突然籠罩在一片藍光之中。草坪在我腳下起伏，露兜樹扎根的地面也開始波動；藤樹忽然扭動起它的身軀，牆壁也好似一張白紙，在風②中搖擺。

我察覺到有些不對勁，於是準備回屋。就在此時，我發現自己的雙腳竟緩緩離開地面、身體開始上升。剛開始是慢慢升高，到了藤樹上方後開始加速，只見我腳下的房子變得越來越小……。

「怎麼回事？」我滿頭霧水，不由得驚叫起來。

「放心，一切尚好，米歇。」

聽到這個聲音，我確信自己是身處夢境了。眼前站著一個身材挺拔的人，「她」穿著連身服，戴著乾淨透明的頭盔，正用充滿善意的微笑注視著我。

「不，這不是夢。」她說。她竟然回答了我腦海中的疑問。

「話雖如此，」我回答，「但夢境不就是這樣嗎？結局都是從床上摔到地上，醒來的時候頭上還會腫個大包。」

她被我逗笑了。

編按：○為原註；●為繁中編註。

①本章的原標題為「劫持」。作者授意本書所有翻譯版本作此改動。（此為原文版編輯自二〇〇〇年於原文電子版起的修改）

②作者在一次公共演講中於此使用了「熱氣」這個詞。

「還有，」我接著說，「你跟我說的是法語、是我的母語。而我們現在明明在澳洲，我在這兒講的是英語！」

「我知道。」

「這一定是夢，而且還是荒唐離奇的夢。不然你怎麼會站在我家的地盤上？」

「我們不是在你家的地盤上面，而是在你家上空。」

「啊！這還眞是個可怕的夢。你看，我說得沒錯吧。我捏一下自己證明給你看看！」我邊說邊捏了自己一下。「唉喲！」

她又笑了。「現在你信了吧，米歇？」

「倘若不是夢，爲什麼我會坐在這石頭上？遠處那群打扮得像上個世紀的人，他們是做什麼的？」

微光依稀，如白霧濛濛。不遠處有一群人出現在我的視線中，有的在講話，有的在四處徘徊。

「那你呢？你究竟是誰？你的身高怎麼跟正常人不一樣？」

「我的身高是正常的，米歇。在我的星球，這就是正常身高。這些事情你慢慢都將領會，別急，我的朋友。我們算是朋友了吧？希望你不會介意我這麼稱呼你。即便現在不是，很快地我們也能成爲朋友。」

眼前的她，就這麼微笑著，臉上流動著智慧之光，周身散發著善意美好的氣息。這樣輕鬆自然的相處，我從未有過。

「當然沒問題，你想怎麼稱呼我都行。那你叫什麼名字呢？」

「我叫濤。但首先我們要確認一點，你不是在做夢。這從頭到尾都不是夢，而是一趟非同尋常的旅行。之後我會告訴你，爲什麼我們選擇的是你。能踏上這趟旅程的地球人不多，近幾年更是少之又少。

「我們，也就是你和我，正身處於地球的平行宇宙。爲了把你帶進來，包括我們自己，需要使用一種『時空鎖』。

「此刻，時間在你身上靜止。你可以在這裡待上二十年、甚至五十年，我說的是地球上的時間。等你返回地球時，你會像未曾離開過一樣，你的身體也不會發生任何改變。」

「那這裡的人都在做什麼？」

「他們就是存在於此。慢慢地你將知道，這裡的人口密度非常低。時間永遠定格，只有自殺或意外事故才會造成死亡。這裡不僅有男人和女人，還有按照地球時間算來年齡有三、五萬甚至更多歲數的動物。」

「他們爲什麼會在這裡？他們怎麼來的？在哪出生呢？」

「他們來自地球……。他們之所以出現在這裡，純屬意外。」

「意外？什麼意思？」

「說來簡單。你聽過百慕達三角洲嗎？」

我點了點頭。

「其實很好理解，在百慕達三角洲，還有其他一些鮮爲人知的地方，這些平行宇宙和你的宇宙發生交叉，於是中間自然出現了一個天然的時空扭曲。

「無論是人類、動物或是物體，只要在這樣的時空扭曲附近就會被吸進去，所以才會發生一些離奇事件，比如整個船隊在幾秒內消失。有時候，某個人或某些人可能會在幾小時、幾天或者幾年後回到你們的世界。然而，還是再也回不去的居多。

「就算有人眞的回去了，說起自己的經歷時也沒幾個人相信——要是他還堅持自己的說辭，便很有可能會被當成瘋子。所以，通常這個人什麼都不會講，因爲他知道他的見聞在別人看來有多麼荒唐可笑。有些人回去後可能會失憶，就算恢復了一些記憶，也與平行宇宙發生的事情無關，眞相仍被雪藏。

「其實，」濤接著說，「在北美有個典型的落入平行時空的案例。有個年輕人去離家幾百公尺的井裡打水，竟然中途憑空消失；過了一小時後，他的家人和朋友開始尋找他。由於剛下了一場大雪，地上有二十公分深的積雪，要找到那位年輕人應該是很容易的，跟著他的腳印就可以了。但是，沿著蹤跡走到雪地中央時，腳印卻消失了。

「四周並無樹木，也沒有能跳上去的石頭，沒有任何異樣，但腳印就是消失了。有的人說他是被太空船帶走了，但這絕對不可能，等等你就能明白爲什麼。這可憐的小夥子實際上就是被平行時空吸走了。」

「我記得，」我說。「我還眞聽說過此事，不過，你是怎麼知道這些的？」

「以後你就會知道的。」她的回答充滿神秘。

我還來不及思考，眼前就突然出現了一群人。這群人外表相當怪異，我甚至再度懷疑自己是在夢中。他們大約有十幾個人，其中一個看上去像是女人，從距離我們一百公尺的石頭堆後面走出來。這些人就如史前書冊中記載的那樣，實在奇怪。他們邁著大猩猩一樣的步伐，手舞巨杖（憑現代人的力氣可能根本提不起來的木杖）。這些奇醜無比的生物朝我們迎面撲來，發出野獸般的嚎叫。我下意識地後退一步，但濤卻告訴我不用害怕，讓我待在原地。她把手放在腰帶的扣子上，轉而面向這群人。

我只聽見「啰嗒啰嗒」幾聲，看上去最兇猛的五個人就倒在了地上，一動也不動。剩下的人則馬上停了腳步，開始哀叫起來，撲倒在我們面前。

我又看了看濤。她像雕塑一樣紋絲不動、一臉淡定，並將目光鎖定在這些人身上，好像在施展催眠術。我後來才知道，她當時是透過心靈感應向其中的那位女性傳達訊息。只見那個女人突然起身、從喉嚨裡發出了什麼聲音，看樣子她是在向其他人發號施令，於是那群人開始挪動並揹起倒下那五人的屍體，朝之前出現的石堆走去。

「他們在做什麼？」我問濤。

「他們要把死去的人們用石頭埋起來。」

「是你殺了他們？」

「我別無選擇。」

「你的意思是？我們剛才眞的有生命危險嗎？」

「當然。這群人已經在這兒停留了一萬或一萬五千年，具體的時間無從知曉。我們沒時間考證此事，何況這也無關緊要。盡管如此，你倒是可以更好地理解我剛才跟你說過的事：這些人是在某個時間陷入此地，之後就一直被困在這個世界。」

「太可怕了！」

「確實。但這是自然規律，也是宇宙法則。而且，他們很危險，因爲相比人類，他們的行爲更像是野獸。他們無法和我們對話，也無法和生活在這個平行宇宙的大部分人對話。因爲他們不懂得交流；而且，他們比別人更不知道自己是怎麼了。在剛才的千鈞一髮之際，如果要說我對他們做了什麼，那就是我只是幫了他們一個忙，讓他們從此解脫。」

「解脫？」

「不要這麼吃驚，米歇。你應該很清楚我是什麼意思。

「他們本來被困在這副身軀，現在終於得以解脫，跟所有生命一樣依自然過程繼續他們的輪迴。」

「如果我理解得沒錯，這個平行宇宙簡直就是個詛咒——跟地獄或者煉獄什麼的差不多。」

「眞不知道你還信宗教！」

「我打這個比方只是爲了告訴你我在努力理解你說的話。」我一邊回答，一邊好奇她是怎麼知道我信不信宗教。

「我知道，米歇，我只是跟你開個玩笑。你把這兒當成某種煉獄也說得通，不過這當然是非常意外的情況。實際上，這是自然界的幾個意外之一。白化症是意外，有四瓣葉子的幸運草是意外，你的闌尾也是個意外——醫生們到現在還想不透闌尾在人體中究竟有什麼作用（答案是，沒有任何用處）。通常，自然界中任何事物都有著明確的存在原因，所以我才說闌尾也是自然界的『意外』。

「生活在這個世界的人，身體和精神上都不會感覺到痛苦。比如說我打了你一下，你不會感覺到痛。但如果力道夠大，雖然不會痛，但仍然可以致死。你可能很難理解，但事實就是如此。只不過這裡的人根本不知道是這麼回事。幸運的是，他們會有自殺的念頭，只可惜，在這裡連自殺都不是解脫之法。」

「那他們吃什麼?」

「他們不吃不喝，因爲他們根本不知道饑或渴。記住，在這裡時間是靜止的，就連屍體都不會腐爛。」

「這也太可怕了!這麼說，殺了他們應該算是能幫他們最大的忙了!」

「你說到了重點。實際上，這是兩種解決方法之一。」

「另一種是什麼?」

「送他們回到原來的地方，但這麼做通常會導致很大的問題。因爲我們能夠使用時空扭曲，所以我們可以把很多人送回到你們的世界去，這樣對他們也是一種解脫③。但你肯定也能想到，如果眞的送他們回去，這些人會面臨多少問題。我跟你說過，這些人在這裡已有成千上萬年。他們已經離開原來的世界如此之久，如果眞能回去，你覺得會發生什麼事?」

「可能會瘋掉吧!畢竟，他們沒有什麼可做的。」見我認同，她笑了。

「米歇，你確實是我們要找的務實的人，但是別草率定論——你還有很多東西要看呢。」

她稍稍前傾，把手放在我的肩膀上。當時我還不知道，濤其實有兩公尺九十公分高，這可不是一般人的身高。

「就我親眼所見，我知道我們選對了人。你頭腦敏銳，不過出於兩點，我現在還不能把一切都解釋給你聽。」

「哪兩點？」

「首先，現在解釋還爲時尚早。我的意思是，有些時候，我需要先給你做適當說明才能往下進行。」

「瞭解。第二點是？」

「第二點就是，有人在等著我們。我們得走了。」

她輕輕地把我轉過身、我順著她的目光往前看，眼前的景象讓我目瞪口呆。距離我們一百公尺左右的地方，有一個散發著藍色光圈的巨大球體。後來我才知道那球體的直徑有七十公尺。巨球外圈的光微微閃爍，有點像夏日裡被烈日照亮的沙漠，從遠處看彷彿一團縹緲的熱氣。

閃爍微光的巨球高出地面約十公尺，沒有窗戶、沒有開口、沒有梯子，外表像蛋殼一樣光亮圓滑。

濤示意我跟著她，我們就一起往巨球裡走去。那場景我記憶猶新。走向巨球的短暫片刻中，我激動不已，任由思想漫無邊際的馳騁。我腦海裡閃過一連串的畫面，像是被人按下了快轉鍵的電影——眼前浮現的是我爲家人描述此次冒險之旅的情景，還看到了我在報紙上讀到關

③原文為「送去」。（此為原文版編輯自二〇〇〇年於原文電子版起的修改）

於UFO的文章。

我還記得當時，一想到深愛的家人，內心一股悲傷翻湧；自己像被困在陷阱裡一樣，說不定與他們再也無緣相見⋯⋯。

「不要怕，米歇，」濤說，「相信我，你很快就會健健康康地與家人重聚。」

當時我一定是吃驚到嘴巴張得很大，要不然濤也不會笑得那麼悅耳，她的笑聲在地球上很難聽到。這是她第二次讀懂我的心思——第一次我還覺得是巧合，但這次可以確定無疑了。

到了離巨球很近的地方，濤把我擺在她對面，我們距離一公尺遠。

「任何情況下，都不要碰我，米歇，無論發生什麼都不要碰我。我說的是任何情況下，明白嗎？」

她的命令如此正式，搞得我突然不知所措。不過我還是點了點頭。

之前我就注意到，她的左胸上別了一個胸章。現在，她把一隻手放在胸章上，另一隻手握住了從腰帶上解下來的一個像大圓珠筆的裝置。

她把「圓珠筆」舉過頭頂、指著巨球的方向，當時我應該是看到它發出了一束綠色的光，但具體我也不確定。她又用「圓珠筆」指著我，另一隻手還是按在胸章上，我們輕輕鬆鬆就飄了起來，朝著巨球的外壁移動。眼看就要撞上的時候，巨球外壁的一部分突然凹陷，就像大氣缸中間的活塞——一個高約三公尺的橢圓形入口出現在我們面前。

我和濤在太空船的內部安全著陸。她鬆開胸章，把「圓珠筆」別回到腰帶上。從她熟練的手法可以看出，這應該是她的習慣動作。

「來吧，現在我們可以接觸對方了。」她說。

她又把手放到我的肩上，帶著我走向一束小藍光。這光極強，我幾乎睜不開眼，我在地球上從沒見過這樣的光。當我們要走到光束下面的時候，牆突然就「讓我們通過」了——我只能這麼描述。要是眞的按照這位嚮導帶領的路線走下去，我敢肯定，我的頭上絕對會撞出個圓滾滾的大包，但是我們竟是穿牆而過——像幽靈一樣！看到我滿臉震驚，濤開心地笑了。濤的笑讓我至今記憶深刻，那是一種令人心曠神怡、讓人如沐春風的笑，滿心緊張的我頓時放鬆了下來。

我以前經常跟朋友談到「飛碟」，而且我相信它們眞的存在——但當你親眼看到飛碟的時候，又會充滿疑惑，腦袋都要被問號擠爆。當然，我是由衷感到高興。從濤對我的態度來看，我覺得沒什麼好怕的。但是，這裡不只她一個人，我不知道其他人會是什麼樣子。雖然我十分著迷於這場奇幻旅程，但仍隱隱擔心自己與家人永無團聚之日。幾分鐘之前我還在自家的花園裡，此刻他們卻離我有十萬八千里遠。

我們在地面上「滑行」，穿過了一條隧道般的走廊，來到了一個小房間裡。房間的牆壁是耀眼的黃色，亮得我根本睜不開眼睛。牆壁連成了拱頂，我覺得自己就像被裝在一個倒扣的大碗裡。

濤爲我戴上頭盔。頭盔是透明的，但當我試著睜開一隻眼睛時，發現光線不再那麼刺眼了。

「你還好嗎？」濤問。

「好多了，謝謝。但是你怎麼受得了那光線？」

「那不是光。它只是房間牆壁現在的顏色。」

「爲什麼說是『現在』？你是帶我來重新油漆牆壁的嗎？」我開玩笑地說。

「牆壁沒有油漆。米歇，你看到的是振動。你仍認爲自己還在地球的世界，但別忘了，你早已離開了地球。你現在是在我們的超遠距太空船上，飛行速度高出光速很多倍。我們馬上就要起飛了，請躺在這張床上……。」

房間中央有兩個箱子——其實更像是兩個沒有蓋子的棺材，我躺進其中之一，濤躺進了另一個。她講著陌生的語言，雖然我聽不懂，但很悅耳。我想要把自己抬高一點，卻發現動不了，好像自己被什麼看不見的力量牢牢綁住了。牆壁的黃色慢慢變淡，取而代之的是同樣鮮亮的藍色。看來，牆又被人油漆了一遍……。

房間的三分之一突然變暗，我看到了像星星一般閃爍的點點光亮。

黑暗中傳來濤清晰的聲音。「米歇，這些是星星。我們已經離開了地球的平行世界，馬上會離你的星球越來越遠。我要帶你去我的星球。我們知道你會對這次旅行非常好奇，但是爲了你著想，我們還是要慢慢啓程。

「現在可以看你面前的螢幕。」

「地球在哪？」

「我們還看不到，因爲我們在地球的正上方，大約一萬公尺左右的高空……。」

我突然聽見一個聲音，講的似乎是濤剛才說的語言。濤簡單回答了幾句，然後就用法語跟我對話（標準的法語，而且是一種比正常語氣更悅耳的腔調），她在歡迎我登上太空船。這種歡迎詞和航空公司的「歡迎您搭乘本航班」基本類似，我記得當時我還覺得很有趣，彷彿忘記我所處的環境有多麼非比尋常。

就在同時，我感覺到空氣的流動，涼絲絲的，好像開了冷氣。光影的變化加速，螢幕上又出現了應該只能是太陽的東西。起初我們好像掠過了地球的邊緣，更準確的說是南美（我也是後來才得知）。我又懷疑自己是不是在做夢了。美洲一點點地縮小，因爲陽光還沒有照到澳洲，所以還看不見。現在地球的輪廓已經清晰可見，我們好像繞了一圈，到了北極上方。我們就在這裡改變了航向，以不可思議的速度離開地球。

可憐的地球變成像籃球的大小，然後像桌球一樣小，最終消失——在螢幕上難以分辨。眼前布滿太空的深邃之藍，我轉頭望向濤，期待著更詳細的解答。

「喜歡嗎？」

「很美，但是太快了。眞的可以這麼高速的飛行嗎？」

「這不算什麼，我親愛的朋友。我們『起飛』得很慢，現在才開始全速飛行。」

「究竟飛得多快？」我還是插了一句。

「高出光速許多倍。」

「光速的許多倍？到底多少倍？眞不敢相信！光障❶怎麼辦？」

「我理解，這對你來說很不可思議。你們的專家也不會相信，但這就是事實。」

「你說是光速的很多倍，究竟有多少倍？」

「米歇，在這趟旅行中，很多事情我們是有意透露給你——很多事情。但還是會有一些細節是你不能知道的，比如太空船的具體飛行速度。我很抱歉，因爲我知道不滿足你所有的好奇會讓你感到失望，但是你能看到和瞭解到的新鮮事物還有很多，所以當有些事不讓你知道時，也希望你不要介意。」

她這樣說，就意味著這個話題結束了。我也不再堅持，否則我就顯得太沒禮貌了。

「看！」她對我說。螢幕上出現了一個彩色的圓點，圓點在快速增大。

「這是什麼？」

「土星。」

親愛的讀者們，如果我沒能如您所願地給出詳細的描述，敬請理解，因爲我還沒有完全恢復所有的感覺。在如此短的時間裡一下子有如此豐富的經歷，我多少會有點「回不過神」。

我們距離土星越來越近，它在螢幕上也越來越大。土星的顏色眞的很美，我在地球上見過的任何顏色都無法與之比擬。紅、橙、黃、綠、藍——每種顏色之中又充滿無數個有細微色差的色調，這些顏色時而匯聚、時而分離，忽強忽弱，形成了最著名的土星光環，將這些美妙的色彩牢牢鎖住。

呈現在眼前的是一片壯麗的景色，像一幅畫卷在我們的螢幕上展開，越來越大。我發現自己不再受到力場的束縛，想要摘下我的頭盔，細細欣賞這些色彩。但是濤示意我不要動。

「它的衛星在哪兒？」我問。

「你可以在螢幕右方看到兩個衛星，基本上是並排出現。」

「我們離它們有多遠？」

「應該是六百萬公里或者更遠。當然，駕駛艙裡的人肯定知道精確的資料，不過爲了給你

❶光障：即物體的運動速度永遠也不能達到光速，只能無限接近於光速。
（參考：https://twgreatdaily.com/8gas6GwBJleJMoPMUXQW.html）

一個更準確的估計，我需要知道我們的『鏡頭』是不是等比縮放的。」

土星忽然從螢幕左邊消失了，螢幕上又充滿了太空的「顏色」。

我敢肯定，我此刻的興奮感前所未有。我突然意識到自己在親身體驗一場驚奇之旅——可是爲什麼是我呢？我從沒奢望過這些，也從沒想過有體驗這種旅行的可能。誰又敢想呢？

濤起身了。「你也可以起來了，米歇。」我依照她的指示起了身，發現我們又並肩站在這個小屋的中央。這時我才意識到濤已經摘掉了她的頭盔。

「你能不能爲我解釋一下，」我問她，「爲什麼剛才我們在一起的時候你戴了頭盔而我沒有，現在我戴著你卻不戴了？」

「這很簡單。我來自一個跟地球擁有不同細菌環境的地方，地球的環境對我們來說完全是細菌的培養基❷。所以爲了與你接觸，我必須要做好最基本的防護。之前你對我來說很危險，但現在不是了。」

「我還是沒明白你說的。」

「我們進這間屋子的時候，顏色對你來說太亮，所以我給了你這個頭盔，這個頭盔是專門爲你設計的。我們其實已預想到你會有這種反應。

「在很短的時間內，房間從黃色變成藍色，這意味著你體內百分之八十的危險細菌都被消滅了。之後你可能會感覺到空氣中有些涼意，好像開了冷氣一樣；這是另一種消毒方式，就像……放射線，雖然這樣說並不準確，但沒法用地球上任何一種語言來描述。經過消毒，我身上的細菌被徹底清除，但是你體內仍存在可以對我們造成巨大傷害的細菌。我會給你兩個藥丸，再過三個小時，你基本上就跟我們一樣『純淨』了。」她邊說邊從床邊拿出一個小瓶子、掏出藥丸遞給我，又給了我一管液體，我猜應該是水。我抬起頭盔，把液體和藥丸都吞了下去。接著……，一切都發生得很快，也很奇怪。

濤抱著我，把我放回床上，摘下了我的面罩。她做這些的時候，我就在我身體旁邊兩、三公尺遠的地方！如果我不提醒一下諸位讀者，你們可能很難理解這本書裡提到的一些事情，但我確實是在離我身體有一段距離的地方看到了自己的身體，而且我可以僅憑意念就在房間內移動。

耳邊傳來濤的聲音。「米歇，我知道你能看到我，也能聽到我的聲音，但我看不到你。所以，我沒辦法看著你講話。你的星光體（astral body）已經離開了身體。不會有任何危險，不用擔心。我知道你從沒遇到過這種情況，有的人可能會害怕……。

「我剛才給了你一種可以清除你體內全部有害細菌的藥，還有一種能讓你的星光體脫離你

❷培養基：指可供微生物細胞生長繁殖所需的營養物質與原料。
（參考：https://zh.wikipedia.org/wiki/%E5%9F%B9%E5%85%BB%E5%9F%BA）

身體的藥（因為你身體消毒的過程需要三個小時）。這樣我就可以帶你參觀我們的太空船了，既不會給我們帶來細菌污染，也不浪費時間。」

她說的話聽上去很奇怪，但我卻覺得順理成章，且就這樣跟在她身後。真的太不可思議了。她走到一個門前，門就自動滑開，我們穿過一個又一個船艙。每次我都是在濤後面有一段距離，但即使門在我過去的時候已經關閉，我也能輕鬆穿過去。

最後我們到了一個直徑約二十公尺的圓形房間，這裡至少有十幾個「太空人」，她們都是女性，身高跟濤差不多。其中有四個人坐在舒服的大扶手椅上，她們圍成一圈。濤走了過去，找了沒人的椅子坐下。她一坐下，四個人就滿臉疑惑地看著她，看著她們好奇的表情，濤好像還很得意讓她們等了一會兒似的。終於，濤開口了。

這種語言真是美妙——我從沒聽過如此悅耳的韻律，那音調就像唱歌一樣和諧動聽。她們似乎對濤的描述很感興趣。我猜想她們是在說我的事，毫無疑問，她們此次任務的主要目的與我有關。

濤的話剛告一段落，她們的問題就接踵而至。又有兩個太空人加入進來，氣氛越來越熱鬧，討論也越來越激烈。

她們說的話我一個字也聽不懂。我注意到有三個人正在螢幕前面展示３Ｄ圖像，圖像色彩豐富。這裡應該就是太空船的控制室了。更有趣的是，她們看不見我，所以每個人都在自己的崗位上專心工作，並不會被我的存在打擾。

我在一塊比別的螢幕都大的螢幕上，看到了一些光點，有的大些、有的亮些，且都按照既定路線有條不紊地移動，有的向左、有的向右。

這些光點移動速度越來越快，在螢幕上也越來越大，最終從螢幕上消失。它們的顏色絢爛繽紛，有的暗淡沉寂，也有的如陽光般奪目金黃。

我很快就意識到這些光點即是我們在航行路上遇到的行星和恆星。看著它們在螢幕上無聲穿梭，我眼花撩亂，沉醉其中。我不知道自己盯著螢幕看了多久，只聽到房間裡忽然響起一個奇怪的聲音，持續而柔和，許多燈也跟著閃爍起來。

這個信號的效果很明顯。和濤交談的太空人們都來到了控制台，每個人都坐到看起來是專屬的控制位置上。所有人的眼睛都緊盯著螢幕。

在大螢幕的中央，我開始看到了一個難以用語言描述的巨大物體，我只能說那是一個藍灰色圓形物體，在每個螢幕的中央靜止不動。

屋子裡頓時鴉雀無聲。大家的目光都聚焦在三名太空人身上，她們在操控幾台長方形的設備，有點像我們的電腦。

突然，一幅巨大的畫面蓋住了艙室的牆，我看到大吃一驚，「紐約？不，是雪梨！」我自言自語道。但是這橋看上去不太一樣，那是橋嗎？

我實在想不通，只能向我身邊的濤求助。不過我忘了，我已經不在我的身體裡，別人也聽不到我講話。我能聽到濤和其他人在談論眼前的景象，但我根本聽不懂她們的語言，所以也是毫無頭緒。不過我確定的是，濤之前說過我們確實早已離開了地球，她肯定沒有騙我。而且她之前也跟我說過，我們飛行的速度是光速的許多倍……，加上後來也確實路過了土星，還有一些行星和恆星。我們難道又回來了？到底怎麼回事？

濤開始大聲地法語講話，吸引了所有人的注意。

「米歇，我們在阿勒莫（Arèmo）X3星上方，這顆行星約是地球兩倍大小，你在螢幕上應該已經看到了，這裡和地球很像。

「我需要參加任務，所以很抱歉，暫時不能與你細說，不過稍後我一定會告訴你詳情。爲了不讓你太困惑，我可以告訴你，我們的任務與你在地球上所知道的核輻射有關。」

大家看起來都很專心：每個人都很明確自己要在什麼時間做什麼。太空船停住不動，大平板上出現了城鎮中心的景象。親愛的讀者們，你們可以把這個大平板想像成是一個巨大的電視機螢幕，但是場景卻逼眞得跟透過高層樓的窗戶看到的一樣。

我注意到另外兩個「女主人」在監視一個比較小的螢幕，螢幕上有我們的太空船，太空船的樣子我已經在平行宇宙中見過了。仔細一看，我驚訝地發現在我們太空船的正下方竟然拋出一個小球，有點像母雞剛下的蛋。這個小球剛出太空船就加速朝著下面的星球飛去。一個小球消失後，另一個小球又在剛才的位置出現，然後是再一個。每個小球在消失後都在另一個螢幕上單獨出現，每個螢幕都有專門的太空人監視著。

現在，大螢幕上可以清楚地看到下降的小球。距離這麼遠，這些小球本不應還留在螢幕上，應該是很快消失才對。我推測，鏡頭的變焦能力應該相當強大，我們甚至能看到第一個小球從螢幕右邊消失，第二個小球從左邊消失。現在只能看到中間的那個小球，它下降到地面的過程我看得非常清楚。小球停在一個周圍全是高樓的大廣場中央，它盤旋在廣場上空，好像懸空在地面上方幾公尺一樣。剩下的兩個小球也清晰可見，一個在穿過城鎮河流的上方，另一個在城邊的小山上空。

出乎我的意料，螢幕上出現了新的場景。現在可以清楚看到公寓的門，或者說門口，因爲本來應該是門的地方，現在卻成了一塊空著的大缺口。

我記得很清楚，那時我還沒有意識到這個城鎮有多奇怪……。

這裡一片死寂，沒有絲毫生氣……。

2
原子級毀滅

如果要用一個詞來形容螢幕上的景象，那就是「荒涼」。我們眼前的這條街道支離破碎，布滿了一個接一個的「小鼓包」。有的擋在大樓入口的正中央，有的散落在一邊。在我毫無察覺的時候，鏡頭已經慢慢推進，我很快發現，這些「小鼓包」應該是某種交通工具——與平底船外形相似的車子。

我周圍的太空人正專注地伏案工作。只見每個小球下面都探出一條長長的管子，管子慢慢降落到地面，管子末端碰到地面的時候揚起了一小團灰塵。我發現那些小車上也積了厚厚一層灰，所以根本看不清它們的輪廓和模樣。而盤旋在河面上方的小球，自然就是把管子伸進了水裡。我不由自主的盯著螢幕，因爲眼前的景象如此逼眞、令人驚奇，好像我眞的就在街道上一樣。

在某個巨大建築物的入口處，有一塊黑壓壓的地方吸引了我。我發誓，我眞的看見有東西在動……。

同時，我也感受到太空人之間有些騷動。突然間，那個「東西」用力晃動了幾下後，出現在我們面前——我著實嚇了一大跳，我的「女主人們」卻似乎很淡定，只是隨口說了幾句話、言語裡透露出一些感歎而已。要知道，現在螢幕上清清楚楚看到的，可是一隻兩公尺長、八十公分高的恐怖大蟑螂！

我們在地球上，尤其是天氣炎熱的時候，肯定時不時會見到這些噁心的小蟲，牠們經常在櫥櫃和潮濕的地方出沒。

蟑螂是很討厭，但牠們個頭最大的也不過五公分。想像一下，如果你看到我剛才說的兩公尺長、八十公分高的蟑螂會是什麼反應——眞是令人作嘔。

從小球伸出來的管子開始收回，但就在管子剛離地面一公尺高時，大蟑螂立刻朝著還在動的管子撲過來。不可思議的是，大蟑螂停了下來。眼看大樓下方又冒出一窩大蟑螂，牠們蜂擁而出，一波蓋過一波。就在這時，小球發出了一束刺眼的藍光，開始掃射起那群蟑螂，瞬間將牠們燒成灰燼，只剩下一團黑煙擋住了大樓入口。

我更加好奇了。我看著其他螢幕，但是沒發現什麼問題。河流上方的小球正在返回我們這裡，山上的小球也收起了管子，升高了一些後又放下管子。小球上方還有一個圓筒。我猜想，太空人們應該是在收集土壤、水和空氣的樣本——當然這也只是猜想。現在的我在星光體中，什麼問題都不能問；而濤似乎忙著跟另外兩個「女主人」溝通。小球在升高，準備返回我們這裡，很快就會重新被太空船「吸收」回來。

濤和另外兩名太空人完成操作後，又回到各自桌邊的椅子上。大螢幕和小螢幕上所顯示的圖像也馬上發生了變化。

每個人都就位後，我知道我們應該是要繼續出發了。我觀察到，所有太空人坐在椅子上的姿勢好像都差不多，這讓我覺得很奇怪。後來我才知道是因爲椅子有一種力場，可以將人牢牢扣緊，就像地球上將特技演員牢牢固定住的安全帶一樣。

陽光透過泛紅的霧氣灑落在那個星球上。當時我們已經離開了，我推測我們應該是沿著那個星球的外圈行駛，高度不變。我們其實還能看到底下有著像沙漠一樣的地方，沙漠中穿行著縱橫交錯成的河床，有些河床還正好交錯成直角。我忽然意識到那可能是運河，或者起碼是人造的什麼河。

大螢幕顯示了一個完好無損的城鎮景象，接著又消失了，螢幕一片空白。太空船飛過那個星球時明顯加速了，而小螢幕上不知是湖泊還是內陸海的畫面一閃而過。突然間，我聽到幾聲感嘆，我們立即減速。然後，大螢幕又亮了起來，顯示了湖泊的近景。接著，太空船停了下來。

海岸線的一部分我們看得很清楚。越過湖邊巨大的岩石，還能分辨出一些方塊結構，我想應該是居住的場所吧。太空船一停，小球就開始重複之前的運作。

有個在沙灘上方飛行、大概離地面有四十到六十公尺的小球，拍出了非常美的景色。小球的管子延伸到岸上，傳回了非常清晰的景象：那兒有一群人……應該是人，起碼乍看上去，他們跟地球上的人沒什麼兩樣。

我們正在近距離地觀察他們。大螢幕中間出現了一個女人的臉，看不出來多大年齡，有著棕色皮膚與直到胸際的黑色長髮；而另一個螢幕上則可以看到她全身，原來她什麼都沒穿。她面容扭曲，應該是蒙古人種。

我看到她時，並沒有意識到她是面部畸形，只是單純覺得我們要跟一群和我們長得不太一樣的人種打交道，就像科幻小說裡寫的那樣——扭曲的臉、大大的耳朵和一些奇怪的特徵。還有一些畫面是有男有女的另一群人，他們似乎是波利尼西亞人。然而很明顯的是，他們多半不是面部畸形、就是受痲瘋病所侵擾。

這些人看著小球，招手示意，且十分躁動。從方形建築物裡冒出了更多的人，那應該是他們住的地方，我會再爲各位詳細描述。

這些建築物非常像二戰時期的「碉堡」，上面還加了厚厚的煙囪（我猜是專門爲了屋內通風所設計），煙囪離地面只有一公尺左右的高度。這些碉堡朝向一致，在裡面的人們都從陰影邊的開口走出來……。

無預警地，我像被什麼東西拉著似的，離大螢幕越來越遠。在我飛快地穿越過幾個房間後，又回到了我身體所在的那個屋子。我的身體還是平躺在床鋪上，跟我剛離開的時候一模一樣。

眼前忽然一片漆黑，之後我一動也不能動，這種糟糕的感覺我可是銘記在心。我的胳膊和腿像灌了鉛，無論我多努力，都跟癱瘓的人一樣動彈不得。我想不明白，爲什麼忽然不能動了？這讓我有點慌張，心中發出強烈的意願，希望能再讓我的星光體離開身體，但仍起不了作用。

不知道熬了多久，屋子裡又充滿了讓人心平氣和的藍綠色光。濤終於來了，她這次穿了一套新的工作服。

「抱歉讓你久等了，米歇。但在身體召喚你的時候，我真的幫不上忙。」

「沒關係的，我完全理解，」我打斷了她，「但我覺得出了點問題，我動不了，一定是我哪裡斷線了。」

她笑了，把她的手放在我的手旁邊，應該是操作了什麼控制系統，我馬上就恢復了自由。

「再次深表歉意，米歇。抱歉，是我沒有告訴你控制安全帶的開關在哪。所有的座位、床或者鋪位都有控制開關，坐在上面時哪怕有遇到任何危險的可能，開關就會自動啓動①。

「太空船抵達危險區域的時候，會有三台保全電腦鎖住稱爲『力場』的東西。待危險消失，力場才會跟著被解除。

「同時，如果我們眞的想在危險區解除力場的鎖定，或者單純想換個姿勢，只需要把手放在開關前（一根手指也行），就可以解除鎖定。等我們回到座位，保護就又會自動開啓。

「現在，我想請你起身去換衣服——我會告訴你在哪兒。你在更衣室裡會看到一個打開的箱子，你可以把除了眼鏡之外的所有衣服全都放進去。我爲你準備了一套工作服，換上後再出來找我。」

濤彎下腰，把我拉了起來，我渾身僵硬。我走到她指的那個小屋，脫掉身上的衣服、換了那套工作服，竟然十分合身，讓我有些驚訝。畢竟，我雖然有一百七十八公分高，但是跟我的女主人相比，我就是個矮子。

我從更衣室回到屋子後，過了一會兒，濤就遞給我一個像手環一樣的東西，打開一看居然是一副大眼鏡。

這副眼鏡有點像機車護目鏡，顏色很深。爲了依照濤的指示戴上眼鏡，我不得不摘下自己的眼鏡，否則我的眼鏡肯定會被這副大眼鏡壓碎，因爲這副大眼鏡跟我的眼窩恰好貼合。

「最後一道防護。」她說。

她舉起手來指向隔板，應該是啓動了某種特殊的裝置，房間又被強光包圍；即便我戴著深色的大眼鏡，也能感覺到光線的強烈。又是一陣涼氣。

接著，燈熄滅了，涼氣也不見了，但是濤還是沒動，好像在等什麼一樣。終於，一個聲音傳來，她才拿掉我臉上的大眼鏡。我又戴上自己的眼鏡，濤要我跟在她後面。我們走的還是我的星光體當時跟著她走的路線，我們再度來到了控制室。

---

① 「坐在上面時哪怕有遇到任何危險的可能」原文為「如果坐在上面，一旦有一點點危險的可能」。（此為原文版編輯自二〇〇〇年於原文電子版起的修改）

有位年長的太空人向濤示意（雖說「年長」，但實際上應該用「更嚴肅」來形容會更貼切，因爲她們的年齡都差不多。），於是濤帶我來到大螢幕前的一個座位，讓我留在這裡。她趕緊走到同事那兒，看來她們眞的很忙。

而我也沒讓自己閒著，開始試著是否我眞的可以自己解除「力場」。我一坐下，馬上就被牢牢固定在椅子上——我可不喜歡這種感覺。

於是我輕輕動了一下我的手，果然，又自由了。只要我的手在開關前面，就可以活動自如。

大螢幕的畫面又變了，現在是大約有五百個人站在岸上，就在碉堡附近。我們的攝影機眞是厲害，竟然能如此近距離觀察到這些人的一舉一動。他們無論男女老少，都是全身赤裸。我還看到他們的臉，不是畸形就是有明顯的醜陋傷疤。當小球在收集沙子和土壤的樣本時，他們就全都朝著小球揮手，但是沒人上前。看上去最強壯的男人都拿著彎刀或者軍刀，好像在觀察著什麼。

我感覺有人拍著我的肩膀，轉過身一看，原來是濤。她朝著我微笑，那是我第一次欣賞她那神聖又姣好的臉龐。

我之前提到濤有著一頭金黃色、垂落肩際的柔順長髮，恰好襯托出她完美的橢圓臉型。她的額頭飽滿、略微凸出。濤還有雙藍紫色的眼睛，睫毛更是纖長卷翹，地球上的女人看到定會羨慕不已；而她那如海鷗雙翼上揚的眉毛，則散發出迷人的魅力。在她眼睛下方的鼻子挺而直，有時會被逗得翹起來，大小正好、末端收平，一點也沒搶了嘴唇的風采。她飽滿的雙唇後面是排列完美的牙齒，當她微笑露出貝齒時，簡直令人不敢相信那是眞的（當時我也大吃一驚）。她的下巴輪廓優美但稍有稜角，流露出一種男性的剛毅果斷，但絲毫不影響她的女性魅力。她的上唇上方有著淡淡金黃色的鬚毛，如果換成任何其他顏色，恐怕就是美中不足；但，剛巧就是金黃色，剛好完美！

「看來你已經知道怎麼擺脫力場了，米歇。」

我剛要回答，周圍的人卻都發出驚叫，我們趕緊望向螢幕。

只見沙灘上的人們全都湧向住所，逃進一個大灌木叢裡。有群手持軍刀或木棍的男人站成一排，在他們對面的，是我無法想像、最不可思議的「東西」。

是一群紅蟻！每一隻都有一頭牛那麼大，牠們正從岩石後面朝著海灘襲來，牠們的速度比飛奔的駿馬還快。

手持武器的男人們頻頻望向後方，好像是在確認剩下的人們能不能在紅蟻到來之前逃到安全的地方。但是紅蟻群越來越近，眼看就要追上了……。

戰士們毫無懼色，勇敢地面對大紅蟻群。停頓不過一秒，第一隻大紅蟻怪獸就發動了攻擊。我們可以很清楚地看到牠們像人類手臂那麼長的口顎。起初，大紅蟻虛晃幾招，讓男人砍向牠的軍刀劈了個空；接著，大紅蟻的口顎就直接鉗住了男人的腰，將他斬成兩半。跟著又來了幾隻，幫第一隻繼續撕扯；剩下的紅蟻則開始追擊逃命的勇士，而且很快就追上了，真的很快……。

就在大紅蟻群撲向人們的時候，小球發出了一束極強的藍色電光，準確地打在大紅蟻身上，一擊斃命！大紅蟻一隻接一隻倒地而亡。被燒死的紅蟻在地上冒出了一團煙霧，牠們巨大的腿仍抽搐著，做最後的掙扎……。

藍色電光在大紅蟻群中持續掃射，這些大蟲子轉眼間就被全面殲滅。牠們應該知道自己無法與幾乎是超自然的力量抗衡，紛紛逃竄。

一切發生得如此之快，濤還在我身旁，她臉上的表情不是憤怒，而是厭惡與悲傷。

接著，大螢幕出現了新的畫面，有個小球正在追蹤倉皇潰逃的大紅蟻，小球不僅帶著攝影機，與之相伴的還有致命的藍色電光。據我估計，剩下的大紅蟻大約有六、七百隻，也都全軍覆滅、無一倖存。

小球又回到了先前在沙灘上的位置，用一種特殊工具在大紅蟻的屍體中仔細搜尋。我看到有位太空人坐在桌子前跟電腦說話。我想問問濤她是不是在負責現在的任務。

「現在是，因爲這項工作本不在計畫之內。我們正在採集這些生物的樣本、主要是肺的樣本，來進行分析。我們認爲是某種輻射導致了這種生物的變異。正常來說，螞蟻是沒有肺的，牠們會突變得這麼巨大，只有一個理由能解釋得通……。」

濤停了一會兒。攝影機正傳來一些人的畫面，人們走出了避難所，正朝著小球激動地打著手勢。他們張開雙臂，跪在地上，不停行禮。

「他們能看到我們的太空船嗎？」我問濤。

「不能，我們是在海拔四萬公尺的高空，而且現在我們和底下的星球之間還隔了三個雲層。不過他們能看到我們的衛星，所以我覺得他們是在對衛星表達感謝。」

「也許他們把小球當成了拯救他們的神？」

「很有可能。」

「你能告訴我到底發生了什麼嗎？這些人到底是誰？」

「米歇，解釋這些需要很長時間，但是太空船現在要執行的任務很多。不過我可以簡單跟你說說，滿足你的好奇心。

「從某種意義上來說，這些人跟地球上現存的某些人有著共同的祖先。事實上，這些人的祖先之中有一部分曾在地球的某塊大陸上生活過，但那已經是二十五萬地球年前的事了；他們在那裡建立了更先進的文明，但是內部卻發生了巨大的政治矛盾，最終在一百五十年前用核子武器毀滅了自己。」

「你是說……，一場全面性的核武戰爭嗎？」

「是的，是核子分裂的連鎖反應所引起的。我們會時不時的過來採集樣本，想要研究殘留於各地的輻射強度。不過有的時候，我們也會幫幫他們，就像剛才那樣。」

「這麼做的話，他們一定把你們當成上帝了！」

濤笑著點點頭。「是啊，果眞如此。他們認爲我們是神，就像在地球上你們的祖先也曾經把我們當成神一樣。直到現在，有些人還會提到我們……。」

一定是我表現得太過震驚了，濤好像被我逗笑了。

「我剛才說過，我只能簡單解釋一下。我們還會有足夠的時間好好討論這個話題的。再說，這也是爲什麼我們會邀請你來的原因。」

接著她說了聲不好意思，就回到了「螢幕桌」前的位子上。大螢幕上的圖像不斷切換，小球正在上升，我們看到了整塊大陸，我留意到大陸上有些綠色和棕色的地帶。小球又一次返回太空船後，我們也繼續起航。

我們以不可思議的速度飛越了這個星球，我想還是老老實實地坐在椅子裡、讓力場把自己固定住最好。

螢幕上出現了海洋的畫面，眼前一片海水茫茫。看得出來，我們正離某座島嶼越來越近。雖然我很難估算出這島到底多大，但是它看起來像是低矮的島嶼。

跟之前一模一樣的操作。這次我們停在海岸上空，四個小球離開了太空船、降落在島上。

我在大螢幕上可以看到攝影機正掃視著的一處海灘。

沿海一帶放著一些厚木板，在那周圍還聚集著裸體的男人，跟我們之前看到那群人的是同一種人。他們似乎沒有注意到小球，我想應該是小球停在更高的地方，盡管它傳回來的都是前所未有之近距離的特寫鏡頭。

在螢幕上，我們看到那些人正拖著木板往浪裡走去，木板漂浮了起來，就像軟木筏一樣。他們爬上了木板，拿起巨大的槳開始熟練地划水，航進了大海。當他們離岸邊有一段距離後，便拋出了釣魚線，隨即就釣上一條大魚——這完全超乎我的想像。

看著那些人如何謀生，還能像神一樣地幫助他們，眞是一件神奇的事。

我解除了力場，想去四處看看其他的螢幕在接收哪些畫面。就在我剛想要離開座位時，在沒有聽到任何聲音的情況下，我收到了一條指令：「待著別動，米歇。」我嚇得一愣。這聲音好像是從我腦海裡傳來的。我望向濤，她對我笑了笑。我想努力回應些什麼，於是拚命地想著：「心靈感應很棒，對吧？濤！」

「當然！」我腦海裡又收到她的回答。

「太棒了！你能告訴我現在下面的溫度嗎？」

她看了一下資料。「攝氏二十八度。白天的平均溫度是攝氏三十八度。」

我暗自想，即使我變得又聾又啞，也能和濤正常交流。

「親愛的，沒錯，我們可以正常交流。」

我看著濤，還是不免驚訝。我只是自己在心裡想了一下，她就明白我在想什麼。這點讓我不太爽。

她給了我一個大大的微笑。「別擔心，米歇。我是鬧著玩的，請你見諒。通常我只是在你問我問題的時候讀你的想法。剛才我只是想證明一下心靈感應的厲害。下次不會了。」

我也朝她笑了笑，把注意力又轉回螢幕。我看到海灘上有個小球，離一群人很近，但是他們卻沒發現。小球正從距離那群人十公尺左右的地方採集沙子樣本。透過心靈感應，我問濤，「這些人爲什麼看不見小球？」

「因爲現在是晚上。」她回答。

「晚上？但是我們怎麼能看得這麼清楚？」

「因爲我們的攝影機很特殊，米歇，那有點像你們的紅外線。」

現在我總算明白，爲什麼我們現在接收到的圖像沒有之前的那麼「亮」了，但這些特寫畫面確實很生動。就在此時，大螢幕上出現了一張顯然是女性的臉。但是太可怕了！這位可憐人的左眼處不是眼睛，而是一道長長的傷口；她的嘴在臉的右側，下巴中間則有點裂開，嘴唇也像揪在一起。她的頭上只有一小撮頭髮，單薄地搖擺著。

現在又看到了她的胸部，本應是圓潤可愛的胸部，其中一邊卻有著化膿的傷口。

「從胸部來看，她應該是年輕的女性？」我問濤。

「電腦顯示年齡爲十九歲。」

「是因爲輻射的關係嗎？」

「沒錯。」

其他人也出現了，他們看上去都很正常。其中有些體格健美的男性，看起來約二十多歲。

「你知道他們最老的是幾歲嗎？」

「目前我們的記錄是最年長的不超過三十八歲，這個星球的一年等於二百九十五天、一天有二十七小時。如果你現在看螢幕，會看到那些英俊健碩年輕人的生殖器官特寫。如你所見，他們的生殖器都是完全萎縮的。根據之前的幾次考察，我們發現在他們之中具有生育能力的人已經很少了，但是這裡卻有很多孩子。儘快繁衍生殖是所有物種的生存本能，所以最直接的辦法就是讓有生育能力的男性成爲『種馬』。我猜，這個人應該就是『種馬』。」

的確，螢幕上是一位大約三十歲的男性，從身體特徵來看，應該是具備生育能力的。

我們還看到有許多孩子圍繞著火堆跑來跑去，火上放著正在烹煮的食物。男人和女人們圍坐在火堆旁，拿著煮好的食物分給孩子。火堆應該是用木頭堆疊點燃的，但我並不確定，因爲燃料的形狀更像石頭。

火堆後面是之前見過的木筏，堆在一起、蓋成可以歇腳的小棚子，看上去相當舒適。

鏡頭的可見範圍裡看不見樹——應該是有樹的，因爲我們之前飛過這個星球上方時，曾見過綠色的地帶。

幾隻黑色小豬從兩個茅屋之間跑了出來，後面跟著三隻瘋狂追趕的黃狗，小豬迅速消失在另一個茅屋後面。我看著這些場景發呆，不禁懷疑自己是不是眞的在觀察另外一個星球。這些人跟我沒什麼分別（只不過更像是波利尼西亞人），這裡也有豬和狗。一切都令我越來越驚訝了……。

小球回來了，其他的小球也一樣。剩下的小球都由別的螢幕監控，從我這裡是看不見的。「返回太空船」的操作啓動後，所有的小球按部就班的被太空船「重新吸收」，跟之前沒什麼兩樣。

我猜想我們又要啓程了，所以在座椅上舒服地坐好，讓力場把我牢牢固定。過了片刻，這個星球的恆星出現了，共有兩顆。然後一切都開始飛快地變小，就像我們離開地球時那樣。過了一會兒、應該沒多久，力場就解除了，我可以離開座椅自由活動了。這感覺倒還不錯。我看見濤朝我走過來，跟她一起的還有兩個「年長的太空人」（姑且就這麼描述吧）。我站在座位旁，面向這三位太空人。

想要跟濤對視，我就已經得仰頭了。而當她用法語把我介紹給其中一位「更年長」的太空人時，我覺得自己更矮了。這位太空人比濤還要高出一個頭。

她是畢阿斯特拉。令我無比震驚的是，她跟我說話時用的是標準法語，雖然語速很慢。她把右手搭在我的肩上，對我說：「很高興你能上到太空船，米歇。希望你在這裡能適應，之後也是。現在請讓我爲你介紹拉濤利，她是太空船的副指揮官。我們這艘太空船的名字是阿拉托拉（Alatora）②，而我就是總指揮官。」

她轉向拉濤利，用她們的語言說了幾句，然後拉濤利也把手搭在我的肩膀上。她露出了善意的微笑，將我的名字慢慢重複了幾次，好像在學習一門新語言的發音一樣。

她的手持續放在我的肩膀上，讓我備感安心，身體裡流過一股強烈的幸福感。

我可能是太陶醉了，搞得她們三個大笑起來。濤讀懂了我的心思，解釋著說：「米歇，拉濤利有一種獨特天賦，雖然這在我們當中並不罕見。你剛才感受到的，是一種從她身上散發出來、對人有益的磁性液體。」

「眞的太棒了！」我驚呼道。「請你替我讚美她。」接著我又對兩名太空人說，「謝謝你們的歡迎，但是我必須承認，我現在所經歷的一切實在是太震撼人心了。此次的冒險之旅對我這個地球人來說眞的很不可思議。雖然我一向相信在其他星球上可能居住著像人類一樣的物種，但是我還是很難說服自己這不是奇妙的夢境。

②阿拉托拉（Alatora）在他們的語言裡是超遠距太空船的意思。（作者註）

「我經常跟我地球上的朋友討論心靈感應、外星人還有飛碟之類的事情，但都只是出於無知而說出的大話和空話罷了。一直以來，我都覺得平行宇宙是存在的，人有身心二元性，還有一些其他未解的現象，現在都有了實證。過去這幾個小時經歷的事情，實在是太令人激動了，我簡直興奮得喘不過氣來。」

拉濤利見我這麼說，也覺得很開心，她說了一串我不懂的語言，濤連忙翻譯給我。

「拉濤利完全明瞭你現在的心思，米歇。」

「我也是。」畢阿斯特拉也跟著說。

「她怎麼會明白我在說什麼？」

「在你說話的時候，她用心靈感應『探』到了你的內心。你要知道，心靈感應是不會受到語言障礙影響的。」

見我這般驚訝，她們時不時就會被逗樂，她們的唇上洋溢著永恆的笑容。畢阿斯特拉對我說：「米歇，請跟我來，讓我爲你介紹太空船上的其他成員。」她扶著我的肩膀，帶我到最遠處的一張桌子，那兒有三個太空人正在監控著儀器。這地方我從沒來過，星光體出竅的時候也沒有，更沒注意過這些電腦顯示的東西。終於有機會瞧了一眼，我整個人徹底呆住了。我眼前的數字竟然是阿拉伯數字！讀者們肯定跟我一樣驚訝，但這是眞的。螢幕上顯示的「1、2、3、4」等等的數字，都跟地球上一樣！

畢阿斯特拉注意到了我的吃驚。「意外的事情一樁接著一樁，對吧，米歇？我們絕不是故意拿你尋開心，我們完全能理解你所有的不可思議。待時機成熟，你的困惑都會得到解答。現在讓我先為你介紹那奧拉。」

第一名太空人起身面向我，她是那奧拉，也像畢阿斯特拉和拉濤利一樣把手放到我肩膀上。我忽然意識到，這個動作可能相當於我們的握手。那奧拉用她們的語言向我問好，也重複了三次我的名字，就像要把這名字永遠記住一樣。她跟濤差不多高。

每介紹我一次，同樣的禮節就重複一次，一個接著一個，終於，我與太空船的全體成員都正式認識了。他們有驚人的相似之處。比如他們的頭髮，只是長短和顏色上的差別，從暗銅色到明亮金黃深淺不等。雖然有人的鼻子更長或者更寬，但是所有人的眼睛都是淺色而不是深色的，而且所有人的耳朵外形都很精緻。

拉濤利、畢阿斯特拉和濤請我坐在一張舒服的椅子上。

我們都舒舒服服地坐下後，畢阿斯特拉在椅子扶手旁邊用手一揮，空中竟然飄過來四個圓形的托盤。每個托盤裡都有一個裝著黃色液體的容器，還有一碗白色的東西，質地有點像棉花糖，但是要比棉花糖顆粒更大。扁扁的「小鉗子」就是叉子了。四個托盤落在我們的座椅扶手上。

我對眼前的景象又充滿了好奇。濤示意我學她，這樣才能享用眼前的美味。她從「杯子」

裡抿了一小口，我也照著抿了一小口，眞好喝，味道跟蜂蜜水很像。濤她們用「鉗子」吃碗裡的食物，我也第一次嘗到了地球人稱爲「嗎哪」的食物，跟麵包差不多，但是非常輕，沒有任何特殊的味道。我只吃了碗裡的一半就飽了，這讓我不禁好奇起來，這麼鬆軟的東西竟然能這麼快把人餵飽。我喝掉了杯子裡的東西，結束了這一餐。雖說我吃得沒有多講究，但卻感受到了一種幸福感，而且既不渴也不餓了。

「你應該還是更喜歡法國菜吧，米歇？」濤問我，嘴上掛著笑意。

我只是笑笑，畢阿斯特拉倒是哼了一聲。

這時候又有新的信號，我們都望向了大螢幕。在螢幕中央是一個女人的頭部特寫，這個女人跟我的女主人很像。她說話很快。我的同伴都稍微轉向了她們的座位，好聽清她在說什麼。那奧拉在她的桌旁和螢幕上的人開始對話，就像地球上的電視採訪一樣。不知不覺中，鏡頭切換到更廣角的特寫，這回出現了十二名女子，每個人前面都有一張桌子。

濤扶著我的肩膀，帶我走到那奧拉的座位，讓我坐在一個螢幕前面。她在我旁邊坐下，開始和螢幕裡的人說話。她用她悅耳的聲音快速說了一會，時不時就轉向我。可見她們的話題就是圍繞我展開的。

她說完之後，螢幕上的女人又切回到特寫，簡短地回答了幾句。讓我驚訝的是，她的目光停在我身上，然後笑了。「你好，米歇，祝你到海奧華一路順利。」

她在等我的回應。等我回過神來，連忙向她表示感謝。攝影機又切換到了廣角，從螢幕上可以看到，我的回答讓她的同伴們都驚歎不已，大家議論紛紛。

「她們聽得懂嗎？」我問濤。

「她們可以通過心靈感應讀懂你的話，但是能聽到其他星球的人說自己的語言，她們還是很興奮。這對她們大部分人來說都是非常少有的經歷。」

濤說了聲抱歉，然後轉向螢幕，跟螢幕上的人交談了起來，畢阿斯特拉也參與其中，我覺得應該是談論技術面的對話。最後螢幕上的人朝我笑了一下，說「一會見」之後，畫面就切掉了。

我說「切掉」，是因爲螢幕並沒有直接變爲空白，而是呈現出一種柔和美好的顏色，綠色和靛藍色揉合在一起，讓人心曠神怡。過了一分鐘左右，這種顏色就慢慢變淡了。

我轉向濤，問她這是怎麼回事。我們是和其他太空船在空中相遇了嗎？她說的海什麼華，究竟是什麼？

「是海奧華，米歐，這是我們星球的名字，就跟你的星球叫做地球一樣。我們的星際基地已經與我們取得聯絡，我們再過十六小時三十五分鐘的地球時間後就會抵達海奧華。」她瞥了一眼身邊的電腦，才確認了這個數字。

「那些人是你們星球上的工程師囉？」

「是的，他們是我剛才提到的星際基地的技術人員。基地一直監視著我們的太空船，如果我們一旦因爲技術故障或者人爲因素出現問題，百分之八十一的情況下他們都能保證我們安全回港。」

因爲我知道他們是更高級的物種，所以這並沒有讓我特別詫異。他們的技術水準一定是超出我的理解範圍。但是讓我確實詫異的是，不僅是這艘太空船，看來星際基地也是被女性佔據的。地球上像這樣子的全女性陣容實在少見。

我好奇海奧華上是不是只有女人……，就像亞馬遜女戰士族一樣。想到這個畫面我自己偷笑了一下。我向來更喜歡與女性而非男性做伴；如果眞是這樣，也挺讓人高興的，不是嗎？

我也沒繞圈子，直接問濤：「你的星球上只有女人嗎？」

她顯然被我問得一愣，然後臉上露出了被逗笑的表情。這就讓我有些不安了，我說了什麼蠢話了嗎？她又把手放在我肩膀上，讓我跟著她。我們離開了控制室，直接到了一個名叫「哈裡斯」的小房間，這裡的氛圍很輕鬆。濤告訴我，在這裡沒人會打擾我們，因爲到這個房間裡的人自動就會獲有絕對的隱私。房間裡有很多座位，她讓我選一個坐下。

有些座位像床，有些像扶椅，還有的像吊床，或者像後背可調的高腳椅。如果這些椅子裡再選不出個稱心的，那我可就太挑剔了。

我選了一把扶椅，舒舒服服地坐下，濤就在我的對面。我看著她，發現她的表情又回歸了嚴肅。她開始說道：

「米歇，這艘太空船上一個女人都沒有……。」

什麼？如果她告訴我，我不是在一艘太空船上，而是在澳洲的沙漠裡，說不定我也會相信。她看到我難以置信的表情，趕忙補充道：「不僅沒有女人，也沒有男人。」聽到這裡，我徹底摸不清頭緒了。

「但是，」我的嘴巴都快不聽使喚了，「那你們是什麼？機器人嗎？」

「不，我想你誤會了。米歇，我們是雌雄同體的物種。我相信你一定知道什麼是雌雄同體吧？」

我點了點頭，有點驚呆了，又問道：「你們星球上所有的人都是雌雄同體的嗎？」

「是的。」

「但是你們的長相和舉止還是偏女性化一些啊！」

「事實上，可能只是看上去是那樣，但相信我，我們真的不是女人，我們是雌雄同體。我們一直都是這樣的人種。」

「我得承認，這個確實把我弄糊塗了。從我跟你接觸開始，就一直把你當成是女人，現在讓我把你們也當成男人，確實有點困難。」

「好朋友，你不用刻意去聯想。我們就是這樣：其他星球上的人跟你們生活在不同的世界裡。我能理解，你會自然而然地想把我們定義成一種性別，因爲你還是按照地球人的思維，一個法國人的思維。也許你可以不用女她或男他，只用中性的『它』來稱呼我。」

聽到她如此提議，我笑了，但還是有點不適應。就在剛才，我還以爲自己身處亞馬遜女戰士族之間呢。

「但是你們怎麼繁衍後代呢？」我問。「雌雄同體可以繁殖嗎？」

「當然可以，跟你們地球上的繁衍方式一樣。只不過在生殖這件事上我們可以全權掌控──不過那是另一回事了。你遲早會知道的，現在我們還是回到其他人那裡吧。」

我們回到了控制室。我發現，這次再看這些太空人的時候，我的視角和之前完全不同。比如說，有一個太空人的下巴就比之前看起來的更有陽剛之氣。還有一個，鼻子顯然是男性化的，還有一些人的髮型也很有男子氣概。原來眞的是這樣，我們看到的人是如何，都取決於我們的認知，而不是他們眞正的樣子。

爲了讓我自己不至於太尷尬，我給自己定了個規矩。我已經把她們當成女人，因爲我一開始確實覺得她們更女性化；那麼索性還是把她們當女人，看看是不是行得通。

在我這裡可以看到中間的大螢幕，繁星就在我們身邊穿梭。靠得特別近的時候，也就是距離幾百萬公里時，它們看上去巨大無比，光芒刺眼。有時還能看見顏色奇特的星球。我記得有一個是像翡翠一樣的綠色，乾淨剔透，驚豔無比，彷彿一顆巨大的寶石，令人歎爲觀止。

濤過來了，我趕緊趁機問她在螢幕底下的那一條光帶是怎麼回事。這條光帶就像是由無數個小爆炸組成的。

「這些是我們的反器材槍（如同你們在地球上所稱呼的）所導致的，那光帶其實就是爆炸。以我們的飛行速度，哪怕是再小的隕石也會把我們的太空船撞成碎片。所以我們會用幾個艙在超高壓之下去儲存特定形式的塵埃，並將塵埃裝進我們的反器材槍中。你可以把我們的太空船想像成同步加速器，可以發射加速後的粒子束，去分解漫遊在太空船周邊和遠處的各種極微小的物質。這樣我們才能保持如此高速。我們會在太空船周圍建立自己的磁場⋯⋯。」

「等等，別說那麼快。濤，你應該知道，我沒什麼科學背景，像同步加速器和加速的粒子這些，我都快跟不上了。我知道大概的原理，肯定是很有趣的，但我不擅長專業名詞。不如你還是告訴我，爲什麼螢幕上那些星球的顏色是那樣？」

「有些是它們周圍大氣層的緣故，有些是它們周邊的氣體。螢幕右邊有個彩色光斑，還帶著尾巴，看到了嗎？這個『東西』正高速地接近我們。隨著時間分分秒秒過去，我們更可以好好地欣賞它了。」

這個「東西」像是持續在爆炸著，形狀不斷改變，顏色幻化萬千。我望向濤。

「這是顆彗星，」她說。「它繞著恆星轉一圈大概需要地球上的五十五年。」

「我們距離它多遠？」

她看了一眼電腦：「四百一十五萬公里。」

「濤，」我說，「你們怎麼會用阿拉伯數字呢？你說『公里』的時候，是已經換算過來了，還是你們本來就用這個單位？」

「我們不用，我們用的是卡托（Kato）和塔其（Taki）。我們之所以用你說的阿拉伯數字，是因爲這本來就是我們的體系——是我們把它帶到地球的。」

「什麼？快仔細說給我聽。」

「米歇，到海奧華還要幾個小時。現在可能是對你在某些事情上進行正式『授課』的最佳時機。如果你不介意，請跟我一起回到哈裡斯，就是剛才那個小房間。」

我跟著濤，好奇心從未像現在這般強烈。

3

地球第一人

我們又回到了哈裡斯，就是之前提到的休息室。舒服地坐下來之後，濤開始向我娓娓道來她那些神奇的故事：

「米歇，一百三十五萬年以前，在半人馬星座的巴卡拉替尼星球上，星球的領導者們經過無數次會議和勘察探險後，決定用太空船將居民轉移到火星和地球。

「這麼做的理由很簡單，因爲他們星球的內部正在冷卻，不出五百年就不再適宜居住。他們認爲，最好能將居民轉移到一個同等級但是更年輕的星球上，這種做法非常合理……。」

「你說『同等級』是什麼意思？」

「這個我之後再解釋，此刻時機尚未成熟。我們再回到剛才的話題。我要告訴你，他們是人類，是充滿智慧而且高度進化的人類。他們之中的黑種人，嘴唇很厚、鼻子扁平、頭髮卷曲，這些特徵跟現在地球上的黑人相似。

「他們在巴卡拉替尼星上居住了八百萬年，跟他們共同生活的還有黃種人。

「確切來說，黃種人就是你們地球上的中華民族，他們定居在巴卡拉替尼星球比黑種人還早了約四百年。兩個種族在這個星球上共存，經歷無數次革命。我們努力爲他們提供了救濟、援助和指導，但即便如此干預，仍免不了定期爆發戰爭。戰禍加上天災，這兩個民族的規模日漸縮減。

「最終，核武戰爭全面爆發，整個星球都陷入黑暗，溫度驟降到了你們的攝氏零下四十度。原子輻射已經爲星球帶來了人口滅絕之災，嚴寒和饑餓更是給了人民一記重擊。

「記錄顯示，災難過後，七十億黑種人中只有一百五十人倖存，而四十億黃種人的倖存者也僅八十五人。這是他們開始繁衍前和停止互相殘殺後眞實記錄下來的倖存者資料。」

「互相殘殺是什麼意思？」

「等我詳細解釋一下當時的情況，你就明白了。

「首先，可能跟你想的有些出入，倖存下來的並不是那些在特殊避難所裡受到周密保護的領導人。

「倖存者中有三群黑種人和五群黃種人，他們有的來自私人避難所，有的來自大型公共避難所。當然，戰爭期間在避難所的遠不止這二百三十五人，實際上據統計避難人數超過了八十萬。經歷了幽閉的黑暗，又捱過嚴酷的寒冬，他們終於鼓起勇氣，邁出了避難所。

「先出來的是黑種人，他們發現大陸上無論草木走獸，一切了無生息。這一群人離開了在山裡的避難所，最先開始以人爲食——因爲食物短缺，體弱的人死了就會被吃掉；爾後，爲了有東西可吃，他們又不得不互相殘殺。這是他們星球上最殘忍的災難。

「還有一群人因爲靠近海邊，還能靠星球上僅剩的一點活物爲食，也就是一些污染不太嚴重的軟體動物、魚類和甲殼類動物。幸好他們有非常先進的裝置可以深入地底取水，所以還能喝到未受污染的水。

「當然，因為星球上的致命輻射，吃的魚類裡也有輻射，很多人仍未能逃過一劫。

「黃種人的情形也大抵相似；所以，就像我剛才說的，最後僅剩一百五十個黑種人和八十五個黃種人。終於，戰爭帶來的死亡告一段落，人們才又開始繁衍生息。

「實際上他們之前早已收到各種警告，但還是避免不了這場悲劇的發生。在這場大規模的滅亡之前，黑種人和黃種人的技術水準都非常發達，人們也生活得安逸舒適。有人在工廠工作，有人在私營或者政府企業、辦公室裡上班，跟你的星球上一樣。

「他們喜愛並看重金錢。對於某些人來說，金錢意味著權力；而對於其他較為明智的人來說，金錢則代表著幸福。他們每週平均工作十二小時。

「在巴卡拉替尼星球上，一個星期有六天、每天有二十一小時。相較於精神層面的存在，他們更注重物質。同時，他們還任由自己被體制內的政客和官僚欺騙，在他們的領導下兜圈子，完全就像現在地球上發生的那樣。領袖為了滿足自身的貪婪和虛榮，用空談愚弄無知的民眾，帶著全民走向衰敗。

「漸漸地，這兩個偉大的民族開始互相嫉妒，而嫉妒與憎恨僅是一步之隔。最終他們仇恨彼此到了極點，矛盾越演越烈，災難一觸即發。雙方都有非常精密的武器，結果兩敗俱傷。

「我們的歷史記錄顯示，倖存的二百三十五人中有六名兒童。這些資料是在災難後五年記錄的，他們靠吃人肉和一些海洋生物得以存活。

「他們開始繁衍，但繁衍進行得並不順利，因爲生下來的孩子不是頭部嚴重畸形就是有會流出膿水的醜陋癰瘡。這是原子輻射帶給人類的痛果，他們必須承受。

「一百五十年後，黑種人有十九萬人，包括男人、女人和孩子；黃種人則有八萬五千人。我提到一百五十年後這個時間點，是因爲在此期間，兩個種族開始重建，我們也能夠提供他們物質上的幫助了。」

「這是什麼意思？」

「幾個小時以前，你看到我們的太空船停留在阿勒莫X3星球上空，我們採集了土壤、水和空氣的樣本，對吧？」我點點頭。「接著，」濤繼續說，「你應該看到了，在一大群巨蟻攻擊村民的時候，我們輕而易舉地殲滅了牠們。」

「的確。」

「在這種情況下，我們透過直接介入的方式來幫助他們。不知你是否看得出來，他們生活在一種半原始的狀態？」

「是的，但是那個星球到底發生了什麼？」

「原子戰爭，我的朋友。歷史向來不厭其煩地反覆上演同一個故事。

「別忘了，米歇，宇宙是一個巨大的原子，萬物均受其影響。你的身體由原子構成。我想說的是，在所有的星系裡，每當一有居民在星球上定居，於進化過程的某個階段時，就一定會發現或者說重新發現原子的存在。

「當然，發現原子的科學家們很快就意識到，原子的分解可以成爲厲害的武器，領導者們早晚會想要去使用——就像拿著一盒火柴的小孩，會忍不住想要點燃一捆乾草，看看究竟會發生什麼一樣。

「不過我們還是說回巴卡拉替尼星，在核災難的一百五十年之後，我們想要幫助這些人。他們最迫切需要的當然是食物。他們當時還是以吃海中生物爲主，偶爾壓抑不住雜食欲望的時候只能選擇吃人；他們雖然能維持生命，但還是需要蔬菜和肉類。蔬菜、水果、穀物、動物——所有能吃的東西都已經從這個星球上消失了。

「星球上只剩下不能吃的植物和灌木，這些也僅夠用來補充大氣中的氧氣。

「同時，某種像地球上螳螂的生物也倖存下來，那是原子輻射導致其自身突變的產物，牠們進化成了非常巨大的品種，大約有八公尺高，對人類極具危險。而且這種生物沒有天敵，於是瘋狂地繁殖。

「我們在星球上空飛行，以便定位這些巨蟲的所在地。這是相對容易的任務，因爲我們自古以來就掌握了這種技術。一旦發現巨蟲，我們就將牠們殲滅，所以在很短的時間內就將牠們徹底滅絕了。

「接下來，我們需要根據我們所知災難發生前就能適應特定地區氣候的物種，來爲這個星球重新引進一些牲畜、植物和樹木。這對我們來說也比較簡單……。」

「這肯定花了你們很多年吧！」

濤露出了大大的微笑。「只花了兩天——兩個二十一小時的天。」

濤看見我一臉懷疑的表情，忍不住大笑起來。她，或者說他，笑得那麼開心，我也跟著笑了起來。一邊笑還一邊奇怪著，她是不是多多少少有點誇張了？

至於是不是誇張了，我又怎麼會知道？我聽到的一切實在太神奇了！也許這些都是我的幻覺、也許我是被下了藥、也許我很快就會發現自己在床上醒過來？「不是的，米歇，」濤讀懂了我的想法，打斷我說，「我希望你不要再懷疑下去。心靈感應本身就足以證明這一切都是眞的。」

她說出這句話的時候，我突然想到，即便是在最精心策劃的騙局中，誰也很難把這麼多超自然的元素湊在一起。濤能夠像閱讀一本書一樣地讀出我心中所想，而且她一再證明了這一點；而拉濤利只是將手輕輕放在我肩上，就可以讓我有超乎尋常的幸福感覺。我必須承認，這些都是實實在在的證據。我毫髮無傷，而且眞的在經歷一場非同尋常的奇遇。

「好極了！」濤表示同意。「我可以繼續了嗎？」

「請繼續。」我想接著聽她講。

「於是，我們就爲那些人提供了物質上的幫助；但是在我們介入的時候，通常不會讓他們知道我們的存在，這有幾個理由。

「第一就是安全問題，第二是心理因素。如果我們讓那些人知道了我們的存在，如果他們知道我們是來幫他們的，他們肯定會被動等待我們的幫助，並在那裡顧影自憐。這會削弱他們生存的意志。你們地球上也有這個說法：自助者，天助之。

「最主要的原因在於第三點，也是最後一點。宇宙自有其法則，就好像行星只能圍繞恆星轉動，這是嚴格的規定。如果你犯了錯誤，就要受到懲罰——可能是立刻，也可能是十年甚至幾百年後，但最終逃不過犯錯的代價。所以我們可以、或者說被建議爲他們提供幫助，但我們被嚴格禁止『把飯餵到他們嘴裡』。

「於是我們用了兩天的時間爲他們的星球引進了一些成對的動物，又重新種植了大量植物，如此一來，人們可以飼養動物，也可以種植作物和樹木。他們要從零開始，但我們會引導他們的發展，有時是通過夢境，有時通過心靈感應。有的時候，我們化身爲『來自天上的聲音』，也就是從我們太空船發出的聲音，但對於他們來講，這聲音就是從『天上』傳來的。」

「他們肯定把你們當成神了！」

「正是如此，所以就有了傳說和宗教；但像在這樣的緊急情況下，一切以結果爲重。

「又過了幾百年，這個星球終於差不多恢復到了核災以前的樣子。一切又變回原樣，雖然受害嚴重的地方還是變成了沙漠。不過其他影響較小的地方，動植物則輕易地繁衍了起來。

「十五萬年後，他們的文明取得了高度成功，這次不僅是在技術層面；令人高興的是他們吸取了教訓，在靈性和精神層面也高度進化。黑種人和黃種人都是如此，還結下了深厚的友誼。

「星球上的人們和平共處，也有很多有關他們的傳說，其中許多歷史都有書面記載，他們的後代就能清楚地知道是什麼引發了核災難，其後果又是何其慘痛。

「就像我之前說的，人們知道，再過不到五百年，他們的星球就無法居住。他們也知道星系中還有其他的星球，有的已經有人居住，有的可能適宜居住，於是他們為生存踏上了最認眞的探索之旅。

「最後，他們找到了你們的太陽系，先造訪了火星，因爲他們知道火星的環境適合居住。當時，火星上也確實是有人居住的。

「當時火星上的人類沒有技術，但他們的精神文明卻高度發展。火星人很矮，身高在一百二十到一百五十公分之間，是蒙古人種。他們以部落爲單位，在石頭屋裡群居。

「火星上的動物種類非常有限。有一種矮小的山羊，一些像巨大野兔的生物，還有一些鼠類。最大的動物長得像水牛，但有著像貘一樣的頭。火星上還有一些鳥類和三種蛇類，其中一種蛇有劇毒。那裡的植被也很貧乏，樹木沒有高出四公尺的。他們也有一種能吃的草，跟你們的蕎麥差不多。

「巴卡拉替尼星人在研究後發現，火星也在以一定速度冷卻著，四、五千年內就無法居住。火星上的植被和動物也實在稱不上豐富，對於星球上現有居民都幾乎供不應求，就更別提來自巴卡拉替尼的大批移民了。而且，火星對他們來說並沒有什麼吸引力。

「於是，兩艘太空船就開始朝著地球行進。他們第一次著陸的地點在現在的澳洲。這裡需要解釋一下，當時的澳洲、新幾內亞、印尼和馬來西亞都在同一塊大陸上。那裡有一處大約三百公里寬的海峽，就是現今泰國的所在之處。

「當時，澳洲有一個很大的內陸海，幾條大河都匯入其中，因此成爲各種各樣有趣植被和動物的棲息地。經過整體評估後，太空人們決定選擇這個國家作爲他們的第一個移民基地。

「更準確來說，黑種人選擇了澳洲，黃種人則在現在的緬甸一帶定居——那兒也是個野生動植物豐富的區域。黃種人很快地在孟加拉灣的沿海建起基地，黑種人也在澳洲內陸海的海岸上建立了第一個基地。之後，他們又在現在新幾內亞的所在位置建立了更多基地。

「他們的太空船能以超光速飛行，大約用了近五十個地球年的時間，將三百六十萬黑種人和同樣數量的黃種人運送到了地球。這次移民是兩民族之間互相理解和團結一致的證明，他們決定共同在一個新的星球上找尋生路，和平共處。他們也達成共識，將年老和體弱的人留在巴卡拉替尼星上。

「巴卡拉替尼星人在定居前已經對地球進行了全面考察，根據調查，他們確信，此前這裡沒出現過人類生命。他們有時覺得發現了一種類似人類的生命形式，但仔細觀察後，發現這些生命其實是某種大型的猿類。

「地球上的重力比他們星球大，一開始兩個人種都很難受，但最後他們還是完全適應了。

「還好巴卡拉替尼物資豐富，在地球上建立城鎮和工廠的時候，他們就從巴卡拉替尼運來一些輕便但很結實的材料。

「我還沒說，那時候，澳洲位於赤道上，地球的自轉軸也跟現在不同——那時候地球自轉一圈需要三十小時十二分鐘，公轉一圈需要二百八十天。赤道氣候也不是現在的那樣。當時氣候更濕潤，因爲現在地球的氣候早已發生變化。

「地上到處跑著成群的大斑馬，還有可以當成食物的大鳥『渡渡鳥』，以及非常大的美洲虎，和一種將近四公尺高的鳥，你們叫『恐鳥』。有些河裡有十五公尺長的鱷魚和二十五到三十公尺長的蛇。有的時候牠們會把新來的物種當成新鮮的舌尖美味。

「無論從營養還是生態角度，地球上的許多植被和動物都和巴卡拉替尼星上的完全不同。爲了讓向日葵、玉米、小麥、高粱、木薯等植物能更加適應地球環境，他們建造了許多實驗農場。

「這些植物有的在地球上根本不存在，有的雖然存在，但是品種太原始而根本無法食用。巴卡拉替尼星人還引進了山羊和袋鼠，因爲他們喜歡這些生物，在巴卡拉替尼星上也大量以這兩種動物爲食。他們尤其喜歡在地球上飼養袋鼠，雖然困難重重，但最終還是成功馴化。馴化過程中最大的困難之一就是食物。在巴卡拉替尼星上，袋鼠以一種精細耐寒的『阿裡露』草爲食，但在地球上沒有這種草。巴卡拉替尼星人每次種植都以失敗告終，這種草始終被瘋狂生長的微小眞菌呑噬。於是他們只能人工飼養袋鼠，經過幾十年，袋鼠終於適應了地球上的草類。

「黑種人還是堅持不懈地種植這種草，最後終於成功了。但是已經過了太久，袋鼠們早就不再需要這種草，而是已經習慣了新的牧草。又過了很久，阿裡露終於扎穩了根，因爲沒有動物肯以它們爲食，它們就在澳洲繁衍開來。現在它們的植物學名稱叫黃萬年青，俗稱『草樹』①。

「這種草在地球上要比巴卡拉替尼星上高得多、也茂密得多，這種情況在從其他星球引進植被的時候很常見。這種植物就是遠古時代殘留的痕跡之一。

「這些僅見於澳洲的草樹和袋鼠，在在表示了巴卡拉替尼星人在地球的這個區域駐留了很長時間，才去開拓其他地區。我接著要解釋的就是這個，但我先說了袋鼠和黃萬年青的事，是想讓你更好理解這些人在適應過程中需要克服的種種困難；當然，這只是九牛一毛，其他的困難還有很多。

「之前說過，黃種人定居在孟加拉灣的內陸地區。他們大多聚集在緬甸，也興建了城市和實驗農場。他們對蔬菜格外感興趣，於是從巴卡拉替尼星引進了卷心菜、生菜、香芹、香菜和其他蔬菜。他們還引進了櫻桃樹、香蕉樹和橘子樹等其他水果類。香蕉樹和橘子樹很難養活，因爲那時候的氣候比現在要寒冷。因此他們把一些樹給了黑種人，而黑種人在種植上獲得了巨大成功。

「同樣地，黃種人在小麥種植上也十分成功。從巴卡拉替尼運來的小麥結出了巨大的穀粒，有咖啡豆那麼大，穗子則有四十公分那麼長。黃種人種植了四種小麥，短時間內就達成了非常高的產量。」

「他們有沒有把水稻帶到地球上？」

「完全沒有。水稻完全是地球上土生土長的植物，只不過黃種人對它進行了改良，才成了現在的樣子。

「接續剛才的話題，他們建起了儲存食物的圓筒倉，兩個種族之間開始了商業交易。黑種人出口袋鼠肉、渡渡鳥（當時很多產）和斑馬肉。在馴化斑馬的時候，黑種人培育出了一種雜交品種，味道跟袋鼠肉差不多，但是更有營養。他們用巴卡拉替尼的太空船運輸交易，地面上四處建起了太空船基地……。」

「濤，你是說地球上第一批人是黑種人和黃種人。那麼，爲什麼我是白人呢？」

「別急，米歇，別急。地球上的第一批居民確實是黑種人和黃種人，但是現在我先要繼續

① 「草樹」原文為「黑小子」（black boys），現在這個詞在澳洲被禁用了，因為有種族歧視的意味。（原文版編輯評註）

講講他們的組織和生活方式是怎樣的。」

「他們在物質上獲得了巨大成功，但是也很仔細地沒有忽略大型會堂的建設。他們在那裡進行宗教活動。」

「他們也有宗教？」

「是的，他們都是塔克歐尼（Tackioni），就是相信輪迴的人。這種信仰跟你們地球上的藏傳佛教有些類似。

「兩個國家之間的交流頻繁，他們甚至還齊心協力共同開拓地球的其他地區。一天，一支黑種人和黃種人的隊伍在南非的一角著陸，那就是現在的好望角。非洲從古至今幾乎沒發生什麼改變——除了撒哈拉、東北地區和當時並不存在的紅海。不過這屬於另一個故事了，我們之後再說。

「在探險的時候，他們已經在地球上定居了三百年。

「在非洲，他們發現了新的動物，比如大象、長頸鹿和水牛，還發現了之前從沒見過的水果：番茄。米歇，你可不要把它當成像你們現在的那種番茄。一開始發現的時候，番茄的大小跟非常小的醋栗一樣小，而且酸性很強。黃種人在種植作物方面已經非常嫻熟，於是在之後的幾個世紀裡不斷改良番茄，就像他們改良水稻那樣。就這樣，番茄才變成了你們今天熟悉的樣子。他們還驚訝地發現了香蕉樹，乍一看跟他們從巴卡拉替尼上引進的香蕉樹差不多。不過，他們之前的努力也沒白費，因爲這種非洲香蕉幾乎是不能吃的，裡面都是巨大的籽。

「探險隊由五十個黑種人和五十個黃種人組成，他們帶回了大象、番茄和貓鼬——因爲後來他們很快地發現貓鼬是蛇的致命天敵。但不幸的是，他們也在毫不知情的情況下帶回了一種可怕的病毒，於是就有了你們現在所稱的『黃熱病』。

「短短時間內，幾百萬人相繼死去，可是醫學專家根本不知道這種疾病是怎麼傳染的。

「因爲這種病主要的傳染媒介是蚊子，赤道氣候下因爲沒有冬天，所以蚊子要比別的地方來得多，黑種人因此受到了重創。實際上，他們的受害人數是黃種人的四倍。

「黃種人在巴卡拉替尼星時，就已經在醫學和病理學上佔有領先地位；但是他們也花了多年時間才發現這種疾病的治療方法。在這段時間裡，成千上萬的人已經死於病魔之手。最後，黃種人發明了一種疫苗，並馬上提供給黑種人，此舉更是加深了兩個種族之間的友誼。」

「這些黑種人外表是什麼樣子呢？」

「他們從巴卡拉替尼移民過來的時候約有二百三十公分高，男人女人都是，而且長相俊美。黃種人就稍微矮小些，男性平均身高一百九十公分，女性平均一百八十公分。」

「但你說現在的黑人就是這些人的後代，爲什麼現在這麼矮了？」

「是重力的緣故，米歇。因爲地球的重力大於巴卡拉替尼，所以兩個人種都變矮了。」

「你曾說你們能幫助這些人解決困難，但在黃熱病爆發的時候你們爲什麼沒有施以援手？

是因爲你們也找不到疫苗嗎？」

「我們可以幫忙，等你到了我們的星球你就會看到我們的能力；但是我們沒有干預，是因爲那不在我們必須執行的計劃之內。我已經告訴過你，但不得不再次重複，我們只能在某些情況下提供幫助，不過也是適可而止。一旦超出了限度，宇宙法則嚴禁任何形式的幫助。

「我舉個簡單的例子。假設孩子爲了學習知識，每天都去上學；晚上回家的時候，孩子請家長幫忙做作業。如果家長明理，他們會協助孩子理解其中涉及的概念，引導孩子自己完成作業。但是，如果家長直接替孩子做作業，孩子不就什麼都學不到了嗎？他將不得不年年留級，而家長這麼做也沒爲孩子帶來任何好處。

「之後你會理解的，其實現在你已經明白了，你在你的星球上不僅要學習如何生活、經歷磨難和面對死亡，還需要盡可能提升自己的精神層面。等你見到濤拉的時候我們還會回到這個話題。現在我們還是講講和這些人有關的事情……。

「他們已經戰勝了黃熱病，也開始在地球上更多的地區扎根。人口密集的地方不只有澳洲，還有南極——當然，那時候南極的所在位置氣候溫和。新幾內亞人口也很密集。在黃熱病災難過後，黑種人人口有七億九千五百萬。」

「我以爲南極在那時候還不是一塊眞正的大陸？」

「那個時候，南極跟澳洲是相連的，比起現在也暖和得多，因爲那時候地球的自轉軸和現在不同。南極的氣候更像是現在俄羅斯南部那樣。」

「他們再也沒回過巴卡拉替尼嗎？」

「沒有。他們在地球上定居後，就制定了嚴格的規定，任何人不得回去。」

「那他們的星球後來怎麼樣了？」

「正如他們預期的那樣，巴卡拉替尼冷卻了，化作一片荒漠——就像火星。」

「他們的政治結構如何？」

「他們的政治結構很簡單，村或區的領袖由人民舉手選出。這些區的領導會再選出鎮領導以及八名德高望重的長老，這些人擁有智慧和常識，剛正不阿，而且聰敏過人。

「他們從來都不是因為財富或家世被選中，所有人的年齡都在四十五到六十五歲之間。鎮或區的領袖（一個區由八個村莊組成）需要與八位元長老協商；而八位長老所組成的委員會將從鎮或區的領袖中選舉一名代表出席國務院會議（以無記名投票選舉，要求至少七個人投票認同）。

「比如在澳洲有八個州，每個州有八個鎮或八個區，在國務院會議上就會各有八名代表，各自代表一個鎮或一個區。

「國務院會議由一名大長老主持，他們會探討政府面臨的各種日常問題：水路運輸、醫院、道路等等。黑種人和黃種人在交通上都使用輕型的車輛，這些車配備氫能源馬達，因為有抗磁和抗重力的系統，車輛都是懸浮於地面行駛的。

「不過，說回到政治體系，他們的體系裡不存在『政黨』的概念，一切都是基於正直和智慧的名譽之上。長久以來的經驗讓他們認知到，要想建立一個可以長治久安的秩序，需要兩個不可或缺的因素：公正和紀律。

「以後我會再跟你談談他們的經濟和社會結構，現在我可以爲你說說他們的司法系統，讓你有一些概念。舉例來說，在偷竊者被認定有罪，他（或她）常用手的手背就會被燒紅的烙鐵烙上印記；所以右撇子小偷的右手會被烙印，如有再犯，左手就會被砍掉。直到最近，阿拉伯人也還在使用這種從古至今延續下來的做法。如果這人屢犯不改，右手也會被砍掉，額頭也將烙上不可磨滅的印記。沒有了手，偷竊者只能靠家人和路人的好心施捨度日，食物和其他所需都倚仗他人的恩賜。因爲人們都會認出他頭上的印記，他的人生會變得非常艱難，可以說生不如死。

「於是這偷竊者就是活生生的例子，慣犯的下場如何是人盡皆知。如此一來，竊盜案件自然也鮮少發生。

「謀殺案件也非常少見，你會知道爲什麼的。被告的謀殺犯會被單獨帶到一個特殊房間裡，而在房間簾子後面會有一位『讀心者』。這個讀心者不僅天生就具備讀懂人心的能力，還在專門的學校深造多年，持續培養這種能力。讀心者能看透嫌疑犯的心思。

「你可能會反駁說，經過訓練，人可以讓自己的思維變成一片空白——然而，誰也做不到連續六個小時保持這種狀態。而且，在嫌疑犯不留意的瞬間會聽到一些聲音，這些聲音是已經設定好的，會讓他無法集中精力。

「爲了確保萬無一失，六個不同的讀心者都會參與其中。他們對原告或被告的證人也會使用同樣程序，這些人會被安排在一段距離以外的另一棟樓裡。證人之間無法串通證詞，接下來的兩天，他們會持續接受這樣的調查，每天八個小時。

「在第四天，所有的讀心者會把他們的記錄提交給由三名法官組成的審判團，三名法官會對被告的嫌疑犯和證人進行盤問和交叉盤問。沒有律師的辯護，也沒有陪審團在場。法官們已經掌握了案件的所有細節，想要徹底確認疑犯是否有罪。」

「爲什麼？」

「因爲處罰是死刑，米歇，是非常可怕的死刑。謀殺犯會被活生生的丟去餵鱷魚。強姦罪比謀殺還嚴重，懲罰也更殘酷。強姦犯會被塗上蜂蜜，肩膀以下埋在土裡，他的附近有蟻群聚集，有的時候，要經歷十到十二個小時的折磨後才能死去。

「現在你應該明白爲什麼這兩個人種的犯罪率都極低了吧。正因爲如此，他們都不需要監獄。」

「你不覺得這種方式過於殘忍了嗎？」

「那麼你可以想想一名十六歲女孩的母親，她如果知道自己的孩子被強暴殺害之後會有多麼痛苦。難道她的喪女之痛不比最嚴酷的刑罰還殘忍嗎？她沒有去招惹禍端、自尋無妄之災，但卻不得不承受這樣的痛苦。但是犯罪者明知道自己的行爲會導致這樣的後果，卻仍故意爲之，當然就要受到嚴厲的懲罰。不過我剛才也說，犯罪幾乎是不存在的。

「回到宗教的話題。我之前說過，兩個種族都相信輪迴，但是他們的信仰也有差異，導致他們有時產生分歧。一些祭司會拉攏民眾，形成以其爲首的各種教派。黑種人中間就發生了這樣的分裂，也引起災難性的後果。

「最終，約五十萬名黑種人在祭司的誘導下移民到了非洲，亦即現在的紅海一帶。那個時候紅海尚未形成，整片土地都屬非洲。他們開始建造村莊和城鎮，卻拋棄了之前我描述過的那種公正有效的政治體系。祭司全憑自己做主選出政府首腦，所以這些首腦某種意義上成爲祭司操縱的傀儡。自時起，人們就不得不面對你們地球上現在面臨的許多問題：腐敗、嫖娼、毒品和各種不公。

「至於黃種人，他們的組織則非常有序，除了一些在宗教方面的輕微曲解外，祭司對國家大事是無權過問的。

「他們生活富足、和平安逸，跟分裂到非洲的黑種人完全不同。」

「那麼武器呢？他們有什麼樣的武器？」

「很簡單，但往往簡單勝過繁瑣，也更有效。兩族人民帶來的武器是一種『鐳射槍』，這些武器由一個專門部隊掌管，他們聽命於每個國家的領袖。兩個民族達成共識後，交換了一百名觀察員，他們長期駐留在本土以外的其他國家。這些觀察員是自己本國的大使和外交官，同時也要確保避免軍備過量。這個體系非常完善，帶來了三千五百五十年的和平。

「由於移民非洲的黑種人是分裂出去的群體，因此未被允許帶走這些武器。漸漸地，他們的活動範圍越來越廣，還到了現在的撒哈拉沙漠一帶定居。那時候的撒哈拉氣候宜人，土地肥沃、草木豐盛，是很多動物的棲息地。

「祭司爲了滿足自己對財富和權力的虛榮，建起了廟堂，還對人民課以重稅。

「這些人以前從來沒有貧富之分，現在卻形成了兩個差別明顯的階級：富人和窮人。這些祭司當然是屬於前者，那些幫助祭司剝削窮人的人自然也跟著成了富人。

「宗教成了偶像崇拜，人們對著石頭和木頭做成的神像膜拜、供奉祭品。沒過多久，祭司就提出要用活人祭祀。

「從分裂的開始，祭司就費盡心機將人們蒙在鼓裡。祭司多年來處心積慮降低人民智力和體力的發展水準，這樣才能更好地操控他們。這種後來『發展』的宗教跟當初促使人民脫離國家的『教派』完全不同，所以控制好民眾成爲了他們的首要任務。

「宇宙法則規定，無論居住在哪個星球，人的主要義務就是發展自己的精神與靈性。然而這些祭司將國民困於無知之中、用謊言錯誤引導他們，降低了民眾的精神水準，違背了宇宙的基本法則。

「我們決定在此時採取干預措施。但在行動之前，我們還是想給祭司們最後一次悔改機會。我們用心靈感應和託夢的方式告訴大祭司：『活人祭祀必須停止，你們必須帶這些人走回正途。人類以肉體形式存在，唯求精神發展之目的。當前種種作爲，有違宇宙法則。』

「大祭司深受震撼，第二天便召集所有祭司開會，道出昨夜夢境。有幾個人指責他想要背叛；其他人覺得他是年齡大了冥頑不靈；還有一些人懷疑他出現了幻覺。最後，經過幾個小時的討論，組成這個議會的十五個祭司中，十二人都堅持要維持現狀，聲稱他們的目的就是一直掌控人心，增進民眾對『復仇之神』的信仰和畏懼，而他們正是該神在地球上的代言人。他們對大祭司描述的『夢境』隻字不信。

「有時我們的立場很微妙，米歇。我們本可以和我們的太空船一起出現，直接和祭司對話，但是他們能認出這些太空船，因爲他們在分裂前也曾有過。

「他們肯定會馬上襲擊我們——不做任何詢問，因爲他們很多疑，而且害怕失去自己在『國民』心中的主導地位。爲了鎮壓可能發生的造反行爲，祭司們還擁有軍隊和威力相當大的武器。我們可以消滅他們，直接與人民對話，將人民帶回正途；但從心理學上講，這是不妥的。這些人已經習慣了遵從祭司的指令，肯定不會明白爲什麼我們要干涉他們國家的事務——

如此，所有努力就會化爲泡影。

「所以某天晚上我們帶著我們的『工具球』飛到了這個國家的上空、大概距離地面一萬公尺處。廟堂和聖城距離城鎮一公里左右。我們通過心靈感應叫醒了大祭司和聽從他建議的兩名祭司，讓他們走到一座美麗的公園裡，公園距離聖城一千五百公尺。然後我們製造了一個集體幻象，讓守衛打開監獄大門、放出罪犯；還有公僕、士兵……，實際上除了那十二名邪惡的祭司，聖城中所有的居民都被轉移到了安全地點。他們都受到奇怪的『天象』所指引，跑向了城鎮的另一頭。

「天空中出現了有翅膀的人，他在一團巨大的白色發光雲團周圍盤旋，雲團的光芒照亮了整個夜空……。」

「你們是怎麼做到的？」

「集體幻象，米歇。所以在很短的時間內我們就只把那十二名邪惡的祭司留在了聖城。一切準備就緒，『工具球』用你先前所見之行動中的武器摧毀了全城，包括廟堂。岩石炸得粉碎，牆壁倒塌，只剩下一公尺高，那些斷壁殘垣就是這種『作惡』後果的見證。

「如果我們眞的不留任何痕跡，人很快就會忘卻，因爲人類是健忘的……。

「接著，爲了教導民眾，我們從白色發亮的雲團後面發出聲音，警告他們上帝發怒的後果很嚴重——剛才所見只不過是冰山一角，而他們必須聽從大祭司的指引，跟隨他踏上一條新的路途。

「一切都結束了，大祭司站在民眾面前，爲那些可憐的民眾解釋說他之前犯了錯誤，現在最重要的是大家團結一心，依新的方式生活。

「那兩名祭司也對他提供了協助。雖然他們經常遇到困難，但是對摧毀事件的記憶和恐懼（幾分鐘內就毀掉的聖城和那些邪惡祭司的死亡）幫助了他們。當然，所有人都堅信這是神靈的神蹟，因爲本來要在第二天被祭祀的二百多名犯人也因此重獲新生。

「這件事的所有細節都被抄寫員記錄下來，但是經過幾百年的流傳，仍在傳說和故事中被曲解了一些。不過無論如何，最直觀的結果就是所有事情都改變了。之前剝削窮人的富人在見到發生在邪惡祭司和聖城的事情後，害怕遭到同樣的命運，一下子變得謙卑起來，幫助新的領袖推動所需的變革。

「人民又漸漸生活得幸福起來，就像他們在分裂前一樣。

「與工業化和城鎮化的生活相比，他們更熱衷於田園生活。他們在接下來的幾百年分散到非洲各地，人口最終增加到幾百萬。但是他們建立的城鎮只分布在現在的紅海一帶和流經非洲中部的一條大河兩岸。

「人民開始大力開發自己的靈性潛能。很多人能夠用懸浮術進行短途旅行，心靈感應也恢復了在他們生活中的重要地位，變得普遍起來。還經常會有那種將手放在患處就治癒了身體疾病的事情發生。

「他們重新與澳洲和新幾內亞的黑種人建立了友好關係，這些黑種人定期乘坐『火輪車』來造訪他們。他們有時候用『火輪車』來形容澳洲黑種人仍在使用的太空船。」

「距離他們相對更近一些的黃種人也開始小規模向非洲北部移民，他們深受『上帝乘坐火輪車降臨』的故事所吸引。後世傳說就以此來描述我們那次的干預行爲。

「黃種人先與黑種人進行了融合，我是說身體上的交配。可能聽上去令人吃驚，但是在巴卡拉替尼星上，兩個人種從沒像在地球上這般地融合。民族學家對通婚的結果非常感興趣，於是地球上出現了一個新的部族。事實上，這些『混血者』、也就是兩個種族的通婚結果，擁有更多黃種人的特徵；且混血者們最後發現，比起跟黑種人或黃種人待在一起，他們更喜歡同族相處。最後他們聚集到一起，定居在現今北非的阿爾及利亞、突尼西亞一帶。一個新的種族就此誕生——也就是你所知道的阿拉伯民族。千萬別認爲他們一下子就變成了現在阿拉伯人的樣子。隨著氣候變化，時間累積，幾百年後的他們早已不是當初的模樣。我講這些只是爲了讓你瞭解，一個新的種族是如何透過混血產生的。

「於是，地球上的居民一切都順心如意了，直到面臨一個問題。一顆巨大的小行星正朝地球靠近，幾乎察覺不到，但可以肯定它與地球越來越近，天文學家和學者都非常擔憂。

「位於澳洲中心的艾奇裡托天文台最先發現了這一現象。幾個月過後，只要找對方向，肉眼也能夠看到天邊發出一種十分不祥的鮮紅色亮光。過了幾周，這顆小行星越來越明顯。

「澳洲、新幾內亞和南極政府做出了一個最重要的決定，黃種人領袖也立即表示贊同。他們一致同意，小行星與地球的相撞不可避免，而在那之前，所有可以飛行的太空船都要載上盡可能多的專業人士和專家離開地球。這些人包括醫生、技術人員等等，都是災難過後最有可能為民眾帶來幫助的人。」

「他們去哪？月球嗎？」

「不是的，米歇，那個時候地球還沒有月亮。他們喪失超遠航行的能力已經有很長一段時間了，現有的太空船只能進行為期十二週的自動飛行。他們的計畫是讓太空船在地球周圍軌道上飛行，隨時準備以最快的速度降落在最需要提供援助的地方。

「澳洲裝備了八十艘太空船，用於裝載一支菁英隊伍，這些人都是經過日日夜夜的會議討論而決定的人選。黃種人也做出了同樣的舉措，準備好了九十八艘太空船。當然，非洲是從未有過任何太空船的。

「請注意，除了各國最高領導人外，這些太空船上沒有一個位子是留給你可以稱為『部長』的官員的。在你看來這可能很奇怪，如果地球上發生這種事情，政治家肯定都會藉由黑箱操作來保護自身利益。

「一切準備就緒後，民眾都收到了即將發生撞擊的警告。太空船的任務對民眾是保密的，因為領袖擔心民眾會覺得領袖們背叛了自己，容易引起恐慌，甚至有可能會導致機場遭到襲擊。同樣，領袖們也輕描淡寫了撞擊可能帶來的影響，想要將民眾的集體恐慌降到最小。

「考量到小行星的速度估算，一場不可避免撞擊已迫在眉睫，只剩下四十八小時了。專家們全都同意了這一計算結果——嗯，是幾乎全都同意。

「所有太空船將在撞擊前的兩個小時同時起飛，因為越晚離開，就越能在災難過後於太空中待滿整整十二周（有必要的話）。計算顯示，小行星將會撞擊在現在的南美一帶。

「因此，一切都準備妥當，起飛時間定在澳洲中部時間的正午十二點。但是不知是計算出了錯誤（雖然這極不可能），還是小行星突然出乎意料地加速了，它在中午十一點就出現在天空，像橙紅色的太陽一樣發出耀眼光芒。他們趕緊發出起飛信號，所有太空船都飛向了空中。

「為了盡快離開地球的大氣層、擺脫地心引力，他們需要利用一種『扭曲』②，那時候的扭曲之處在現今歐洲上空。雖然太空船速度很快，但小行星還是在它們尚未到達扭曲處時就撞擊了地球。小行星一進入地球的大氣層，就分裂成了三塊巨大的碎片，其中最小的直徑有幾公里，落在現今的紅海一帶。

「另外一塊稍大些，落到了現在的帝汶海地區，三塊中最大的碎片則落在現今厄瓜多的加

② 這裡「扭曲」的意思是「一個引力空洞」，也就是引力弱的地方。（原文版編輯基於作者解釋做出的評註）

拉巴哥群島一帶。

「隨之而來的影響非常嚴重。太陽變成暗紅色，如氣球般朝著天際線的一邊搖搖下墜。不久，太陽就停了下來，然後慢慢爬升，但在爬到一半的時候又『摔了下去』。地軸在剎那間偏轉了！因爲最大的兩塊小行星碎片穿透了地殼，於是大爆炸接連而至。澳洲、新幾內亞、日本和南美，全球幾乎都發生了火山爆發。山脈瞬間平地而起，高達三百公尺的巨浪席捲了澳洲五分之四的國土。塔斯馬尼亞從澳洲脫離，南極洲的一大半都沉入水中，於是澳洲和南極洲之間出現了兩個巨大的海底峽谷。南太平洋中部升起了一塊巨大的陸地。緬甸的一大部分沉入了現在的孟加拉灣。另一塊盆地下沉，則形成了現在的紅海。」

「有足夠多的時間讓太空船逃生嗎？」

「不太夠，米歇，因爲專家們犯了一個錯誤。我們可以爲他們辯解說如此的意外難以預料。實際上，他們預見到了地軸偏轉，但忽略了地軸的振盪。小行星再次墜入地球大氣層，產生『回波』，回波追趕上了太空船後，把它們拽了進去。其後，太空船還受到了隨小行星而來和其碎裂後所產生之無數微粒的撞擊。

「只有七艘太空船竭盡全力後成功逃離了地球上的恐怖災難。其中三艘是黑種人的，四艘是黃種人的。」

「眼睜睜看著地球發生這樣的變化，對他們來說一定感到觸目驚心吧。你說的太平洋中央的大洲，過了多久後才浮出水面？」

「僅用了幾個小時。劇變導致的氣帶將大陸頂上了水面，最深的氣帶源自地心深處。

「地球表面的劇變持續了數月。在小行星撞擊的三處形成了成千上萬座火山。澳洲大部分地區都彌漫著毒氣，幾分鐘內就讓成百上千萬黑種人毫無痛苦地死去了。我們的資料顯示，澳洲的人類和動物幾乎全部滅亡。一切歸於平靜後，倖存者僅有一百八十人。

「是這些毒氣導致了滅亡。新幾內亞還沒有那麼多氣體擴散，死亡人數也較少。」

「我一直想問你個問題，濤。」

「請說。」

「你說新幾內亞和非洲的黑種人是從澳洲移民過去的，那麼，爲什麼現在澳洲土著居民跟其他地方的黑人差別那麼大呢？」

「問得非常好，米歇。我應該給你描述更詳細些的。由於撞擊帶來的劇變，散布在地球表面的鈾礦發出了強烈的輻射，這只發生在澳洲，那些倖存者受到了嚴重影響，就像原子彈爆炸的情況一樣。

「他們的基因發生了變異，所以現在的澳洲土著黑人和非洲黑人不同。更何況，他們的生存環境和飲食結構也發生了很大改變。隨著時間推移，巴卡拉替尼星人的後代就『變成』了現在的澳洲土著人種。

「隨著地殼不斷隆起，山脈也陸續形成，有的瞬間凸起，有的用了幾天。裂隙吞噬了所有城鎮，隨之閉合，這樣就抹去了所有文明存在過的痕跡。

「最可怕的是氾濫的洪水，地球上自古以來不曾有過。無數火山同時向空中噴射岩灰，岩灰直沖雲霄，整個天空都陷入了黑暗。在有些地方，成千上萬平方公里的海水都在沸騰，水氣和捲著火山灰的雲混作一團。天上出現一團團厚重的烏雲，大雨傾瀉，那情景難以想像……。

「在太空中徘徊的那些太空船呢？……」

「十二周過後，他們不得不返回地球。他們選擇降落在現在的歐洲地區，因爲其他地方完全沒有能見度。七艘太空船中只有一艘成功著陸。剩下的太空船都被颶風甩到了地面墜毀。這種旋風時速三百到四百公里，席捲了整個星球。這種颶風主要是由火山突然爆發所造成的溫差而導致的。

「僅剩的一艘太空船降落在現在的格陵蘭島。船上有九十五名黃種人，很多人都是醫生或者各行各業的專家。他們在極其惡劣的條件下著陸，太空船也因此受損，無法起飛，不過還可以充當一個避難所。他們備品充足，可以維持很長時間，也開始盡力重整旗鼓。

「大約一個月過後，他們連同太空船一起全被一場地震吞噬了。這場最後的滅頂之災，讓地球上所有文明化爲灰燼。小行星撞擊帶來的一連串災難讓整個地球上的人口四處流散，包括分布在新幾內亞、緬甸和中國、還有非洲的人口，只有撒哈拉地區相比之下受到的影響較小。

但是，紅海地區建起的所有城鎮都被新形成的大海吞沒了。可以說，地球上沒剩一個城市，無數人類和動物從此滅絕。沒過多久，全球就遭遇了大範圍的饑荒。

「毫無疑問，澳洲和中國的燦爛文明只化作了傳說中的泡影。在這種情況下，人們被新形成的峽谷和海洋分隔開來，散落各地，地球上首度出現了食人之風。」

4
金色的星球

濤的敘述接近尾聲，這時我的注意力被她座位附近亮起的各種顏色的光給吸引了。話音剛落，她就做了一個手勢。接著，房間一面牆上出現了一串數字和字母，濤看得全神貫注。接著，光滅了，圖像也消失了。

「濤，你剛才提到了幻象和集體錯覺。我不太理解，你是怎麼讓這麼一大群人產生幻覺的，這豈不成了騙術？就像台上的魔術師一樣，利用事先『選好』的局，騙過觀眾的眼睛。」

濤又笑了。「某種意義上來講，你說得沒錯。因為在你的星球上，現在已經極難找到一位眞正的魔術師了，尤其在舞台上。我必須提醒你，我們確實擅長各種心理現象，這些對於我們來說很容易，因為……。」

這時，太空船突然開始劇烈搖晃。濤看著我，滿眼驚恐——她的臉都變了顏色，心裡一定懼怕到了極點。只聽到一聲撕裂般的可怕巨響，太空船碎成了幾片，太空人都驚聲叫喊，我們都被捲進了宇宙空間。濤抓住我的胳膊，我們被狠狠甩到太空中，我頓時頭暈目眩。我忽然意識到，要是照這個速度，我們肯定要和某個彗星相撞——就像我們幾個小時前經過的彗星一樣。

我能感覺到濤把手放在我的胳膊上，但是我都沒有想要轉頭看她一眼——我滿腦子想的都是彗星。我們一定是要和彗星的尾巴撞上了，我甚至都能感覺到那種可怕的熾熱。我的臉皮即將漲破，一切都完了……。

「你沒事吧，米歇？」濤輕聲問道。她還在自己的座位上。我是不是瘋了？明明我還是坐在她對面的座位，剛剛我還在這裡聽她講述地球上第一個人的故事。

「我們已經死了嗎？還是瘋掉了？」我問濤。

「我們既沒死也沒瘋，米歇。你們星球上有句話叫『百聞不如一見』。你剛才問我，我們是怎麼讓這麼多人產生幻覺的。剛才為你創造的幻象就是我最直接的回答。我知道我應該選一個不太可怕的經歷，但是在這種情況下主題非常重要。」

「太神奇了！我從沒想過這種事眞的能發生，而且還發生得這麼突然。太眞實了，一切眞的都太眞實了。我不知道說什麼好……。我只想拜託你一件事，別再這樣嚇我了。我眞的會被嚇死……。」

「不會的。我們的身體還在座位上，我們只是把『星靈體』（astropsychic）跟我們的肉體和其他身體分離了……。」

「還有其他什麼身體？」

「其他的還有生理體、一般心理體（psychotypical）、星光體等等。剛才，我的大腦發出了一個心靈感應系統，就像信號發射台一樣，將你的星靈體和其他體分離，而與我的星靈體建立了直接聯繫。

「所以，我想像的一切都投射到了你的星靈體中，好像眞的發生了一樣。只有一點，因為我沒能來得及讓你做好準備，所以我必須非常小心。」

「這什麼意思呢？」

「製造幻象時，應該讓接受者對你想給他們看的東西有一定的預期。比如，你想讓他們看見天上的太空船，那他們得本身就期待會看到太空船才行。如果他們期待看到的是大象，那他們永遠也看不見太空船。這時就需要合適的用詞和巧妙的提示，目標人群才會在你的引導下，一致期待看到太空船、白象或者法蒂瑪聖母，這是地球上很典型的例子。」

「讓一個人看到幻象肯定比讓一萬個人看到幻象容易。」

「並不然。相反地，人多的時候會產生連鎖反應。當你釋放了他們的星靈體，開始施幻，他們之間就會相互產生心靈感應，以此類推。這有點像著名的多米諾骨牌效應——推倒第一張，其他的也會一個接一個倒下，一直到最後一個。

「所以在你身上是很容易做到的。自你離開地球後，多多少少有些焦慮。你無法按常理判斷接下來會發生什麼。

「在飛行機器裡飛行的時候，人向來有種有意無意的恐懼，於是我就利用了這種典型的恐懼：害怕太空船爆炸或墜毀。然後，你又看到了螢幕上的彗星，那爲什麼不乾脆把這兩件事結合在一起呢？剛才是我讓你的臉有灼熱的感覺，其實我也可以讓你穿過彗星尾巴時以爲臉會被凍住。」

「總之，你差點把我逼瘋就是了！」

「這麼短的時間是不會的……。」

「但剛才至少持續了五分鐘吧……。」

「都沒超過十秒……，就像在夢裡，或者應該說是噩夢，道理基本上是一樣的。比如，你在睡覺然後開始做夢，夢見自己和一匹白色駿馬站在草原上。你想要抓住這匹馬，但是每當你想靠近牠，牠都會跑掉。過了好一會，你嘗試了五、六次之後，終於跳上了馬背，一路馳騁。馬跑得越來越快，你快樂地沉浸其中……。白馬飛奔著，四蹄脫離了地面，飛上天空。你發現自己已經在鄉野的上空，河流、平原和森林盡收眼底。

「眞的太美了，然後遠方出現了一座山，隨著距離越來越近，山越來越高。你不得不吃力向上，馬越飛越高，眼看就要超過最高的山峰，突然馬蹄踩到了一塊石頭，你失去了平衡，突然跌倒，不斷下墜，跌入了不見底的深淵……。然後你發現自己從床上掉到了地板上。」

「你肯定又要告訴我這個夢只持續了幾分鐘吧。」

「只有四秒而已。夢的開始就好像是你重播了一段影片，然後從頭看了一遍。我知道這很難理解，但是在這場夢境裡，一切都始於你在床上失去平衡的那一刻。」

「我必須得承認，我沒聽懂。」

「你這麼說我一點都不覺得奇怪，米歇。想要眞正明白的話，需要在這一領域進行更多的研究，但在現在的地球，沒有人能夠在這方面指導你。此刻，弄清楚夢這回事並沒有那麼重要，米歇。但你可能沒有意識到，其實在你和我們相處的這幾個小時裡，你已經在某些領域有了很大進步，這才是眞正重要的。現在是時候告訴你，我們爲什麼帶你到海奧華來了。

「我們要託付給你一項使命。這項使命就是報告你接下來跟我們一起的時間裡親眼所見、親耳所聞和親身體驗到的一切。當你返回地球的時候，用一本書或者幾本書記錄你的經歷。正如你現在意識到的那樣，我們觀察地球人的行爲已經有上百萬年了。

「地球上一部分的人正處在十分緊要的歷史關頭，我們覺得嘗試幫助他們的時候到了。如果他們願意聽從我們的指引，我們就能確保他們走向正途。這就是爲什麼我們選擇了你……。」

「但我不是個作家啊！你們爲什麼不選擇一名優秀的作家——著名作家，或者一名出色的記者？」

濤看我如此激烈的反應，又笑了。「那些可能完成這項任務，我是說這項必須完成的任務的作家，都已經不在這個世上了，我指的是柏拉圖或者維克多·雨果。不過他們還是會把這些事實加入太多文學色彩。我們需要的是盡可能準確的描述。」

「那你需要的就是一名記者……。」

「米歇，你是知道的，你們星球上的記者向來爲了引起轟動而扭曲事實。

「想想看，你是不是經常看到不同新聞頻道或報紙對同一件新聞有不同的報導？當一家報導地震受害人數是七十五名，另一家說是六十二名，還有一家說是九十五名，你該信哪個？你覺得我們眞的會信任一個記者嗎？」

「你說得太對了！」我大聲同意。

「我們觀察過你，知曉你的一切，就像瞭解地球上的其他一些人一樣，然後我們選擇了你……。」

「但爲什麼偏偏是我？地球上能夠做到客觀的人不止我一個。」

「爲什麼不是你呢？待時機成熟，你就會知道我們選擇你的根本原因了。」

我不知道說什麼好。反駁毫無道理，因爲我已參與其中，而且不能回頭。無論如何，我必須承認我越來越喜歡這次太空旅行了。毫無疑問，無數人都會願意爲這樣的機會傾其所有。

「我不會再跟你爭論這件事了，濤。如果這是你的決定，那我也只有接受了。我希望我能擔當得起這項任務。但你有沒有想過，百分之九十九的人都不會相信我所說的任何一句話？對於大部分人來說，這些實在太難以置信了。」

「米歇，差不多兩千年前，他們相信耶穌說自己是上帝派來的嗎？當然沒有相信。要是眞的相信了，他們就不會把他釘在十字架上。但現在，無數人都相信了耶穌的話……。」

「誰相信他？他們眞的相信他嗎？濤，說到底，耶穌到底是誰？首先，上帝是誰？上帝是否存在？」

「我一直在等你問這個問題，而且你問的這個問題很重要。在一塊古老的，我想應該是叫『那卡』（Naacal）的石板上寫了：太初，世間空無一物，只有黑暗與靜寂。

「神靈（The Spirit），也就是超級智慧（the Superior Intelligence），決定創造世界，他召喚了四種超級力量⋯⋯。

「人類，即便是高度進化的人類，都很難理解這件事。實際上，從某種層面上講，這是不可能的。不過，你的星光體在離開肉體後卻能明白其中的道理。但是我現在說得有點超前了，我們還是回到最開始這段。

「太初，世間空無一物，只有黑暗和一個神靈——至高無上的靈。

「神靈一直、到現在都是，無所不能的——超出任何人類所能想像的那種萬能。神靈無所不能，甚至可以僅憑意志就製造出連鎖反應，引發力量大到不可思議的原子爆炸。事實上，各種世界都來自神靈的想像，想像出了如何去創造它們：從最龐大的一直到最細微的。他想像了原子。他在想像中構思了他要創造的一切，一切在動的和將來會動的，一切有生命的和將要有生命的，還有靜止的，或者看上去是靜止的——沒有一樣不在他想像之中。」

「但這還只存在於他的想像。一切仍處在黑暗之中。當他掌握了他想創造的一切畫面，他就用他非凡的神明之力瞬間創造出了宇宙的四種力。

「藉此，他指示了第一次，也是有史以來最大的一次原子爆炸，地球上的某些人稱之為

『宇宙大爆炸』。神靈在宇宙中心引發了大爆炸。黑暗退散，宇宙按照神靈的意志開始了自我創造。

「所以說，神靈『曾經是、現在是、今後永遠也是』宇宙的中心，因爲他是宇宙的主人和創造者……。」

「那麼，」我打斷了濤，「上帝的故事是像基督教說的那樣嗎？或者說大致像他們說的那樣？我從沒覺得那些胡說八道是眞的……。」

「米歇，我根本沒在講述地球上的宗教，特別是基督教。別把宗教和創世、還有之後水到渠成的一切聯繫在一起。邏輯和宗教毫無邏輯的歪曲完全是兩回事。我們之後會有機會討論這個話題，到時候肯定會讓你吃驚不少。

「現在我要說給你聽的是創世的故事。在數十億年內（創世者當然是永遠處在於『當下』的，以數十億年計是站在我們的理解層面考慮），跟你在學校裡學到的一樣，世界、恆星和原子就是這樣形成的。行星圍繞恆星公轉，可能還會有自己的衛星等等。有時，一些恆星系中的某些行星冷卻了：土壤突現，岩漿凝固，江海彙聚，大陸落成。

「最後，這些星球爲某些生命形式提供了生存條件。一切尚在最初階段，處於神靈的想像之中。我們可以把他的第一種力稱作是原子力（Atomic Force）。

「在這個階段，神靈通過第二種力設想了原始生物和許多原始植物，以及後來由此衍生出的亞種。這第二種力我們稱爲『宇宙卵力』（Ovocosmic Force），因爲這些生物和植物都是由簡單的宇宙射線變成的宇宙卵所創造的。

「起初，神靈想像的是通過一種特殊的生物體驗情感。他通過第三種力想像出了人，我們把這第三種力稱作『天體卵力』（Ovoastromic Force）。由此，人類誕生了。你可曾想過，米歇，要想創造一個人，哪怕是一隻動物，需要怎樣的智慧？不受意志影響跳動千百萬次的心臟、因心臟跳動而不斷循環的血液、通過複雜的系統將血液淨化的肺部、神經系統、根據五感回饋的結果發出指令的大腦，還有極其敏感的脊髓，讓你（馬上）抽回碰到火爐的手以免燒傷自己——大腦只需要十分之一秒就能發出指令，防止你的手被燒傷①。

「你可曾好奇過，在像你所在的星球上，幾十億人中，沒有兩個相同的指紋；還有，爲什麼我們所說的血液『晶態』，跟指紋一樣，每個人的都與眾不同？

「地球和其他星球上的專家和技術人員都曾試圖並且還在努力創造人。他們可曾成功？他們製造出的機器人，即便是最高度精密的那些，跟人體機制相比也不過是笨手笨腳的破銅爛鐵。

「說回到我剛才所提的晶態，最貼切的描述是每個人血液特有的振動，那與血型無關。地球上的許多宗派都堅信拒絕輸血是非常正確的，這與宗教的教義和宗教教導的書籍以及他們對這些教導的理解有關，但他們應該究其根本，也就是不同的振動對彼此產生的影響。

「如果是大量輸血，接受輸血的人可能會在一段時間內受到一定程度的影響，這取決於具體的輸血量。當然，這種影響絕不是危險的。

「過了一段時間，絕不會超過一個月，接受輸血的人的血液振動會佔據主導，捐贈人血液的振動再不會留下痕跡。

「不要忘了，這些振動體現更多的是生理和液態身體特徵，而不是物理身體的特徵。

「不過，米歇，我發現我大大偏離了主題。不管怎樣，現在我們都該去找他們了。我們離海奧華不遠了。」

於是，我也沒敢再問濤第四種力的本質是什麼，因爲她已經朝著出口方向走了。我離開座位，也跟著她回到控制室。大螢幕上是近距離的特寫，一個人正在慢聲細語講話，話語間幾乎沒什麼中斷。數字和圖像，還有不同明亮顏色的光點不斷在螢幕上穿過，中間還夾雜著各種符號。

濤讓我坐在我之前的座位上，告訴我不要動我的安全系統。接著她就走去跟畢阿斯特拉交談，畢阿斯特拉正在監督這些太空人，她們每個人都在自己的桌子前忙碌著。最後，濤回來了，坐在了我旁邊的椅子上。

①「大腦只需要十分之一秒就能發出指令，防止你的手被燒傷」原文為「只需十分之一秒，大腦就能發出指令不讓你的手被燒傷」。（此為原文版編輯自二〇〇〇年於原文電子版起的修改）

「現在是什麼情況？」我問濤。

「快到我們的星球了，所以我們正在慢慢減速。我們現在距離海奧華八億四千八百萬公里，預計二十五分鐘之後抵達。」

「我們現在能看到海奧華嗎？」

「別著急，米歇。耐心等待二十五分鐘又不是世界末日！」她眨了下眼睛，顯然心情大好。

螢幕上的近距離特寫換成了廣角鏡頭，這樣我們就可以看到這個星際基地控制室的全貌了，就像之前那樣。現在，每個操作人員都全神貫注在自己桌前工作。很多「桌上型電腦」都是用聲控而不是手動，操作人員只需要開口命令，電腦就能照做。色彩斑斕的光點和數字在螢幕上迅速穿過。太空船裡全體入座，沒一人站著。

「它」就這樣猝不及防地出現在了眼前，在大螢幕中央。星際基地消失了，眼前的正是海奧華！

我的猜測一定是正確的！我能感覺到。而濤也馬上通過心靈感應回應了我，這更讓我確信無疑了。

隨著我們越來越近，海奧華也在螢幕上越來越大。我目不轉睛地看著它，實在是太美了，美到無法言喻。最開始闖入我腦海裡的詞是「發光」，然後「金色」也跟著蹦出來——但這種顏色給人的感覺根本無法用言語描述。如果讓我造詞的話，可能我會說是「蒸汽樣的明亮金色」。看到它的眞實感受好比沐浴在發光的金色之中——彷彿空氣裡都是精心磨勻的金粉。

我們緩緩降落在這顆星球上，大螢幕不再顯示星球的輪廓，而是可以分辨的一塊大陸，大陸盡頭在與大海交界處戛然而止，海中小島的星星點點，色彩絢爛。

我們距離越來越近，細節之美好也看得一清二楚！著陸的時候，變焦功能暫時停用，至於爲什麼，我也是之後才知道。最吸引我的是眼前的色彩——令人眼花繚亂，迷醉其中！

所有的顏色，每種色調都比我們的顏色更加生動。譬如鮮綠，鮮到發光，生機迸發；深綠則恰好相反，顏色含蓄其中。這些色彩極難描述，因爲地球上存在的顏色根本無法與之媲美。紅色能看得出是紅色，但又不是我們知道的那種紅。濤的語言裡有一個詞是形容地球還有與地球類似的星球上的顏色。我們的顏色是考畢勞卡（Kalbilaoka），我翻譯成「暗淡乏味」，而他們的顏色是肖索拉克威尼基（Theosolakoviniki）③，意思是從內在放射出的顏色。

我的注意力很快就被螢幕上像蛋一樣的東西吸引了——是的，眞的是蛋④！我能看到地面

③ Theosolakoviniki，當光在一窄段頻率範圍內振動的時候，就會觀察到類似純粹單色的效果。作者在看到這些顏色的時候確認了這一點。「Theos」在古希臘語裡是「神」的意思，這是否是巧合？這些顏色是否因其「純粹」所以「神聖」？（原文版編輯解釋）

④ 我應該說是「半個蛋」，之後我們會發現用半個蛋來形容更為恰當。（作者註）

上布滿了蛋，有的一半覆蓋著植被，有的沒有任何遮蓋。有的大一些，有的橫躺著。其他的立起來，看著像是把尖頭指向天空一樣。

我實在是被眼前的景象給震驚了，再次轉向濤，問濤這些蛋是怎麼回事，可是螢幕上突然出現了一個環形的東西，周圍是大大小小的球，更遠的地方又是一堆「蛋」。這些蛋簡直是巨大無比。

我發現，這些小球是宇宙太空船，跟我們這艘一樣。

「是的，」濤在座位上說。「你看到的環就是我們太空船一會要停靠的地方，我們現在正在著陸。」

「那些巨大的蛋是什麼？」

濤笑了。「那是我們的建築，米歇。但是現在我必須跟你解釋一件更爲重要的事情。我們的星球會帶給你很多意外驚喜，不過有兩點可能會對你造成傷害。所以我必須保證你做好了最基本的防護措施。海奧華跟地球上的重力不同，你在地球上的體重是七十公斤，但在這只有四十七公斤。等你離開太空船後，如果不夠小心，你做出動作和條件反射時很容易失去平衡。你容易步伐邁得過大，然後可能摔傷自己……。」

「但我不太明白，我在你們的太空船裡感覺還好啊。」

「我們特意將太空船內的重力調整到跟地球一樣，或者說差不多一樣。」

「那你們肯定很不舒服，因爲那樣的話，看你的身高，相當於比正常體重多了將近六十公斤。」

「確實，在這種重力下，我們的身體會變重。但是我們通過半懸浮抵消了多餘的重量，所以不會覺得難受。這樣一來，我們還能很高興地看著你在我們中間穿行自如。」

太空船輕輕晃動，我們應該是著陸了。奇妙的旅程結束了，我馬上就要踏足另一個星球。

「第二點，」濤接著說，「你必須戴上面罩，至少要先戴一會，因爲這種亮度和顏色眞的會令人癡醉，就像喝醉酒那樣。這些顏色是種振動，會作用於你生理身體的某些點。在地球上這些點位很少被刺激、缺少鍛煉，所以在這裡會產生不幸的後果。」

我座位上的安全力場剛被「關閉」，我又解放了，可以隨意走動。大螢幕變成空白，但是太空人們還在忙碌。濤帶我走到門那裡，回到了我之前躺了三個小時的房間。她拿了一個很輕的面罩給我戴上。面罩遮住了我的前額，一直到我鼻子下面。

「我們走吧，米歇。歡迎來到海奧華。」

我們在太空船外面走了一小段路。確實，我馬上就感覺到自己變輕了。這種感覺很有趣，雖然讓我感到有些不安，因爲有好幾次我都失去了平衡，還好濤及時扶住了我。

我們誰都沒看見，這倒讓我覺得有點奇怪。地球思維讓我想像會有一大群記者簇擁過來，閃光燈拍個不停……，或者是類似的場面吧。說不定會有紅地毯！國家首腦會親自接見吧？其他星球的人造訪，誰也不是天天都能見到的吧！但是，什麼都沒有……。

走了一小段距離後，我們到了一處路邊圓形的平台上。濤在平台上的圓形座椅⑤坐了下來，示意我坐在她對面。

她拿出一個對講機大小的東西，我馬上就感覺自己被一種看不見的力場釘在了椅子上，跟在太空船上一樣。然後平台在隱約的轟鳴聲中緩緩上升，上升幾公尺後迅速朝大約八百公尺以外的「蛋」飛去。清透稀薄的空氣略帶香氛，輕拂著我鼻子下方露出來的臉，讓我備感舒適。溫度大概在攝氏二十六度左右。

只花了幾秒鐘，我們就到了。我們就像穿過一朵雲似的直接穿過了「蛋」的牆壁。平台停了下來，安安穩穩地落在「建築」的地面上。我環顧了一下四周。

看似荒謬，可是「蛋」眞的消失了。我們剛剛眞的已經進了「蛋」裡，但是現在放眼望去，周圍竟是一片鄉野風光。我們能看到著陸的地方、停靠的太空船，就像我們剛剛在外面一樣……。

「我明白你的反應，米歇。」濤知道我在想什麼，「等一下我就會爲你揭開謎底。」

離我們不遠的地方有二、三十個人，都在忙著。這些人前面是操作台和螢幕，螢幕上閃爍著帶顏色的燈光，跟太空船裡面差不多。這裡播放著輕柔的音樂，讓我心生愉悅。

濤示意我跟著她，於是我們就朝著這個大蛋「（應該是）內壁」附近的一個「小蛋」走去。我們一邊走，周圍的人一邊開心地跟我們打著招呼，歡迎我們的到來。

我想我有必要提一下，我和濤穿過房間的時候，看上去應該是非常奇怪的一對。我們在身高上的差距意味著我們並肩行走時她不得不放慢腳步，要不然我就得一路小跑——我的動作看起來更像是徒勞的追趕跑跳，因爲每次我想加速的時候，我只會讓自己更不穩當。我一直習慣帶著七十公斤的體重移動，但現在變成了四十七公斤，協調肌肉就成了我的任務之一。你可以想想那個畫面有多滑稽。

我們朝著小「蛋」牆上亮著的燈走去。雖然戴著面罩，我仍然能感覺到光的明亮。我們在光下經過，穿過牆壁，來到了一個房間裡，我馬上意識到這就是太空船大螢幕上出現的那個房間。房間裡的人也很面熟，這裡應該就是星際基地了。

濤摘掉了我的面罩。「現在沒事了，米歇，在這裡不用戴面罩。」

她把我一一介紹給這十幾個人。他們都說了幾句話，然後把手放在我的肩膀上，表示友好的問候。

⑤「濤在平台上的圓形座椅」原文為「濤坐在其中一個圓形座椅上」，此為原文版編輯經作者同意後更改。（此為原文版編輯自二〇〇〇年於原文電子版起的修改）

她們的臉上洋溢著眞誠的歡樂和美好，我被他們的熱情歡迎感動了。他們給我的感覺好像我就是他們的一員。

濤跟我解釋說，她們問的主要問題就是：爲什麼他很不開心？是生病了嗎？

「我沒有不開心啊！」我反駁道。

「我知道，但是他們不太習慣地球人的面部表情。你應該看到了，這裡的人臉上永遠洋溢著幸福。」

的確是這樣。他們看上去就好像每時每刻都有極好的消息發生一樣。

我之前就感覺這些人有哪個地方有些奇怪，但卻說不出來，現在我突然想到了：我看到的每個人好像都年齡相仿！

5

適應新星球

濤在這裡似乎人緣極好，面對大家一連串的提問，她還是一如既往帶著開懷的笑容一一回應。沒多久，我們的幾個主人就被召喚回到工作崗位，我們也會意地離開了。於是我再次戴上面罩，在一片友善和祝福的手勢中，我們離開了眼前這些以及那些在大房間裡的人。

我們回到飛行台上，立即加速駛向目之所及的森林方向。我們在大概五、六公尺高的高度飛行，時速約七十到八十公里。空氣溫暖芬芳，我內心不斷翻湧著喜悅的浪花，這樣的感受我在地球上從未有過。

我們抵達了森林邊界，那裡的樹木非常高大，我至今印象深刻。那些樹大約有二百公尺高，眞可謂高聳入雲。

「最高的樹有你們地球上的二百四十公尺那麼高，米歇。」我還沒來得及問，濤就給我解答了，「樹的底部直徑約有二十到三十公尺。有些樹的樹齡已經有八千年了，我說的是我們這的年。在這裡，一年等於三百三十三天，每天有二十六卡瑟（karse）。一卡瑟等於五十五勞瑟（lorse），一勞瑟等於七十卡西奧（kasio），一卡西奧幾乎等於你們的一秒。（現在你可以去算算總數……）你想直接去你的『公寓』，還是先看看森林？」

「先去森林轉轉吧，濤。」

飛行台慢慢減速，我們已經可以在樹叢間滑行了，還可以隨時停下以便近距離觀看。有的植物貼近地面，有的則近十公尺高。

濤嫻熟駕駛著我們的「飛行台」，沒有一點誤差。這飛行台的外觀，加上濤駕駛的樣子，讓我不禁想到了魔毯，載著我體驗一場奇幻森林裡的魔法之旅。

濤將身子前傾，摘下了我的面罩。林底的矮樹叢微光粼粼，蕩漾著柔和的金色，我已經不覺得刺眼了。

「現在是讓你適應光和顏色的好機會，米歇。你看！」

我順著她的目光望去。在高高的樹枝中間，我看見了三隻蝴蝶，這些蝴蝶顏色亮麗鮮活，大小也非同一般。

準確的說，這些蝴蝶屬於鱗翅目，翼展絕對有一公尺寬，牠們在高高的林隙間拍打著翅膀。還好牠們越飛越近，我們有幸看到了牠們藍、綠、橙三色的翅膀。當時情景我記憶猶新。當牠們用有著奇異流蘇的翅膀與我們擦身而過時，那場面簡直是美到窒息，令人歎爲觀止。其中一隻恰好落在離我們幾公尺的樹葉上，我不禁端詳起牠金銀色紋理相間的全身，還有如翡翠一般的綠色觸鬚。牠的口器是金色，翅膀表面是綠色，脈絡間點綴著亮藍色線條和深橘色菱形花紋。牠腹部深藍、卻發著光，彷彿上方有投影機照亮了牠一樣。

這隻巨型蝴蝶停在樹葉上的時候，似乎還發出了柔和的喘息聲，這讓我深感意外。在地球上，我可從沒聽過鱗翅目昆蟲能發出什麼聲音。當然，今非昔比，我們是在海奧華，而這只是一長串意外驚喜的開始。

樹林地面上生長著種類極其豐富的植物，一樣比一樣奇特，它們完全覆蓋了地面，不過其中少有灌木。應該是被這些擎天巨樹擋住的緣故吧。

這些植物有高有矮，有的如覆蓋地表的苔蘚一般，有的則有大玫瑰叢那麼高。有一種植物的葉子跟手掌一樣厚，而且還是不同形狀的——有心形、圓形，還有細長的，它的顏色更像是藍色，而不是綠色。

花朵也是顏色形狀各異、映襯生輝，連純黑色的花都有。我們在幾公尺高的地方往下看，景象十分壯觀。

我們一路升到了森林的最高處，濤示意我再戴上面罩。我們從樹冠中飛出，就在這些巨樹枝葉之上緩緩前行。

在森林上方，光線又變得耀眼奪目，這種明亮給人感覺就像是走進了水晶的世界，滿眼都是清澈剔透。

令人驚豔的鳥兒棲息在高高的樹上，看著我們在牠們面前經過，卻不受任何驚擾。鳥兒的顏色也是絢爛非常，雖然面罩會削弱色彩的效果，但我還是能感受到那繽紛的視覺盛宴。各種各樣的金剛鸚鵡，羽毛有藍色、黃色、粉色和紅色；還有一種天堂鳥，闊步走在看似蜂鳥的鳥群中間；而這些蜂鳥身子鮮紅，點綴著金色的斑點。天堂鳥的尾巴有著紅色、粉色和橙色的羽毛，約莫二百五十公分長，翼展則有近兩公尺。

這些寶石般的大鳥起飛時，翅膀內側會露出一種迷離的柔和粉色，而翅膀尖端則帶著一抹明亮的寶藍色——這完全出乎意料，尤其是因爲牠們翅膀外側還是橙黃色的。牠們的頭上是巨大的羽毛，每一片顏色都不一樣：黃的、綠的、橙的、黑的、藍的、紅的、白的、奶油色的……。

我想努力描述我在海奧華上所見的顏色，但我的語言眞的太匱乏了，這讓我感到沮喪。我需要一個全新的詞庫，因爲我現在掌握的語言遠遠不夠。我一直有一種感覺，這些顏色是從我所見之物的內在發出的，種類也遠比我知道的要多很多。在地球上，我們可能只知道十五種紅色；但在這裡有一百多種……。

吸引我的不只是顏色，還有聲音。從我們開始在森林上方飛行，我就不斷聽到各種聲音，我很想讓濤告訴我是怎麼回事。這些聲音如同背景音樂，像是在遠方吹奏的長笛所傳來的動聽旋律，清揚悠遠。

我們繼續向前，音樂也開始變化，不過最終都會回到原調。

「我聽到的是音樂嗎？」

「這是幾千種昆蟲發出的振動，加上太陽照在某些植物上（比如犀諾西，Xinoxi）時所反射出的顏色也會產生振動，這些結合在一起就會產生你所聽到的聲音。我們只有在特別留心的時候才能聽到這些音樂，因爲那早已融入並成爲我們的生活和環境的一部分。這音樂是不是很讓人放鬆？」

「是啊！」

「根據專家說的，如果這些振動停止了，我們的眼睛會非常難受。乍聽上去可能有點怪，因爲這些振動明明是通過耳朵傳給我們，而不是眼睛。但是，專家畢竟是專家，米歇。無論如何，這都不會帶給我們什麼困擾，因爲他們還說，這些振動停止的機率小到幾乎跟我們的太陽明天就消失的機率差不多。」

濤把飛行台轉了個方向，沒一會我們就離開了樹頂，飛到了平原上方，平原上流淌著一條碧綠的河。

我們下降到離地三公尺高的位置，然後開始沿著河道飛行。奇異的魚兒在水中穿梭，我們緊隨其後——這些魚兒與我印象中的魚類不同，反而更像是鴨嘴獸。河水如水晶一般清透，河中景象一覽無餘，連最小的鵝卵石我們都看得清清楚楚。

抬頭遠望，我們就要到大海了。金色海灘邊上的棕櫚樹，像椰子樹一樣，在參天高空中揮舞著它們宏偉的葉子。碧藍的海洋與嵌在小山之中的鮮紅岩石相映成趣，從小山上能俯瞰一部分海灘。

這邊大概有一百人，有的在沙灘上曬太陽，還有的全身裸露，在透明的海水裡游泳。

我有點恍惚，不僅僅是因爲這些讓我應接不暇的新鮮美妙事物，還有重力改變所帶來的輕快。這樣的感覺不禁使我想起了地球——地球，多麼陌生的一個詞啊！而此時要讓腦海中浮現出地球的畫面，又是多麼地難啊！

聽覺和視覺的振動也大大影響了我的神經系統。我通常是神經緊繃的，但現在卻感到了充分的放鬆，就好像一頭跳進了溫暖的大浴缸，一邊放著柔和的音樂，一邊在泡沫裡自由漂浮。不，比我在浴缸裡還要放鬆——簡直讓人放鬆到想要哭了。

我們快速向前行駛，在海浪上空大約十二公尺的高空穿過了這片巨大的海灣。遠處能看到一些小點，有大有小，我意識到那是島嶼，肯定就是我之前剛在海奧華著陸時看到的那些島了。

我們朝最小的島駛去，俯視下方時，只見成群的魚正跟在我們身後。飛行台的影子投射在水面，牠們與影子交錯嬉戲著。

「這些是鯊魚嗎？」我問濤。

「不，牠們是大吉克（Dajik），是海豚的兄弟。看到了嗎？牠們跟海豚一樣貪玩。」

「看！」我打斷了濤，「看啊！」

濤看著我指向的地方，笑了起來——我之所以驚訝，是因爲看到一群人正向我們靠近，而他們似乎沒乘坐任何交通工具。

他們距離水面大約兩公尺高，垂直於水面，不僅是懸浮在空中，還朝我們快速移動。

很快地我們的路線交會了，彼此交換了友好的手勢。與此同時，我又感覺到身體裡流過一股幸福的暖流，持續了大約幾秒——跟拉濤利給我的感覺一樣，我將之視爲這些「飛人」的友好問候。

「他們怎麼做到的？他們眞的是懸浮在空中嗎？」

「不，他們腰間有一個塔拉（Tara）①，手上有一個利梯歐拉克（Litiolac）②。這兩個工具能發出特定的振動來中和星球的冷磁力，如此便抵消了重力。即便是幾百萬噸的重量，也能輕如鴻毛。然後通過像超音波一樣的另一種振動，他們可以精準調整方向，就像現在這樣，去到他們想去的任何地方。在這個星球上，想旅行一段距離的人都會採用這種方式。」

「但爲什麼我們用的是飛行台呢？」我問濤，我可是很想嘗試他們的裝備，而且，他們的裝備是沒有任何噪音的。

「米歇，你有點操之過急了。我用飛行台帶著你是因爲你還不能夠用利梯歐拉克飛行。沒經過訓練的話，你可能會受傷。之後如果有時間，我會教你怎麼用。看，我們就快到啦。」

此刻的我們正在迅速接近某座島嶼，我能看到金色的海灘，幾個人在海灘上曬太陽。我們瞬間降到棕櫚樹葉子下面，沿著一條寬闊的道路飛行，兩邊是綻放芬芳花朵的樹叢。這裡生機勃勃，昆蟲、蝴蝶和鳥兒歡唱著，構成了一道絢麗的風景線。

飛行台在地面緩慢滑行，繞過道路盡頭的轉角後，我們來到了一個「小蛋」前，蛋的四周圍繞著矮小的樹木和開花的藤蔓。這個星球上的建築好像都是蛋形的，大多是「側臥」著，不過也有偶爾直立著的，像我之前說的那樣，直指天空。「蛋殼」是灰白色的，沒有門窗。

這是一顆側臥的蛋，顯然一半埋在了地裡。它長約三十公尺，直徑約二十公尺——跟我之前看過的那些相比就算是小的了。

濤把飛行台停在固定於蛋殼牆壁上燈光明亮的燈前。我們離開飛行台，走進了這個住所。進去的時候我感到一些壓力，不過也就是輕得和一團鴨絨差不多的重量。我記得之前在穿過太空中心的牆壁時也有同樣的感覺。

這些建築物無門也無窗，看上去非常特別。一進到裡面，就更奇特了。我之前也提到過，在裡面的整體印象就是還像在外面似的。

到處都能感受到色彩帶來的震撼：綠植；分隔了淡藍紫色天空的樹枝；蝴蝶；花朵……。我記得有一隻鳥飛過來，就在「屋頂」的中間休息，我們能看到牠的腳底。這種效果就好像是鳥被施了魔法而懸在半空，堪稱奇觀。

這裡與室外唯一的差別就是地面了。屋內的地面鋪了地毯，擺放了看上去很舒服的椅子和

①塔拉是一種像腰帶一樣的裝置，想要飛行的時候佩戴。（作者評註）
②利梯歐拉克和塔拉在飛行時搭配使用，但利梯歐拉克是握在手裡的。（作者評註）

大杜腳桌。所有的擺設很自然地都是大尺寸，適合這些「大塊頭」的人們。

「濤，」我問她，「你們的牆爲什麼是透明的？但是我們在外面卻什麼都看不見？我們是怎麼像剛才那樣穿過牆壁的？」

「首先，米歇，先把你的面罩摘掉。我先去把室內的燈光調節到你可以忍受的亮度。」濤走近地上的一個物體，摸了一下。我摘下面罩，發現光線不那麼讓人難受了，雖然發光性質相同，但卻沒那麼刺眼。

「米歇，這個住處的存在是因爲一種非常特別的磁場。我們仿照自然界的力和發明來滿足我們自己的需要。讓我解釋給你聽。每個個體，無論人類、動物還是礦物質，周圍都有一個『場』。比如說，人體周圍同時環繞著氣場和橢圓形的以太力（場）③。你知道的，對吧？」

我點了點頭。

「組成以太力（場）的一部分是電，還有很大一部分是我們稱爲阿瑞奧克斯汀納基（Ariacostinaki）的振動。

「這些振動在你活著的時候持續保護著你，但請勿將它們與氣場的振動相混淆。我們在住所裡仿照大自然的做法，在一個核心周圍創造了礦物質的電：以太振動場。」濤指向房間中央，兩個椅子之間有一個跟鴕鳥蛋一樣大小的「蛋」。「米歇，你能推一下這把椅子嗎？」

我看了看濤，對她的請求表示驚訝。畢竟在這之前，她從未要求我做過任何事，況且這把椅子也不小。我很努力地推，椅子太重了，但我還是成功將它挪動了差不多半公尺。

「很好，」她說。「現在把那個蛋遞給我。」

我笑了。相比之下，這個就容易多了。我用一隻手就能輕而易舉完成；不過爲了不掉到地上，我還是用了兩隻手去拿……，結果我一個不穩、跪倒在地！沒想到蛋這麼重，我完全失去平衡。我站起來又試了一次，這次使出全身力氣……，蛋還是紋絲不動。

濤拍了下我的肩膀。「看！」她說。她轉身面向我剛才覺得很難挪動的椅子，一手伸到椅子下面，把它舉過頭頂；接著又用一手把椅子放下，顯然都不費吹灰之力。接著，她雙手抓住那個蛋，用盡全身力氣又推又拉，直到都爆青筋了，這蛋也沒動彈一分。

「這是焊在地上的。」我跟濤說。

「不，米歇，這是中心，是挪不動的。它就是我剛才說的核心。我們在核心周圍創造了一個非常強的力場，連狂風暴雨都無法穿透。至於陽光，我們可以調節它的射入量。到屋頂上小憩的鳥兒們的重量也不至於穿過力場，如果是重一點的鳥眞的落在這，牠會開始往下陷；鳥兒看到自己下陷，肯定會被嚇得馬上飛走，所以這不會對牠造成任何傷害。」

「太巧妙了！」我說，「那進門的燈又有什麼作用呢？我們不是可以隨心所欲地穿牆

③原文版編輯註。

嗎？」

「我們確實可以，只是我們從外面無法看到室內，所以說不定會撞到室內的哪個傢俱上。所以我們通常用一個外部光源來標記一處最佳入口。來吧，我帶你四處繞繞。」

我跟著她，發現在一面裝飾富麗的隔牆後，藏著非常雅緻的設施。那兒有座迷你泳池，應該是用綠色斑岩砌成的，旁邊還有搭配著的水池，水池上有隻斑岩製成的天鵝，天鵝頭向下微傾，張著嘴……，真是太美了。

濤把手放在天鵝的嘴巴下面，馬上就有水流到她手上，還流進了水池裡。她抽回手，水流也跟著停止了。她示意我也試試。水池距離地面大約一百五十公分高，所以我得把胳膊高高抬起才能搆到。果然，又有水出來了。

「眞靈巧！」我大聲驚歎。「你們島上有可以飲用的水嗎？還是你們也要從井裡打水？」濤又被我逗樂了，我對她這種反應已經很習慣了。每當我說了一些對她來說可能很「離奇」的事情，她都會這樣。

「不，米歇，我們不像你們在地球上那樣取水。在這個漂亮的石頭鳥下面有一個裝置，可以從外面抽取空氣，並將空氣轉化成我們需要的飲用水。」

「這也太棒了！」

「我們只是利用自然規律而已。」

「那你們想要熱水的話怎麼辦呢？」

「用電：振動力。想要溫水你可以把腳放在這裡，想要開水可以把腳放在那裡。

「旁邊的按鈕是控制這個裝置的開關……，不過這些只是些物質方面的細節，無關緊要。」

濤說，指著我目光的方向，「這邊是休息區。你可以躺在這。」我順著她指的方向，看到地上有個厚厚的墊子，在朝著蛋壁方向的稍遠處。

我在墊子上躺下，馬上就感覺自己好像是漂浮在地面上。雖然濤還在講話，我卻聽不到任何聲音。她消失在了一道霧濛濛的簾幕後面，我感覺自己好像被一團絮狀的濃霧給裹住了。耳邊傳來陣陣音樂，整體效果讓人放鬆極了。

我站了起來，幾秒後，又能聽見濤的聲音了。隨著「霧」慢慢散去，濤的聲音也變得越來越大，最後霧徹底散了。

「感覺怎麼樣，米歇？」

「真是舒服到了極點！」我興奮地回答道。「但是我還有一個地方沒有看到，那就是廚房——你應該知道廚房在法國人心中有多麼重要！」

「這邊，」濤又笑了，往另一個方向走了幾步。「看到這個透明的抽屜了嗎？裡面有不同的格子，從左到右依次是：魚類、貝、蛋、乳酪、乳製品、蔬菜和水果，在最後一個格子裡就是你們所謂的『嗎哪』，也就是我們的麵包。」

「你在逗我嗎？要不就是在跟我開玩笑吧？我在這抽屜裡只看到了紅色、綠色、藍色、棕色，還有這些顏色的混合……。」

「你看到的是各種食物的濃縮物——魚、蔬菜等等，都是由最出色的廚師用各種特別的方法所製成之品質最優的食物。嘗嘗看，你會發現所有的食物都很美味，而且很有營養。」

接著，濤用她的語言說了幾句話，沒一會，我面前就出現了一個托盤，上面精緻的擺放著幾樣食物。我嘗了一下，味蕾彷彿得到了意外驚喜，瞬間樂開了花。雖然跟我這輩子吃過的任何食物都不一樣，但確實非常美味可口。我之前在太空船裡就吃過嗎哪了，現在又吃了一些。我發現它和盤子裡的食物是絕配！

「你說在地球上這種麵包叫嗎哪。爲什麼地球上也會有這種東西呢？」

「我們在星際太空船上向來會帶著嗎哪。嗎哪是一種非常實用的食物，很容易壓縮，而且營養豐富。事實上，那是一種由小麥和燕麥製成的全營養食物，單靠它就可以維持幾個月的生命。」

就在這時，我被進來的一群人所吸引，她們貼著地面在樹冠下方飛行，在「蛋」的入口降落，解開塔拉並將其放在一塊大理石上，這塊大理石應該就是這個用途。她們一個接一個走了進來，我很開心地認出了畢阿斯特拉和拉濤利，除了她們，還有太空船上剩下的全體工作人員。

她們已經換下了太空服，現在穿著的是光彩熠熠的阿拉伯長袍。（後來，我才明白爲什麼每件長袍的顏色都把穿著的人襯得更加亮麗。）此時此刻，我很難相信這些人就是在太空船上跟我講話的那些，因爲她們眞的是徹底變了模樣。

拉濤利走到我面前，笑容綻放、神采飛揚。她把手放在我肩膀上，用心靈感應告訴我，「你看上去有點吃驚，親愛的朋友。你不喜歡我們的住處嗎？」

她「讀」到了我對這裡的認同和欣賞，爲此感到開心。她又轉向其他人，告訴她們我的回答，所有人立刻熱鬧地議論起來。她們很自然地坐在了各自的座位上，我卻反而顯得不太適應。我有種「雞立鶴群」的感覺，一切都是爲她們的尺寸量身打造，和我顯然很不搭。

濤走到「廚房」，在托盤裡裝好吃的東西。然後她說了句話，所有人都把手伸向了托盤。托盤慢慢升到空中，在房間裡移動，她根本不需用手碰觸托盤，托盤就依次在每位客人面前停下來。最後，托盤在我面前停下，我小心翼翼，很怕它掉下去（我的表現讓每個人都覺得很好笑），然後拿了一杯蜂蜜飲。接著托盤自行離開，回到了原來的位置，大家的手也都放下了。

「這是怎麼做到的？」我問濤。每個人都通過心靈感應明白了我的問題，大家忍不住同時笑出聲來。

「你可以把這個叫做『懸浮術』，米歇。我們可以隨意升到空中，但這沒有什麼用途，只能用來自娛自樂。」說完這話，盤腿坐著的濤就開始從她的座位上升起來了，在房間裡四處飄來飄去，最後停在半空中。我目不轉睛地看著她，很快意識到這房間裡只有我在欽佩她的本事。我當時一定看起來像個少見多怪的愚昧之人，因爲所有的人都在盯著我看。顯然，濤的表演在我的朋友們看來是再尋常不過的事情，她們更感興趣的是我臉上驚呆的表情。

濤緩緩落回座位。

「這是地球上已經消失學問中的一門，米歇，現在只有極少數人能夠做到。曾有一度，很多人都能修煉過包括這項技能在內的許多其他技能。」

那天，我們度過了一個非常愉快的下午。我和我的新朋友們輕鬆地用心靈感應交流，直到太陽已經落到天的那頭。

接著，濤解釋說，「米歇，這個『都扣』，也就是我們星球上的居住場所，就是你在海奧華短暫停留期間的家。天色將晚，我們要走了，你也好去睡覺了。如果你想泡個澡，你知道該怎麼做。你可以睡在那張讓你放鬆的床上。不過，盡量在接下來的半小時內準備完畢，因爲這裡沒有照明。我們在夜晚也能看得清，跟在白天一樣，所以不需要燈。」

「這裡安全嗎？我在這安全嗎？」我擔心地問。

濤又笑了。「在這個星球，你可以睡在市中心的地上，都比住在地球上有警衛、警犬和警報的大樓裡安全。」

「這裡只有高級進化的人，絕對沒有像地球上的那種罪犯。在我們看來，那些罪犯就像最野蠻的野獸。好了，晚安。」

濤轉過身去，穿過都扣的「牆」，跟她的同伴們一起離開了。她們應該也爲濤帶了一個利梯歐拉克，因爲她和大家一起飛走了。

我做好準備，迎接我在海奧華的第一夜。

6

七聖賢與氣場

橘黃色和紅色的火焰環繞著一團藍色烈焰，一條黑色巨蟒則從火中直穿而過，朝我撲來。突然，不知從哪出來、共有七位的一群巨人，奔跑過來想要抓住巨蟒。他們七人合力，才在巨蟒撲向我前制服了牠。不料巨蟒轉身吞了火焰，又像噴火龍一樣朝巨人們噴出火焰。巨人則變成了跟他們原本模樣相同的巨大雕像，坐鎮在巨蟒的尾巴上。

巨蟒變成彗星，載著雕像飛去，直飛到了復活節島①。接著，雕像們向我問好，它們還戴著奇怪的帽子。其中一個雕像跟濤很像，抓住了我的肩膀說，「米歇，米歇，起床了。」濤一邊輕輕搖晃著我，一邊溫柔地微笑著。

「我的天啊！」我睜開眼睛。「我夢見你變成了復活節島上的一座雕像，你還抓著我的肩膀……。」

「我確實是復活節島上的雕像，也確實抓了你的肩膀。」

「不管怎樣，我現在不是在做夢了，對吧？」

「對，但你的夢眞的很奇怪，因爲復活節島上確實有一座很久以前雕刻的雕像，是爲了紀念我，也以我的名字命名。」

「你在說什麼啊？」

「單純的事實，米歇，我會在適當的時候解釋給你聽的。現在，我們先來試試我爲你帶來的衣服吧。」

濤遞給我一件多彩的長袍，我很喜歡。我在溫暖的浴缸裡泡了個香香的澡，然後穿上了長袍。讓人意想不到的是，穿上這件長袍後，一種強烈的幸福感瀰漫了我的全身。我告訴濤時，濤正拿著一杯牛奶和一點嗎哪等著我。

「長袍的顏色是根據你的氣場特意選的，所以你才會覺得很舒服。如果地球上的人能看到氣場，他們就能夠選擇適合自己的顏色了，幸福感也會因此增加。他們會更懂得運用顏色，而不是依賴阿司匹林。」

「這到底是什麼意思呢？」

「我舉個例子給你聽。你可曾記得有人說過：『哦，這衣服一點都不適合他。那個人真沒品味。』？」

「是啊，確實經常聽到別人這麼說。」

「在這種情況下，這些人沒有像別人一樣地選對衣服，或者說搭配得不太成功。你們法國人會說『不搭』或者『色彩不匹配』，但這些都是從其他人的角度，而不是穿衣者自身來看。不

①復活節島是太平洋上的一座孤島，距離智利海岸幾千公里，島上沒有樹，卻有許多巨石雕像。有些雕像有五十公尺高，自古以來便存在於此地，因此被稱為「世界七大奇蹟」之一。這些雕像一向是考古學家和歷史學家幾百年來的未解之謎。（原文版編輯獲得作者同意後評註）

過，穿衣者本人也會感覺不太舒服，卻不知道爲什麼。如果你告訴他們說這是因爲他們穿著的顏色，他們會覺得你很奇怪；你還可以解釋說，穿著顏色的振動與他們的氣場不和諧，但是他們肯定還是不會相信你。在你們的星球，人們只相信自己親眼看到、親手摸到的東西……。然而氣場其實是能看得到的……。」

「氣場眞的有顏色嗎？」

「當然。氣場持續振動，顏色也不斷變化著。你頭部上方有一個眞正的光束，你知道的所有顏色幾乎都在那裡。在你頭部周圍還有一個金色的光環，但這種光環只有在精神境界最高和犧牲自己幫助他人者的頭部才會明顯顯現。光環像一團金色的霧，很像地球上畫家所描繪之『聖人』和耶穌的那種光環。畫家的畫裡之所以會出現光環，是因爲在過去眞的有一些藝術家看到了。」

「是的，我聽別人提起過，不過我更想聽你說說那是怎麼一回事。」

「氣場匯聚了各種顏色：有的人氣場強烈；有的則是黯淡，比如身體不健康的人，或者居心不良的人……。」

「我好想看看氣場。我知道有人能看到。」

「很久以前，地球上有很多人能看到並解讀氣場，但現在能做到的人已經很少了。別急，米歇，你會看到的，而且能看到的還不止一個，而是很多人的氣場，包括你自己的。不過現在請跟我來，因爲我們要給你看的東西很多，而時間卻很有限。」

我跟著濤，她爲我戴上面罩，帶我走向飛行台，是我們昨天用過的那個。

就位後，濤馬上開始駕駛，飛行台避開樹枝，在林葉間穿行。沒過多久，我們就來到了海灘上。

太陽剛剛從小島的後方升起，照亮了大海和四周群島。從水面上望去，效果很是神奇。我們沿著沙灘前行時，透過樹林能看到座落在後方花叢中的都扣。附近的居民有些沐浴在透明的海水中，有些則結伴踏沙而行。顯然，他們看到我們的飛行台都感到吃驚，於是跟在我們後面。看來，飛行台應該不是島上常用的交通工具吧。

值得一提的是，雖然海奧華上游泳的人和曬太陽的人都一絲不掛，那些散步的或者出行的人卻都是穿著衣服的。在這個星球上沒有虛僞，既不刻意裸體，也不故作正派（後面我會解釋）。

我們沒多久就到了島的盡頭，濤緊貼著水面駕駛飛行台，開始加速。

我們朝著一座大島飛去，我能遠遠的看見這個島。我不禁佩服濤駕駛飛行台的嫻熟技術，尤其是當我們抵達島的沿岸時。

到達了海岸，我看到巨大的都扣，尖頂像往常一樣指向天空。我數了一下，共有九個巨蛋，不過除此之外島上還散落了一些小的都扣，在草木中若隱若現，看不太清楚。濤抬升了飛行台的高度，我們很快就飛到了濤說的「九都扣城」（Kotra quo doj Doko）上方。

她熟練地將飛行台降落在都扣之間的一座美麗花園中。我雖然戴著面罩，卻能感覺到籠罩在這些都扣周圍的金色霧氣比海奧華其他地方的都要濃。

濤肯定了我的感覺，但她當時沒能有機會解釋，因爲有人在等著我們。

我跟著她走在一條林蔭路上，頭上的樹木交錯如拱門一般，小路旁邊是一些小池塘。靈巧可愛的水鳥嬉戲成群，小瀑布低聲細語，潺潺流動。

我發現自己幾乎要小跑步才能跟上濤的腳步，但我沒打算叫她放慢腳步。她似乎有什麼心事，一點也不像她的作風。期間我想試著跳起來，既是出於好玩也是想趕上濤，但差點闖了大禍。由於重力不同，我對自己這一跳判斷不足，還好我及時抓住水邊的樹，才沒掉到水裡。

最後我們到了中央都扣，停在了進門燈下面。濤好像專注了幾秒，然後扶著我的肩膀，帶我穿過了牆。

她立刻摘掉了我的面罩，同時建議我半睜眼睛，我照做了。我能感到穿過我下眼皮的光線，過了一會，我就能正常睜開眼睛了。

不得不說，這裡的金色比我自己的都扣要亮很多，一開始感覺非常不舒服。我的好奇心幾乎按捺不住，尤其是看到向來行事自如、跟誰交往起來都不拘小節的濤，現在好像一下子變了個人。這是爲什麼呢？

這個都扣的直徑應該有一百公尺。我們徑直地走向中央，不過腳步非常緩慢。中央有七個座位，每個座位上都有一個人，七人圍成了一個半圓。座位上的人文風不動，起初我還以為他們是雕像。

他們的模樣跟濤差不多，不過頭髮更長，面部表情也更嚴肅，有一種長者的感覺。他們的眼睛似乎是從深處發出光亮，這多少讓我有些不安。最讓我驚奇的是金色的霧氣，這裡的霧氣比外面還要濃，猶如凝聚的光環，環繞在他們頭部周圍。

從十五歲起，我就沒有敬畏過誰。不管是多有名的大人物，地位多麼顯赫（或者認為他們自己很顯赫），都不曾讓我退卻；在對任何人表達自己的觀點時，我也從未有過不安。即便是一國總統，對我來說也不過是一介普通人。有的人把自己當成是什麼了不起的人物，這在我看來十分可笑。我說這些是想說明，僅憑一個人的身份和地位並不能震住我。

但在這個都扣裡，一切都變了。

他們之中的某個人抬起手，示意我和濤坐在他們對面的座位上。我肅然起敬（用「肅然起敬」這個詞都還太輕描淡寫了）。我無法想像，這樣發光的人真的存在：就好像有把火在他們身體裡燃燒，由內而外放射出光芒。

他們坐在方塊形的椅子上，椅子上覆蓋著織物，挺直了後背。每個座位顏色都不同——有的稍微不同，有的和鄰座相差很大。他們的衣服也是顏色各異，但是卻與每個人完美相稱。他們的坐姿在我們地球上稱爲「蓮花坐」，像佛陀一樣雙手著膝。

之前我說過他們圍坐成了半圓形，因爲有七個人，所以我推斷最中間的人應該是像領袖一樣的最重要人物，兩邊分別是三位助手。不過當時我還處在震撼中，沒有注意到這些細節，這也是之後才反應過來的。

正中間的人叫了我的名字，聲音非常悅耳，但同時也充滿威嚴。我驚呆了，尤其是他一開口，說的竟然是標準的法語。

「歡迎你，米歇。願神靈保佑和開化你。」其他人也跟著回應，「願神靈開化你。」

他開始從他的座位上緩緩升起，保持著蓮花坐姿，朝我飄過來。這並沒有讓我特別驚訝，因爲濤之前已經向我展示過懸浮術了。我想起身致意，因爲這是眞正極具靈性的偉大人物，他也確實激起了我心中崇高的敬意。但我發現自己想動卻動不了，好像癱在了座位上一樣。

他停在了我正前上方，雙手放到了我頭上，兩個大拇指在我鼻子上方的額頭前合併，正對著我的松果體，其他的手指則在我頭頂上交會。這些細節都是濤之後告訴我的，因爲當時的我已經完全沉浸在震撼之中，完全顧不上細節。

當他把手放在我頭上的時候，忽然之間我的身體好像不復存在了。我心中像是滋生了一股溫柔的暖意和特有的芬芳，如同一波波的浪從內而外散發出去，和隱約可聞的輕柔樂聲融爲一體。

突然，我能看見我對面的這些人周圍環繞著亮麗的顏色，那位「領袖」慢慢回到座位，他全身綻放出燦爛的色彩;這些都是我原來看不到的。包圍著那七人的主色調是一大團的淡粉色,讓他們看起來就像在一片雲裡。隨著他們移動,我們也跟著被這種美妙的亮粉色所包圍了!

完全回過神來後,我轉向了濤,她周圍也包裹著絢麗的色彩,不過相比那七人還是稍遜色些。

想必讀者已經注意到了,說到那幾位偉大人物時,我直覺地用了「他」而不是「她」。我想稍作解釋,這是因爲那些特別的人給我的感覺太過強烈,他們的氣場也過於強大,所以我才會在他們身上感受到更多的陽剛之氣而非陰柔之美(我絕無冒犯女性之意),這完全是本能反應。這有點像把瑪土撒拉想像成女人……。但是無論男女,他們眞的改變了我。我知道圍繞著他們的是他們各自的氣場。我能看到氣場了,也不知道這種能力會持續多久,總之我的所見讓我驚歎不已。

「領袖」回到了座位,所有人都把目光投向了我,好像要把我看穿似的;是的,他們就是在洞察我的內心。一時間四下鴉雀無聲,陷入沒有邊際的沉默。我看著氣場五顏六色地圍著他們跳動,時而離我遠去,也看到了濤之前說的「光束」。

金色的光環輪廓清晰,接近藏紅花色。忽然,我想到他們應該不僅能看到我的氣場,還能解讀它的意義。我突然覺得自己在這群通達的智者面前毫無秘密。我腦海裡始終有個揮散不去的疑問:他們爲什麼把我帶到這裡來?

突然間，「領袖」打破了沉默。「濤應該已經跟你解釋過了，米歇，你是我們選中之人。我們請你來拜訪我們的星球，目的是在你回到地球時能報告特定的訊息，並在一些重要問題上帶來啓示。時機已到，有些事情**必須**發生。經歷了數千年的黑暗和野蠻之後，一個所謂的『文明』出現在地球上，科學技術隨之發展，並在過去一百五十年裡越演越烈。

「距離上一次地球技術達到相當先進水準已經有一萬四千五百年之久了。這種技術和眞正的**知識**無法相提並論；再者，技術先進到如此程度，反而會在不久的將來對地球上的人類造成傷害。

「之所以會造成傷害，是因爲這些只是物質知識，而非靈性知識。科技應當**協助**靈性發展，而不是讓人類越來越受困於物質世界裡，然而現在你們的星球上情況正是如此。

「你們星球上的人民甚至在很大程度上都只沉迷於一個目標：富裕。他們的生活全跟追逐財富有關；羨慕、嫉妒、仇富和嫌貧皆由此而生。也就是說，相較於地球上一萬四千五百年前存在的技術，你們現在的科技正拖垮著你們的文明，讓你們一步步走向道德和靈性之災。」

我注意到，每次這位偉大的人物說到物質主義時，他和他隨從們的氣場都會閃過一絲暗淡和「髒兮兮」的紅色，好像他們當時是處在燃燒的灌木叢中一般。

「我們，也就是海奧華星人，受命協助和引導我們所監管星球上的居民，有時我們也會施以懲罰。」

還好濤在我們來海奧華的路上就已經爲我介紹了地球的歷史，要不然，聽到這番話我肯定要嚇得跌坐在地上。

「我想，」他接著說，「你已經知道了我說的『對人類造成傷害』是什麼意思。很多地球上的人認爲核武器才是主要威脅，但事實並非如此。『物質主義』才是最大的威脅。你們星球上的人渴望**金錢**——有人把錢當成是獲得權力的工具；有人想用錢買到毒品（另一個禍根），還有人想通過錢擁有比身邊的人更多的東西。

「如果商人有一個大商店，他還想要第二個，然後是第三個。當他領導了一個小企業，就想擴大其規模。一個普通人已經有了一棟房子，本可以和家人幸福生活，但他卻想要更大的房子，第二棟房子，然後第三棟……。

「爲什麼這麼愚蠢呢？而且，人終有一死，萬貫家財也必將留之身後。子女可能會揮霍他的遺產，然後孫輩又陷落貧窮？而他的一生，卻只忙於追逐純粹物質層面，沒時間去顧及精神層面。那些吸毒的有錢人在竭力追求一種虛幻的天堂，他們付出的代價比別人還要慘痛。

「我發現，」他接著說，「我說得太快，你有些跟不上了，米歇。但其實你應該能聽得懂，因爲濤已經在途中對你開始在這些方面的教導。」

我感到慚愧，就像在學校裡被老師責備一樣；只不過唯一的區別是，在這裡，我不能不懂裝懂，撒謊敷衍了事。他能像打開一本書一樣讀懂我的心思。

他屈尊就卑地對我笑了，而他剛才像火焰一樣的氣場又變回了之前的顏色。

「現在，我們將徹底教授並給予你你們法語中所說的『解開奧秘的鑰匙』。

「正如你之前聽過的那樣，創始之初，世上只有神靈，他用無窮的力量創造了所有有形的物質。他創造了行星、恆星、植物、動物，他所做的一切都只爲了一個目的：**滿足其精神需求**。這是非常符合邏輯的，因爲他是純粹的精神。我看得出來，你好奇他爲什麼需要創造物質來得到精神上的滿足。我可以這樣解釋給你：創世者要通過一個物質世界來尋求精神體驗。看來，你還是很難完全跟上我的思路——但你已經在進步了。

「爲了獲得這些體驗，他想要將他神靈的一小部分在物質實體中顯現。因此，他召喚了第四種力——也就是濤之前還沒說到的力，這種力只與靈性有關。在這個領域，宇宙法則同樣適用。

「你必然知道，宇宙的模式決定了九個行星圍繞它們的恆星②運轉。同樣地，這些恆星又圍繞著一個更大的恆星運轉。這個更大的恆星就是這九個恆星及其行星的核心。這樣繼續下去，一直追溯到宇宙的中心。爆炸，就是英語裡所說的『宇宙大爆炸』，就是從那裡開始的。

「毫無疑問地，凡事皆有意外。有時行星會從恆星系中消失，也可能會進入另一個恆星系，但最終恆星系還是會自動復原，回到基於數字九的結構。

「第四種力的作用意義非凡：它將神靈所想像的一切化爲現實。於是，在第四種力的作用下，神靈將自己無限小的一部分『植入』了人類的身體中，形成了人類的『星光體』。星光體是一個人必不可少的九分之一，亦即「高級自我」（有時也稱作「超我」）的九分之一。換句話說，一個人的高級自我是一個實體，它將自己的九分之一發送至一個人的身體裡，就成爲一個人的星光體；高級自我的其他九分之八則佔據了其他八個不同人的身體。這九個部分則共同構成了完整統一的『中央實體』③，每一個都不可或缺。

「這個高我，是一個更高級高我的九分之一；相應地，這個高級高我又是一個比之還要再高一級高我的九分之一。這個過程一直追溯到**本源**，神靈所需的精神體驗由此可以得到龐大的過濾。

「你千萬不要認爲第一級的高我跟其他層級的相比無足輕重。雖然這個高我處於底層，卻仍十分強大，重要無比。它能療癒疾病④，甚至起死回生，像是許多在臨床上已經宣布死亡的人，連醫生們也表示無力回天，但卻能神奇般恢復生命——這樣的例子不勝枚舉。通常在這些

---

②「它們的恆星」：有時九個行星會圍繞兩個恆星（雙子星）轉動。（作者應原文版編輯請求給出的解釋）

③「中央實體」意思是我們每個人都與地球上另外八個人共享同一個高級自我。（作者應原文版編輯要求給出的解釋）

④地球上為人所知的靈療，可以在透過療癒者高我的協助下實現，患者不需要在場。只要患者允許，合格的療癒師就能在世界任何地點幫助患者（作者評註）：這不是任何「能量」交換而是高我層面的「資訊」交換。（原文版編輯評註）

情況下，那些人的星光體與自己的高我相會；而這部分的高我在『死亡』期間，已經離開了肉體，所以高我能感受到醫生在奮力搶救底下的軀體，也能感受到至親的悲痛。此人在當時星光體的狀態下，會感覺非常好，甚至幸福不已。往往他會拋棄帶給他重重苦難的肉體，然後發現自己被引向『心靈通道』，最後走到無限光明的彼岸，也就是極樂。

「在穿過這個通道進入極樂之光前，也就是抵達他的高我之前，他如果還有一絲戀生的念頭——不是為了自己，而是為了那些需要他的人，比如年幼的孩子，他會請求要返回。在某些情況下，這是會被允許的。

「你通過大腦通道與高我不斷交流。大腦通道就像信號收發站，在你的星光體和高我之間傳導著特殊的振動。你的高我日夜監視著你，可以在千鈞一髮之際救你一命。

「比如要趕飛機的人在去機場的路上發現計程車拋錨了，叫來的第二輛車也拋錨了——就這樣……就這樣發生了？你眞的相信有如此巧合嗎？結果這架飛機在三十分鐘後墜毀，乘客無一倖存。再舉一個例，有位老婦人患有風濕、行走吃力，當她過馬路時，傳來一聲車子喇叭的巨響、還有刺耳的輪胎急煞聲，但她卻能奇蹟般安全地跳到了馬路對面。

「這該怎麼解釋呢？她壽命未盡，所以高我介入。在百分之一秒的時間內，高我觸發了她的腎上腺反應，短短幾秒裡為她的肌肉提供了足夠動力，讓她能夠跳過馬路，逃過一劫。釋放到血液中的腎上腺素可以救人脫離眼前的險境，也能經由憤怒或恐懼的狀態，在沒有勝算時戰勝『不可戰勝的力量』。然而，過量的腎上腺素也會變成致命的毒藥。

「能在高我和星光體之間傳遞訊息的不只有大腦通道，另外一個通道就是夢境；或者，我更應該說是在睡眠時。在你睡覺的某些時候，高我能夠把星光體召喚到自己那裡，以傳達一些指示或想法，或者在某種意義上修復星光體，補充星光體的精神力量或爲重要問題提供解決之道。所以，睡覺的時候千萬不要被闖入耳畔的噪音干擾，也不要被白天留下的不好念頭所產生的噩夢打擾。說不定現在你能更加理解法語所說的『夢寢能解憂』了。

「你目前所處的身體已經相當複雜了，但這複雜程度遠遠比不上星光體和各級高我之間所發生的進化過程。爲了讓地球上的普通人也能容易理解，我會盡可能用最通俗易懂的語言來解釋。

「在每個正常人身體裡的星光體，會將其在身體裡終生所體驗過的全部感受傳遞給高我。這些感受在抵達圍繞著神靈的以太『海洋』之前，會先通過由九個高我組成的龐大『過濾』系統。如果這些感受本質上是基於物質的，高我在過濾的時候會遇到很多困難，就像濾水器在過濾髒水時比過濾潔淨的水更容易堵塞。

「如果在一生的無數體驗中，你確保自己的星光體在精神層面獲益，星光體就會獲得越來越多的精神領悟。經過足夠長的時間（可能是地球上的五百年乃至一萬五千年不等），你的高我就沒什麼需要過濾的了。存在於米歇·戴斯馬克特星光體中的這部分高我將會達到很高的精神境界，並將到達下一個階段，直接與更高級的高我奮鬥。

「我們可以將這個過程看成是一道九級的過濾器，這個九級過濾器透過九個不同的濾網來清潔流經其中的水。當第一級過濾結束時，第一個濾網將完全消失，剩下的還有八個。當然，爲了讓這些信息更好地被吸收，我用了大量比喻……。

「因此，在完成和第一級高我的循環後，星光體會脫離一級高我、和二級高我相會，以此類推，重複同樣過程。同樣地，星光體也需要在精神上充分進化才能轉世到下一級的星球。

「看來你沒完全跟上我的思路，我迫切希望你能完全理解我向你講解的一切。

「神靈，運用其智慧，透過使用第四種力創造了九個等級的星球。現在，你所在的海奧華就屬於第九級星球，也就是最高等級的星球。

「地球是一級星球，也就是最低的一級。這意味著什麼呢？地球相當於是幼稚園，存在的目的在於教會人類基本的社會價值觀。而第二級星球就像是小學，會教人類更深層次的價值觀——在這兩種學校裡，成年人的指導都是必不可少的。第三級好比中學，打下價值觀基礎後鼓勵進一步去探索。接著是大學，你會被當成像成年人一樣對待，你不僅已經獲得一定的知識，也要開始承擔公民責任了。

「這就是發生在九個等級行星上的進化過程。精神境界越高，在更高級星球上的受益程度越大，因爲那兒有更好的環境和更高級的生活方式。在更高級的星球，獲取食物更容易，日常生活也更化繁爲簡；而靈性的發展會因此更爲高效。

「在更高級的星球裡，連大自然本身都會進入一種『輔助』學生的狀態，等你到了第六級、第七級、第八級和第九級星球，不僅你的星光體高度進化，你的身體也會從你的進化中受益。

「我們知道，你已經被在我們星球上所見的種種景象深深吸引了。待到你見識更多時，你會把這裡當做是地球上所說的『天堂』，滿懷憧憬；但是，跟你成爲一個純眞靈魂時的眞正幸福相比，這仍然微不足道。

「我會非常留意不讓我的解說太過冗長。因爲你回去時必須一字不差地報告，在你寫的書裡不能有任何的改動。不要摻雜任何個人見解，這一點至關重要。

「不過別擔心，等你開始動筆的時候，濤會幫你補充細節的……。

「在這個星球上，人既可以留在肉體裡，也可以與以太中的偉大神靈相會。」

說這些話的同時，「領袖」周圍的氣場比以往亮得耀眼，他幾乎消失在金色的霧氣裡，看得我目瞪口呆。過了一秒鐘，他又重新出現了。

「你已經理解了，星光體是處於你肉體裡的一種身體形式，能夠回憶和記錄在多重生命歷程中獲得的全部見解。」

「星光體只能在精神上富足——而不是物質上。肉體僅是一個載體，多數情況下我們會在死亡的時候丟棄它。

「我會再多加解釋一下，因爲『多數情況』這個詞似乎讓你有些困惑。之所以這麼說，是因爲我們之中的有些人（包括我們星球上的所有人在內），都可以憑意願讓我們的身體細胞再生。是的，你已經注意到，我們很多人看上去處於同一年齡。我們星球是這個星系最高度進化的三個星球之一。我們有的人可以並且已確實直接進入了我們所稱的『大以太』。

「因此，在這個星球，我們已經到達在物質和精神上都近乎完美的階段。但我們也有我們要履行的職責，正如宇宙中存在的萬物一樣；事實上，世間萬物，哪怕是一顆小小的鵝卵石，也自有其用處。

「作爲一個更高級星球上的人類，我們的職責就是去指導——去協助精神層面，有時甚至是物質方面的發展。我們能提供物質上的幫助，是因爲我們是在科技上最先進的一群人。試想一下，一位父親，若不是因爲更年長、教育程度更高、涉世更深，如何能爲孩子提供精神上的指導呢？

「倘若在某些情況下，很不幸地，孩子需要被體罰，難道父母的身體不該比孩子更強壯嗎？一些頑固不化的成年人，如果拒絕聽從勸告，也需要用物理的手段加以糾正。

「米歇，你來自地球，有時地球被稱爲『苦難星球』。這個名字其實不無道理，但是苦難自有其因——那是爲了提供特殊的學習環境。不是因爲地球上的生活太艱難我們才必須去干涉，誰也不能輕易違背自然規律去破壞而非保護創世者讓你物盡其用的一切；也就是說，誰也不能干預經過精心設計的生態系統。有些國家，比如你的家鄉澳洲，正開始對生態表現出極大的尊重，這是正確的舉措；但即便在澳洲，說起污染，人們提到的是什麼？水和空氣污染嗎？然而面對最嚴重的**噪音**污染，誰何曾做過些什麼呢？

「我用『最嚴重』來形容，是因爲人們（包括澳洲人）根本沒有注意到這一點。

「如果你問一個人交通噪音有沒有給他帶來困擾，答案可能會令人吃驚，百分之八十五的人會說：『噪音？什麼噪音？喔，噪音啊！我們已經習慣了。』而正是因爲他們『已經習慣了』，那才是危險所在。」

就在這時，濤拉，也就是這位最高統領，做了一個手勢，我回過頭去。他在回答我腦海中提出的問題：「他怎麼能說出百分比，而且對地球上這麼多事知道得如此確切呢？」

我回過頭，幾乎吃驚得大喊出聲，畢阿斯特拉和拉濤利正站在我身後。這倒沒什麼好奇怪的，但我認識的這兩位朋友，身高一個三百一十公分、一個二百八十公分，現在縮小得跟我一樣高了。我的嘴應該是直嚇得合不攏，連濤拉都笑了。

「不知道你是否明白了，有些時候，**我們**之中的一些人會生活在**你們**地球人之間。而且，在最近一段時期還變得很頻繁，這就是我對你問題的回答。

「接下來回到非常重要的噪音問題。噪音極爲危險，以至於若是置之不理，必將導致一場大難。

「姑且拿迪斯可舞廳來舉例。人們將自己暴露在高於正常音量三倍的音樂中，讓大腦、生理體和星光體都承受著**非常**有害的振動。如果他們能看到這些振動所造成的損害，他們一定會以比逃離火災現場還要快的速度逃離舞廳。

「不僅是噪音會帶來振動，顏色也會。令人震驚的是，在你的星球裡，這個領域的實驗並沒有繼續進行。我們的『人員』報告了一個特殊的實驗，實驗發現，一名能抬起一定重量的人在注視粉色螢幕一段時間後，會減少百分之三十的力量。

「你們的文明完全不重視這樣的實驗。事實上，顏色會大大影響人類的行為，想要掌控這種影響就需要將一個人的氣場考慮進去。比如，如果你想給臥室牆壁漆上真正適合你的顏色或者貼上相稱的壁紙，你就必須知道你氣場中某些重要部位的顏色。

「如果你的牆壁顏色和你的氣場相匹配，你就能改善身體健康，或保持良好的健康狀態。另外，這些顏色所發出的振動對良好的心理平衡非常重要，能夠在你睡眠期間產生影響。」

我在想，我們怎麼能夠知道我們氣場中這些重要的顏色，因為在地球上，我們還沒有能力看到氣場。

當然，我還沒開口，濤拉便立刻回答了我。

「米歇，現在非常重要的事是讓你們的專家發明出必要的特殊儀器來幫你們看到氣場，這樣才能保證你們在未來關鍵的十字路口做出正確的決定。

「俄羅斯人已經對氣場拍照。這是個開始，但跟我們能夠解讀氣場的含義相比，他們獲得的結果只相當於能讀出字母表的前兩個字母而已。通過解讀氣場來療癒肉體的疾病，根本沒法和將氣場應用於星光體或生理體相比。地球上的最大問題存在於精神領域。

「現在，極大的精力都花在了肉體上，但這是個嚴重的錯誤。如果精神貧瘠，你的物理外觀會相應地受到影響。但是，無論怎樣，你的肉體總有一天會衰老死去，而你的精神卻會作爲星光體的一部分，永不消亡。反之，你越是改善心智，就越不會被肉體所累，你生命輪迴的進程也會跟著加速。

「我們本可以只把你的星光體帶到我們的星球，但是我們還是把你的肉體也帶來了，這其中有個重要原因。看來你已經明白我們的初衷了，我們很欣慰。感謝你願意協助我們完成任務。」

濤拉停下了，似乎陷入了沉思，同時用發光的眼睛一直注視著我。不知道過多久，我完全失去了時間概念。我只知道，我的心態變得越來越愉悅，我看到七個人的氣場在慢慢變化。有的地方顏色更生動，有的地方更柔和；與此同時，外沿的氣場變得更加迷濛。

霧氣慢慢散開，金色和粉色更重了，七個人的身影逐漸變得模糊不見。濤把手放在了我的肩膀上。

「你沒在做夢，米歇。這些都是非常眞實的。」她說得非常大聲，還用力捏了下我的肩膀，好像是在證明她的話。她這一捏，給我留下一塊淤青，下手重得使那淤青在幾個星期後依然可見。

「你爲什麼要這樣做？我沒想到你會這麼暴力，濤。」

「抱歉，米歇，但有的時候不得不動用些特殊手段。濤拉們經常消失，有時也會以這種方式出現，可能會讓你覺得是一場夢的片段。我必須確保你認知到一切都是眞實發生的，這是我的任務。」

話說到此，濤把我轉過來，我跟著她，沿著原路離開了這裡。

7

姆大陸和復活節島

離開都扣前，濤又給我戴上了一個新面罩。這個面罩跟我之前戴的不太一樣，戴上之後，我看見的顏色更加栩栩如生、更加光鮮亮麗了。

「你的新沃基（voki，指面罩）怎麼樣，米歐？這種亮度你覺得還好嗎？」

「是的，我還好，真的太美了，我感覺……。」說到這，我倒在了濤的腳下。她把我扶起來，抱上了飛行台。

我醒來時發現是在自己的都扣裡，嚇了一跳。我的肩膀還在痛；我下意識把手放到那，痛得咧了下嘴。

「實在抱歉，米歐，但這是必要的。」濤的表情有些自責。

「我怎麼了？」

「你可以說是暈過去了，雖然說暈並不準確；準確的說，你是為美麗的景象所傾倒了。你的新沃基可以讓你看到我們星球上百分之五十的顏色振動，而之前的那個只能讓你看到百分之二十。」

「只有百分之二十？太不可思議了！我看到的那些令人讚歎的顏色，包括蝴蝶、花朵、樹木、海洋……，難怪我剛才會受不了。記得我有一次從法國前往新喀里多尼亞，途中我們經過了塔希提島。我和親朋好友雇了一輛車，載著我們在島上遊覽。島上居民生活無憂無慮，那畫面讓人感到幸福滿滿。他們的茅草屋建在瀉湖岸邊的花叢中，有葉子花、木槿花、龍船花等等，紅橙黃紫地交相輝映，四周的草坪井然有序，椰子樹茂盛成蔭。

「襯托它們的，是一望無際的藍色大海。我們在島上遊覽了一日，我還在日誌裡寫下那眞是一整天的視覺饗宴。當時的美景眞是令人陶醉；但是現在，我得承認，那種景色跟你們星球上的美完全沒有無法相比。」

濤興致勃勃地聽著我的描述，一直微笑著。她把手放到我的額頭，對我說，「先休息一下吧，米歇。過一會等你感覺好些，再跟我一起去下一個地方。」

我馬上就睡著了，睡得很香，沒有做夢。我可能睡了二十四小時。醒來時，我感覺一身輕鬆，神清氣爽。

濤還在那，拉濤利和畢阿斯特拉也來了。我發現他們恢復了以往的身高，便將我的想法脫口而出。

「這種變身用不了多久時間的，米歇，」畢阿斯特拉解釋說，「況且這並不重要。今天我們要帶你參觀我們的國家，再介紹一些非常有意思的人給你。」拉濤利走到我身邊，用指尖碰了碰我的肩膀，就是濤捏了我的地方。我馬上不痛了，舒服的感覺頓時貫穿全身。她用微笑回應了我，並將新面罩遞給了我。

走到外面，我發現我還是需要瞇著眼。濤朝我做了個手勢，示意我爬上拉提沃克（Lativok），也就是我們的飛行台。剩下的人各自飛行，在我們的飛行台周圍穿梭，就像在玩遊戲一樣——她們的確在玩。這個星球上居住的人似乎永遠是快樂的；只有幾個人讓我覺得嚴肅（事實上甚至有些嚴厲的），就是七位聖賢長老濤拉，儘管他們舉手投足間都充滿著仁慈的氣息。

我們在水面上方幾公尺的高度快速飛行。雖然到處都能激起我的好奇，但我不得不經常閉上眼睛，從明亮中「恢復」一下。

然而，我好像慢慢能習慣了……。我眞好奇，如果濤給我一個光線通透率爲百分之七十的面罩，會是什麼樣子？要是通透率更高呢？

我們很快到達了大陸邊緣，波濤拍擊著綠色、黑色、橙色和金色的礁石。在正午陽光的直射下，拍擊礁石的浪花折射出的虹暈十分可愛，令人難忘。天邊還有一條彩色的光帶，比地球上的彩虹要晶瑩剔透一百倍，我們升到了大約二百公尺的高空，繼續在大陸上空穿行。

濤帶我們飛到平原上空，平原上有各種動物：有兩條腿像小鴕鳥的；還有四條腿像猛獁象的，但是牠是猛獁象的兩倍大。我還看到乳牛在吃草，和河馬並肩擦身。這兒的乳牛跟地球上的很像，我不禁跟濤邊說邊指著牛群，就像去動物園的孩子一樣興奮不已。濤開心地笑了。

「爲什麼我們這裡就不能有乳牛呢？瞧，你在那邊還能看到驢、長頸鹿，不過牠們比起地球上的要高一些。看，那群馬兒跑起來的樣子多麼可愛！」

我太興奮了，但這次旅程中，我的興奮什麼時候停下來過呢！只不過時多時少而已。讓我眞正目瞪口呆的是一群馬竟然有漂亮女人的頭，金髮的、紅褐色頭髮的、棕色頭髮的，甚至還有藍色頭髮的，我吃驚的表情又把這幾個朋友給逗笑了。這些馬飛馳的時候經常會跳到幾十公尺高的空中。啊，是的！牠們是有翅膀的，翅膀不用的時候收攏於體側，那感覺有點像在船隻前後追來跳去的飛魚。牠們抬頭看著我們，想要跟我們的拉提沃克在速度上一爭高下。

濤降低了速度和高度，我們離他們只有幾公尺遠了，更多讓我吃驚的事情還在後面。那些馬女們用一種聽得出來是人類語言的聲音，在衝著我們喊叫。我的三個同伴用同樣的語言作答，他們的交流顯然很愉快。但我們沒有在低海拔停留太久，因爲那些馬女跳得很高，她們幾乎碰到了我們的飛行台，這樣可能會傷到她們。

我們下方的平原有的地方是凸起的小丘，大小全都一樣。我問了一下那是怎麼回事，畢阿斯特拉解釋說，幾百萬年前，這些小丘都是火山。我們下方的植被跟我之前剛抵達時「經歷」的生機勃勃的森林完全不同。相反地，這裡的樹一小片一小片地聚在一起，高度不超過二十五公尺。我們經過的時候，幾百隻白鳥同時飛起，然後再降落到一邊，跟我們保持「安全」距離。一條寬闊的河流流向天際，慵懶地蜿蜒其中，將平原分成了兩塊。

我看到河岸上有些聚集的小都扣。濤駕駛拉提沃克在河面上方飛行，就在我們快到那些居住地的時候降到了水面高度。我們降落在兩個都扣中間的一小塊空地上，馬上就有居民圍了過來。他們沒有推推擠擠或者朝我們撲來；而是停下了手裡的事情，向我們緩緩走來。他們圍成一個大大的圓圈，如此每個人都有機會與我這個外星人面對面。

這群人依舊年齡相當，這又讓我吃了一驚。只有五、六個人可能更年長些。在這裡，年長並不會使人遜色，而是格外多了一種令人歎服的高貴氣質。

之前我老是困惑於這個星球上沒有孩子的事。但在這裡，就在這些靠近我們的人當中，我看見了六、七個孩子。他們長相迷人，有著和年齡不符的沉著冷靜。濤告訴我，他們應該已經八、九歲了。

從我到海奧華開始，就還沒有機會見到這麼大一群人。我環視這一圈，即對他們的鎮定和穩重表示佩服，也越發欣賞我所期待看到的她們臉上那種無與倫比的美。她們長得都很像，就像兄弟姐妹一般；不過話說回來，我們在看到一群黑人或者亞洲人的時候，第一印象不也是這樣嗎？實際上這些人的面容各存差異，就像地球上的種族一樣。

她們的身高從二百八十公分到三百公分不等，身材十分勻稱，光是看著都令人賞心悅目——既不過於結實也不特別瘦弱，沒有任何缺陷。她們的臀部比男性的大些，後來我才知道，其中有的人生育過。

她們的頭髮都很漂亮，大多是金黃色，還有的是淡金色或者銅黃色，偶爾還有明亮的栗色。還有的人像濤和畢阿斯特拉一樣，上嘴唇有精細的絨毛，但除此之外，這些人就沒有任何身體毛髮了（這些不是我當時就觀察到的，而是之後我有機會近距離觀看一群裸體曬日光浴的人時才看到的）。他們的膚質讓我想起很會防曬的阿拉伯女人，當然不是金髮碧眼美女的典型蒼白皮膚；他們的眼睛顏色很淺，事實上是顏色過淺了。說眞的，如果是在地球上，我可能會把周圍這些有著淡紫色和藍色眼睛的人當成盲人了。

說到她們修長的腿和圓潤的臀部，就讓我想起我們的長跑女運動員。還有她們比例勻稱的胸部，每個人都是堅挺有形，想必讀者應該能理解初次見面時我爲什麼錯把濤當成女巨人了吧。地球上的女人看到這些人的胸部定是好生羨慕，而男人則會賞心悅目……。

我曾形容過濤姣好的容貌，這些人也有類似的「經典」特徵；其他人在我看來也是「魅力十足」或者說「極具誘惑」。雖然每張臉的臉型和特點都略有不同，但卻像是出自同一位藝術家的精心設計。

每個人都散發著各自獨特的魅力，但最重要的是，她們臉上和舉手投足間最顯著的特徵就是智慧的光彩。

總之，我覺得我們周圍這些人簡直是無可挑剔。她們滿臉都是友善的笑容，露出一排排完美皓齒。這種身體上的完美並沒有讓我意外，因爲濤已經爲我解釋過她們擁有隨意使身體細胞再生的能力。那麼，這些美好的身體自然都不會隨著年老而色衰了。

「我們有沒有打擾到她們的工作？」我問了畢阿斯特拉，她正好就在我旁邊。

「不會，」她回答。「這個城鎮裡的大多數人都在度假，而這裡也是人們冥想的場所。」

三位「長者」走到了我們跟前，濤讓我用法語跟她們打招呼，而且聲音要大一點好讓每個人都聽到。我當時說的應該是：「我很高興能來到你們這裡，領略這個星球的神奇之處。你們都是幸運的人，我眞希望自己能跟你們在一起生活。」

我的這番話引起了大家一陣感歎，不僅是因爲她們從不曾聽過我說的語言，還因爲她們用心靈感應領悟到我所講的內容。

畢阿斯特拉示意我們跟著三名「長者」，她們帶著我們走進了某個都扣。我們七個人用舒服的姿勢坐下後，濤開始說話了，「米歇，請讓我向你介紹拉提歐努斯。」她伸手指向其中一個長者，我鞠躬致意。「在地球的一萬四千年以前，拉提歐努斯曾是地球上姆大陸的末代國王。」

「我不懂。」

「你是不想明白罷了，米歇。你現在很像你地球上的同類。」

我一定是看上去很惶惑苦惱，因爲濤、畢阿斯特拉和拉濤利都大聲地笑了。

「別做出那種表情，米歇。我只是想稍微激你一下。借著拉提歐努斯在場的機會，我會向你解釋地球上很多專家至今都無解的奧秘；至於這些專家，我得多說一句，他們應該用他們寶貴的時間去發現更有用的事情。我要揭開不止一個，而是很多縈繞在他們心頭的未解之謎。」

我們的座位排成一個圓圈，濤坐在拉提歐努斯旁邊，我坐在她們對面。

「我們在來海奧華的途中已經說過，巴卡拉替尼星人在一百三十五萬年前就抵達了地球。三千年之後發生了可怕的災難，海洋破湧而出，海島甚至是大陸從此出現。我也提到了一塊升起在太平洋中間的巨大陸地。

「這塊陸地被稱爲『拉瑪爾』（Lamar），你們更熟悉的說法是『姆大陸』（Mu）。它出現的時候幾乎是完完整整的一塊，但是兩千年後在地震中四分五裂，形成了三個主要的大陸。

「隨著時間流逝，這些大陸上長出了植被，大部分面積的大陸都位於赤道區域。青草生長、森林形成，慢慢就有動物沿著連接姆大陸和北美之間的極窄地峽遷徙過來。

「黃種人更佳地克服災難帶來的毀滅性影響，率先建造了船隻、開始探索海洋。大約是地球上的三十萬年以前，他們在姆大陸的西北岸著陸，最終建起一處小定居地。

「這個定居地在後來的幾個世紀裡都沒什麼擴張，因爲他們在移居時遇到了很多困難。要詳細解釋這些需要很長時間，不過現在我們並不需要關心這個。

「約莫是地球上的二十五萬年前，阿勒莫X3星上的居民（就是我們中途停下來收集樣本的星球上的居民）踏上了探索你們太陽系的星際旅行。他們考察過土星、木星、火星和水星之後，降落在地球上中國的位置。他們降落時，太空船在民眾間引起了極大恐慌。所以在中國有『天降火龍』的傳說。中國人的恐懼和猜疑最終導致他們對外星人發起了攻擊，而這些外星人出於自我保護也不得不動用武力。外星人們討厭使用武力，因爲他們不僅技術先進，還有著很高的精神修養，對殺戮深惡痛絕。

「他們離開了那兒之後繼續探索地球，最終發現姆大陸對他們最具吸引力，原因有二：首先，姆大陸上幾乎無人居住；其次，單就其緯度而言，那裡是名副其實的天堂。」

「他們與中國人發生衝突後，變得格外小心，他們認爲建立一個可以退避的基地是比較明智的做法，以防今後再次遭遇地球人嚴重的敵意行爲。我還沒解釋過他們探索地球的主要目的——由於出現了令人不適的人口膨脹，他們想要爲阿勒莫X3星上的幾百萬居民重新尋找新的居住地。此次行動事關重大，決不允許有任何風險。因此，他們決定建立撤退基地，不是在地球，而是在月球上，因爲月球距離地球很近，而且被認定是非常安全的。

「他們用了五十年的時間建立月球基地，之後才開始向姆大陸遷移。一切進行順利。在姆大陸西北角的中國小定居地，已經在他們首次造訪後的幾十年間被徹底毀滅，所以，整個大陸其實都歸他們所有。

「他們一落腳就開始興建城鎮、運河和道路。他們的道路是用巨大的石板鋪成的；他們通常使用的交通工具則是一種會飛的雙輪車，跟我們的拉提沃克類似。

「他們從自己的星球上引進了動物，比如狗和犰狳，這是他們在阿勒莫X3星上的最愛，還有豬。」

她說到這些引進的動物時，我想起之前我們在阿勒莫X3星上看到豬和狗時有多麼詫異。我一下子全明白了。

「說到身高，他們的男性平均一百八十公分、女性平均一百六十公分。他們的頭髮是深色的，眼睛是美麗的黑色，膚色則是淡淡古銅色。我們停在阿勒莫Ｘ3星時，你看到了一些他們的人，我想你已經猜到了他們就是波利尼西亞人的祖先。

「於是，他們的居住地遍布整個大陸，包括十九個大城市，其中七個是他們的聖城，小的村莊更是不計其數，因爲這些人都是非常出色的農民和牧場主人。

「他們的政治體系仍沿襲阿勒莫Ｘ3星的做法。他們早就發現，治理好國家的唯一途徑就是在政府最高領導階層裡安置七名正直的人士，這七人不代表任何政治團體，只一心爲國。

「其中第七個人擔任最高法官，他在政務會中的投票是一票相當於兩票。如果兩人與其立場相同而四個人意見相悖，他們會陷入僵局，得要經過幾個小時甚至幾天的時間來進行激烈討論，直到七人之中至少有一人被說服改變立場。這樣的辯論是在智慧和愛民憂民的前提下進行的。

「這些最高領袖不會因爲領導國家而獲得任何重大物質利益。領導國家是他們的職責所在，他們這麼做是出於爲國家服務的一腔熱忱——如此即避免在領導人之間隱藏著投機分子的問題。」

「我們當今的國家領導人可不是這樣，」我有些不滿地感歎道。「這樣的人是從哪裡找到的呢？」

「選舉過程是這樣的：村莊或街區通過全民公投選舉出一名正直的人。有不良行爲記錄或者有狂熱傾向的人不能被選上，而當選者則必須在各方面展現出其正直品格。接著當選者會被送到最鄰近的城鎮，和周圍村莊的其他代表再經過一輪投票選舉。

「假設有六十個村莊，人民就會選出六十個人。這六十個人會當選都是因爲他們的正直，而非是因爲做出了什麼無法兌現的承諾。

「全國各地的代表將在首都城市匯聚一堂。他們會被分成六人一小組，每組都會被安排在一個單獨的會議室裡。在接下來的十天裡，每組人都待在一起，一起討論、一起用餐、一起欣賞演出，最後每組會選出一位小組代表。所以如果全國各地有六十位代表，就會分成十小組，然後選出十位小組的代表。而這十人又會經由同樣的方式再選出七位代表，並且會在此七人之中再選出一位最高領袖。這位領袖就被授予『國王』的封號。」

「這麼說來，他還是個共和制度下的國王。」我說道。

濤對我的評論笑了一下，拉提歐努斯則是皺了下眉頭。

「只有當前任國王去世而沒有指定接班人、或者選定的接班人沒有得到七人組成之委員會的一致同意時，才會以此方式選出新國王。之所以用『國王』這個頭銜，首先是因爲他是偉大神靈在地球上的代表，再者是因爲百分之九十的情況下，新國王會是前任國王的兒子或近親。」

「那跟羅馬帝國的方式有點像。」

「是的，但如果這個國王有任何獨裁傾向，就會被其餘的六人給推翻。好了，我們還是回到阿勒莫X3星球的移民……。

「他們的首都是薩凡納薩（Savanasa），位於某個俯瞰蘇瓦圖灣的高原上。高原海拔三百公尺，除了東南和西南的兩座山之外，這兒就是姆大陸上最高的地方了。」

「不好意思，濤，我能打斷一下嗎？在講解把地球撞離軌道的大災難時，你說到月球避難並不實際，因爲當時月球還不存在。但現在，你又說這些移民在月球上建立了安全基地……。」

「黑種人在定居澳洲及其後很長的一段時間裡，確實沒有月球。很早很早以前，大約六百萬年前，曾有兩個非常小的衛星圍繞著地球轉，最終與地球相撞。那時候地球上還沒有人居住，所以雖然造成了可怕的災難，但也無關緊要。

「大約五十萬年前，地球『捕獲』了一個更大的衛星（也就是現在的月球），因爲它在經過地球時靠得太近，所以被吸進了軌道，行星的衛星通常都是這麼來的。未來的災難也將由此而引發……。」

「你說和地球『靠得太近』是什麼意思？爲什麼沒撞上呢？總之，這『月球』到底是什麼？」

「月球跟地球本來是有相撞的可能，但這種情況很少發生。月球最初是以螺旋軌道來運轉圍繞著其恆星的小行星，但是它的軌道會不斷縮緊。行星越小，因其①慣性越小，所以依螺旋軌道繞行的速度也就越快。

「小行星因爲繞行速度越來越快，所以通常會趕上更大的行星，如果靠得太近，大行星的重力吸引力就會比恆星還強，導致小行星開始圍繞大行星運行，這個時候的軌道仍是螺旋形，所以遲早會導致一場碰撞。」

「你是說，我們在詩歌中吟誦讚美的美麗月亮，有一天會掉到我們頭上？」

「是的，終究有一天……。不過怎麼等，也要等到十九萬五千年之後了。」

我應該是看上去鬆了口氣，剛剛的恐慌也一定略顯滑稽，因爲我的主人們都笑了。

濤接著說，「如果眞的發生了（也就是月球眞的與地球相撞），你們星球的末日就來臨了。如果到那個時候，地球人在精神境界和技術層面還沒達到足夠高的層次，就意味著會是場滅頂之災；反之，如果達到了，他們就可以移民其他星球。米歇，萬事自有定數。現在，我要接著講完姆大陸的故事。

「當時，薩凡納薩地處廣闊高原，高原凌駕於海拔不超過三十公尺的平原之上。在高原的中心，人們建起了一座巨大的金字塔。砌成金字塔的每塊石頭都超過五十噸重，用一種我們稱爲『超音波振動系統』去切割，切割的誤差不超過五分之一公釐。切割工作在霍拉頓的採石場完成，此地位於現在的復活節島，是整個大陸上能找到這種特殊石頭的一個地方。另外，在大陸西南邊的諾托拉也有一處採石場。

「這些巨石以『反重力技術』來運輸，這在當時是一種廣爲人知的技術（巨石裝載在離路面二十公分高的平臺上運輸，路面使用與堆砌金字塔原理相同的方式來鋪建）。全國都是這般四通八達的道路，像巨大的蜘蛛網一樣遍布在首都薩凡納薩。

「巨石被運送到薩凡納薩，按照『總管』或『首席建築師』的指示放到指定位置。建成之後，金字塔高四百四十點零一公尺，四面對準羅盤的四個方向點，沒有絲毫偏差。」

「這是用來作爲國王宮殿或陵寢的嗎？」我問這個問題的時候，每個人都露出了寬容的微笑，就是在我問問題時經常會出現的那種。

「跟那一點關係都沒有，米歇。這座金字塔的意義遠比那些重要：它是一個工具。我承認這個工具非常大，但它終歸是工具。埃及的胡夫金字塔也是個工具，只不過要小得多。」

「工具？麻煩你解釋一下，我跟不上了。」我真的很難完全理解濤說的話，但我能感到有個巨大的謎團即將在我面前揭開——就是在地球上引發了重重疑團，且成爲地球上那麼多文學作品主題的謎團。

①作者回應原文版編輯提問時將「其」修改成了「因其」。（此為原文版編輯自二〇〇〇年於原文電子版起的修改）

「你已經意識到了，」濤接著說，「他們都是高度進化的人類。他們對宇宙法則有深刻的理解，並且運用他們的金字塔作爲宇宙射線、宇宙的各種力和能量，以及地球能量的『捕獲器』。

「金字塔裡的房間依照規劃精密排布，是國王和其他重要發起人的強大通訊中心，他們能夠（通過心靈感應）②與宇宙中其他星球或其他世界溝通。地球人現在已經失去了這種與外太空通訊的能力；但在那時，姆大陸的人可以通過自然途徑或者對宇宙力的運用與地外人類保持溝通，甚至還能探索平行宇宙。」

「金字塔僅用於這個目的嗎？」

「不止如此。金字塔的另一個作用是造雨。通過主要成分爲銀的合金板，他們能夠在幾天內讓雲聚集在國家上空，在需要的時候降雨。

「可以這麼說，他們能夠在整個大陸上營造出天堂般的樂園。河流和泉水永不乾涸，而是在無數的平原中緩緩流過，那裡基本上都是平地。

「不同的緯度地區種植了不同的水果，柳丁、柑橘和蘋果結實纍纍，重得讓果樹折彎了腰。而某些非常奇特的水果在地球上早已消失，但在當時卻豐收不斷。有一種名爲萊蔻提（Laikoti）的水果，能讓大腦活動變得興奮，吃了它的人可以解決超出其能力範疇的難題。雖然擁有這種特性的萊蔻提只是水果而不是毒品，但也遭到聖人譴責，因此只允許在國王的院子裡種植③。

「然而人類本性難移，即便規定如此，仍有人在大陸四處秘密種植著萊蔻提。種植這種水果的人一旦被抓就會受到嚴厲懲罰，因爲這是公然違抗姆大陸國王的命令。在宗教和政府事務上，國王的命令要絕對服從，因爲他是偉大神靈的代表。

「因此，國王本身不是受膜拜的對象，他只是一個代表而已。

「這些人信仰的是塔若拉（Tharoa），就是至高無上唯一的神，偉大神靈、萬物的創造者。當然，他們也相信轉世。

「米歇，我們現在要關注的是很久以前發生在你星球上的重大事件，這樣你才能啓迪你的同胞。所以我不會再詳細描述姆大陸了，那是地球上存在過之最有組織紀律的文明之一。但你應該知道，在五萬年後，姆大陸的人口達到了八千萬。

「他們定期到外面探險，從各個方面探索和研究地球。他們在探險時使用的是太空船，跟你們說的『飛碟』類似。他們發現地球上當時主要由黑種人、黃種人和白種人居住。那些白種

②「通過心靈感應」此句為原文版編輯經作者同意後添加。

③在寫這本書的時候，我發現禁食萊蔻提和《聖經》中亞當被禁食蘋果有驚人的相似之處，都是與知識相關，我覺得這種相似點非常有趣。（作者評註）

人其實在巴卡拉替尼星人抵達後、及姆大陸被殖民前的時間裡，就已經有少數來到地球，但他們一開始就失去技術知識，所以退化到原始狀態。他們在你們所說的亞特蘭提斯大陸上定居，不過因爲物質和精神方面的雙重原因，他們的文明全線潰敗了。」

「你說的物質原因指什麼？」

「自然災害完全摧毀了他們的城鎮，幾乎毀滅了所有可以讓他們發展技術的條件。

「我必須強調以下這點：姆大陸的居民在踏上對地球的探索之旅前，已經透過薩凡納薩金字塔進行了研究。研究後，他們決定派太空船將移民送到在姆大陸西方的新幾內亞和南亞地區定居，同時他們還在南美和中美建立了殖民基地。

「最重要的是，他們建立了殖民基地，基地後來發展成大城鎮，就在你們考古學家所說『梯阿庫諾』（Thiacuano）④的地方，距離的的喀喀湖不遠。那時候還沒有安第斯山脈，你很快就會看到，它是過一段時間才形成的。

「他們在梯阿庫諾建立了巨大的海港。在那個年代，北美和南美都還是平地。最後他們挖了一條運河，將一處位於現今巴西的內陸海和太平洋連接起來。內陸海還有一條分支流向大西洋，這樣人們就能跨越海洋，移民到亞特蘭提斯大陸……。」

「但你說他們有太空船，那他們爲什麼不用呢？如果他們開通了運河，一定是想要用船。」

「他們使用太空船就像你們用飛機一樣，米歇。但是如果負載很重，他們就要用反重力的設備，就像你們在地球上所使用的重型車輛一樣。

「所以就像我說的，他們定居在亞特蘭提斯大陸。當時，很多來自亞特蘭提斯的白種人更喜歡移民到北歐地區，因爲他們不認可姆大陸的新政府和新宗教。那些白種人乘坐蒸汽和風能驅動的海上交通工具離開了。事實上，白種人在經歷了一段你們稱爲『史前』的階段後發現了蒸汽動力。我還必須要解釋一點，不列顛當時還不是座島，而是跟北歐連在一起；直布羅陀海峽也尚不存在，因爲那時候非洲和歐洲南部是相接的。很多來自亞特蘭提斯的白種人都移民到了北非，和那裡黑黃種人混血的後代混居。混居爲北非創造了新的人種，這些人的血脈數千年來延續至今，就是你們知道的柏柏人、圖瓦雷克人等其他人種。

「那段時間我們經常造訪地球。在我們覺得時機恰當的時候，我們就公開拜訪姆大陸國王，應他請求或者根據他給我們提供的資訊，去拜訪新的殖民基地，比如在印度或者新幾內亞，因爲姆大陸人有時很難融入當地已經存在的文明。我們會公開地去那裡，坐著太空船公然地出現在他們面前，太空船跟帶你來海奧華的那艘很像，不過形狀不同。

「我們高大的體型還有自內而外散發的美，讓這些人視我們爲神一樣的存在。他們還是不

④也拼作「Tiahuanaco」（原文版編輯註）

太先進的人，甚至有的還是食人族。

「我們的任務關鍵在於要讓這些殖民者認爲我們是善意的神，如此一來可以避免戰爭，因爲他們的先進程度、信仰和宗教讓他們對戰爭深惡痛絕。

「由於我們在該期間頻繁地造訪，地球上就出現了很多有關天上『巨人』和『火焰戰車』的傳說。

「我們和姆大陸的居民結下了深厚友誼，那時候我的星光體所存在的身體跟現在我『穿』的這個身體很像。

「藝術家和雕刻家對我們報以極大的敬意。他們和姆大陸國王商量，在國王同意下，開始想辦法讓我們留下不朽的形象。霍拉頓⑤（復活節島）上巨大的雕像就是出自他們之手。以他們當時發達的文明，他們創造出的都是最頂尖的偉大藝術——大小和形狀在你們看來堪稱『別具一格』。

「我的雕像就是這麼產生的。雕像竣工後即用巨大的飛行台來運輸，這些飛行台可以於全國各地服務，但終點都是薩凡納薩。當時的藝術大師打算把這些雕像豎立在國王的花園裡，或者是通往金字塔的路上。不幸的是，當我的雕像和其他幾個雕像剛要啓程的時候，發生了一場大災難，姆大陸從此毀滅。

「但是，霍拉頓的一部分卻倖免於難。之所以說『一部分』，是因爲現在殘留的採石場遺跡還不及當時規模的十分之一。現在我雕像的所在地就是當時沒有被災難吞噬的部分。

「以我爲藍本的雕像就這樣保存在復活節島上。當你告訴我，你夢到我是復活節島上的一座雕像時，我說我確實是，你當時覺得那只是個比喻，但你只對了一半。聽我說，米歇，有些夢，尤其是你的夢，會受到「拉蔻提那」（lacotina）的影響。這個詞在地球上找不到任何同等的表達。你不是一定要理解這個現象，但你要知道，在這種作用的影響下，夢是眞實的。」

這時，濤結束了她的講解，又露出了熟悉的笑容，補充道：「如果你無法面面俱到的記下來，放心，我會在適當的時候幫你的。」

她說罷起身，我們也都跟著起來了。

⑤霍拉頓（復活節島）位於姆大陸東南角。（作者評註）

8

靈球探索之旅

我們跟著拉提歐努斯走進都扣裡的另一處，那是個休息區，可以讓人充分放鬆，所有外界聲音都穿透不進來。拉濤利和兩個「長者」就此跟我們分別，只剩下我、拉提歐努斯、濤和畢阿斯特拉。

濤解釋說，因爲我的靈力還不夠發達和完善，在參與一個重要而又非常特殊的體驗時，我需要服下一種特製的靈藥。接下來，我們要去探索地球的「靈球」，「準確的說，是一萬四千五百年前姆大陸消失時的地球。」濤解釋道。

對於「靈球」，我是這麼理解的——每個星球自誕生起周圍就有一個靈球，或者說是像振動著的繭，並且以七倍光速旋轉著。它像吸墨紙一樣（實際上就是），有著強大的吸收能力，能完全吸收（並儲存）①星球上發生的每件事。我們地球人不能讀取其中儲存的內容——因爲我們不懂得怎麼去「解讀」。

我們都知道，美國政府雇傭了許多研究人員和技術人員來開發「時光機」，但至今尚未成功。據濤所說，這項任務的困難在於達到與靈球相同的振動頻率，而不是波長。每個人的星光體中都蘊藏著宇宙不可分割的一部分，如果得到適當訓練，是可以從靈球中獲得所需知識的。當然，這需要大量的訓練②。「靈藥可以帶你進入靈球，米歇。」

我們四個人在一張特殊的床上各自擺出了舒服的姿勢。濤、畢阿斯特拉和拉提歐努斯排列成三角形，我則在這個三角形的中央。我接過一個高腳杯，喝下了裡面的液體。

然後，畢阿斯特拉和濤輕輕將手指放在了我的手掌和太陽輪上，拉提歐努斯把食指放在了我的松果體上方——她們讓我徹底放鬆，無論發生什麼都不要害怕。我們將用星光體旅行，我只需跟從她們的引導，所以非常安全。

這一刻深深烙印在我的記憶裡，永遠不會抹去。在濤對我輕聲細語的時間越久，我就越來越放鬆。

但我必須承認，一開始我真的害怕極了。突然間，色譜上的所有顏色一起出場，在飛舞中閃耀；我雖然閉著眼睛，還是被耀眼的光芒給照得一陣暈眩。我看到周圍的三個人都發出璀璨光芒，身子卻變得半透明。

下面的村莊慢慢變得模糊。

我有一種奇怪的感覺，有四根銀線把我們和各自的身體拴在一起，我們的身體變得像山一樣大小。

突然間，一道刺眼到發白的金光一閃，從我的「視野」中穿過，之後一會兒，我就什麼都

①原文版編輯與作者確認後添加。

②許多人會在夢中偶然接觸到靈球。通常是日光儀、建築物和自然的景象。若要掌握從靈球中獲取資訊的能力，需要極淵博的知識和大量的練習。（原文版編輯基於作者的解釋做出的評註）

看不到了，也沒有了任何感覺。

之後我又看到一個球，像太陽一樣美麗耀眼，只不過是銀色的，球在空中以不可思議的速度向我們靠近。我們加速通過，應該說是我加速通過，因爲當時我完全感覺不到那三位同伴的存在。穿越這茫茫銀色，我發現只能看到周圍的「霧」，別的什麼都看不清。說不清過了多久，霧一下子就消失了，眼前出現了一個長方形的房間，屋子的天花板很低，裡面有兩個人正盤腿坐在顏色精美的墊子上。

房間的牆壁是由精心雕琢的石塊砌成的，上面是當時文明的場景，還有成簇看上去透明的葡萄和我不認識的水果及動物，有的是人頭獸身，還有一些是獸首人身。

接著我注意到，我和三個同伴組成像氣團般的「整體」，即便如此，我們還是能分辨彼此。

「我們在薩凡納薩金字塔的主室。」拉提歐努斯說。太不可思議了！拉提歐努斯並沒有張嘴，卻在用法語跟我說話！我的腦海裡馬上跳出了答案：「這是眞正的心靈感應，米歇。什麼都不要問，一切自有答案。你必須知曉的，就必將知曉。」

（我的責任就是寫這本書來報告我的經歷，所以我必須盡可能清楚的解釋，以我當時的狀態：我的星光體已經進入靈球，說是「所見」、「所聞」或「所感」都不恰當，只是描述「臨場」感受，這種感受與我們通常的體驗方式完全不同，跟我們星光體旅行的體驗也不同。）

事情發生的方式和夢境很像，有的時候非常緩慢，有的時候又快到讓人猝不及防。之後，每件事似乎又都能自圓其說；後來我瞭解到，這跟我當時所處的狀態，還有我的導師們對我進行的密切監控有關。

很快我便見到房間的天花板上開了一個口，順著開口望去，天邊盡頭有顆星星。我意識到，這兩個人是在和星星交換「可見」的想法。他們的松果體冒出縷縷銀色煙絲，順著房頂上的開口，徑直地朝天邊的星飛去。

這兩個人完全沒有動靜，周身浮動著一片柔美的金色光芒。同伴們持續的教誨已經深入我心，所以我知道這兩個人不僅看不見我們，也不會被我們打擾，因為我們是另一個空間的觀察者。於是我便更加仔細地打量起他們來。

其中一人是位長者，花白的長髮垂到肩膀以下。他腦後有一頂橘黃色織物製成的無沿小圓帽，類似是拉比戴的帽子。

他穿著寬鬆的金黃色長袍，袖子很長、覆蓋全身。他的坐姿把腳全都遮住了，但我「知道」他是光著腳的。他兩手相接，但只在指尖接觸，我能清楚看到他手指周圍發出細小的藍光，可見他十分專注，聚集的精神力量非同小可。

第二位看上去與第一位年齡相仿，不過頭髮卻油亮發黑。他和他同伴的穿著相同，但長袍是明亮的橙色。他們一動不動，好像停止呼吸一樣安詳。

「他們在和其他的世界交流，米歇。」腦海中自動冒出了解釋。

突然，這個「場景」消失了，馬上切換到了另一個。映入眼簾的是一座金頂宮殿，像是東方的寶塔。矗立的宮殿和四周的塔一起出現在我們眼前。宮門和打開的巨型落地窗正對著美妙的花園和琺瑯池塘，池中綻放的噴泉在陽光的照射下，從頂點拋出了一道道彩虹。大花園裡四處都是樹木，上百隻鳥兒在林間輕輕拍打翅膀，為這魔法仙境再增添生動色彩。

穿著長袍的人成群結隊在樹下或池塘邊散著步，他們的長袍款式和顏色各不相同。有的人在鮮花茂盛的林蔭下打坐冥想，那兒是專門的休閒和庇蔭場所。眼前的景象雖然姿態萬千，也不過就是陪襯，最搶眼的，還是遠方越過宮殿的建築：一座巨大的金字塔。

我「知道」我們才剛離開金字塔，眼前精妙絕美的建築是姆大陸的首都，薩凡納薩宮殿。

宮殿外是濤提到的向四面八方延伸的高原。花園中央有一條至少四十公尺寬的通道，通道路面就像是一整塊石板做的一樣，直通高原。道路兩旁是巨大的遮陽樹，樹中間夾雜著巨大精美的雕像。有的雕像還戴著紅色或者綠色的寬沿帽子。

我們沿著這條通道慢慢滑行，周圍的人有些騎在馬背上，有些則是騎著頭長得像海豚的奇怪四腳動物——一種我聞所未聞的動物，牠們的存在使我感到驚訝。

「這些是阿奇特帕獸（Akitepayos），米歇，牠們滅絕已久。」又有人為我解釋了。

這種動物的大小就像一匹巨大的馬，尾巴是彩色的，有時會像扇子一樣打開，如同孔雀的尾巴。牠的臀部比馬要寬；體長與馬類似；凸起的肩膀就像犀牛的甲；前腿比後腿長。牠全身除了尾巴之外都被灰色的長鬃毛給覆蓋，跑起來的時候，讓我想起飛騰的駱駝。

我強烈感到我的同伴正在帶我去往其他地方。我很快就穿過了路上的行人——非常快，但是我卻能「聽進」他們所講的話，還留意到他們的語言特徵。這種語言聽上去十分悅耳，而且元音比輔音多。

我們立刻被切換到另一個場景中，就像電影畫面一樣，一個鏡頭切掉、另一個跟著上演。一些機器在高原邊界的廣闊空地上排開，形狀像是深受科幻小說家喜愛的「飛碟」。人們從上面下來，登上了「飛行台」，飛行台將他們帶往一處巨大的建築裡，那兒應該就是座航空站。停機坪上的飛行台發出了轟鳴聲，是「耳朵」完全可以忍受的。我被告知，我們對這種聲音及其強度的感知，跟現場人們所聽到的一樣。

我忽然意識到，我在親眼目睹一群高度發達人類的日常生活，而實際上他們已經死了幾千年了！我還記得我注意到，「腳下」的通道並不是一整塊巨石，雖然看起來很像，但實際上是一塊接一塊的大石板，因爲切割十分精密，所以幾乎看不到接縫。

我們在高原的邊上，巨大城市、海港和遠方海洋的景色盡收眼底。接著，我們又忽然置身在城市的寬闊街道上，街道兩旁是大小和建築設計風格各異的房子。大部分房子都有花叢圍繞的陽台，有的時候還能看到一種特別可愛的鳥。稍微低調一些的房子沒有陽台，取而代之是精心布置的露台，同樣是花團錦簇的。我看著賞心悅目，如同漫步在花園之中。

街上的人們有些在行走，有些是高於地面二十公分飛行著。飛行的人（站）在小（圓形）③飛行台上，飛的時候悄無聲息。飛行台應該是很受人們歡迎的旅行方式。不過有些人則是騎著馬。

到了街道盡頭，我們來到一處大廣場，我驚訝地發現，這裡沒有任何商店。不過，倒是有個帶棚子的市集，「攤位」上擺著各色貨品，令人心生嚮往或垂涎欲滴。其中有魚，我看到了鮪魚、鯖魚、鰹魚和鰩魚；還有各種肉類和種類驚人的蔬菜。最引人注目的是花，遍地都是。顯然這些人很喜歡花，每個人不是把花戴在頭上就是捧在手裡。「買家」隨意拿取想要的貨品，什麼都不給——既不付錢，也不拿任何東西交換。我帶著好奇，把我們幾個人都拉進了市集中央，穿過了這些人的身體。這眞是太有意思了。

我的問題都在提出的時候得到了解答：「他們不用貨幣，因爲所有的東西都歸集體共有。無人造假——集體生活和諧美滿。隨著時間積累，他們學會了遵守完善的法律，這些法律都經過仔細推敲，非常適合他們。」

很多人的身高都在一百六十到一百七十公分之間，皮膚呈淺褐色，頭髮和眼睛都是黑色，很像我們現在的波利尼西亞人。其中也有一些白種人，白種人的體型更大些，大約有兩公尺高，金髮碧眼。黑種人的數目比白種人多，他們跟白種人一樣也很高，好像有很多「種」，包括像泰米爾人的，還有特別像澳洲土著居民的。

我們朝著海港走去，那裡停泊著各式各樣的船隻。碼頭是巨石建成的，這也是他們「告訴」我的，巨石來自大陸西南角的諾托拉採石場。

整個港口都是人工精心打造的成果。我們還能看到一些精密設備在運轉：造船設備、進行維修的裝載設備……。

正如我所說，港內的船隻各式各樣，從十八、十九世紀的帆船到具有當代氣息的遊艇，從蒸汽船到超現代化的氫動力貨船。他們告訴我，停泊在海灣的大船是抗磁力和抗重力的。在不工作的時候，這些船就漂浮在水上；當裝載了幾千噸貨物時，他們以七十至九十海浬的速度飛行在水面上——不發出任何聲音。

他們解釋說，港內的「古典」船隻屬於印度、日本和中國等遙遠大陸上的人們，雖然姆大陸的人也已經移民到了那些地方，但仍不能使用先進技術。關於此事，拉提歐努斯告訴我說，姆大陸的領袖們將很多科學知識視爲機密，比如核能源、抗重力和超音波。這種政策能保證他們在地球上的優越性，也能保障他們的安全。

場景再次「切換」，我們又回到了機場，看著城市的夜景。街上被整齊排列的大圓球燈照

---

③原文版編輯基於作者的解釋做出的評註。

亮，通往薩凡納薩宮殿的「讓大道」（The Path of Ra，意指那條路）上也是如此。這些燈安置在精心雕琢的列柱上，整條路都被照得猶如白晝。

他們跟我解釋說，這些球形燈可以將核能轉化爲光，幾千年都不會熄滅。我坦白說我不懂，但我對此確信無疑。

又切換了一個場景，這回是白天。寬闊的街道和宮殿的花園裡擠滿了盛裝的人，金字塔的塔尖連著一個巨大的白球。

很明顯地，我之前所見在金字塔裡冥想的國王，就在聚集的眾人面前去世了。

伴隨著巨響，球爆炸了，人群不約而同的歡呼。這讓我感到十分驚訝，因爲我印象中的死亡向來伴隨哭泣，但我的同伴是這麼解釋的：

「米歇，你忘了我們教過你的事。身體死亡時，星光體得以解放。這些人也知道這一點，因此才會慶祝。再過三天，國王的星光體將離開地球，回歸偉大的神靈，因爲國王在地球上的最後一世承擔了極其艱巨的責任和使命，堪稱爲楷模。」

我無言以對，自己的健忘被濤逮個正著，不禁羞愧了起來。

突然，周圍的布置又變了。我們來到宮殿前面的台階上。一大群人在面前排開，我們能「見」之處、以及我們身邊都聚集著要員，其中有一人穿著最精美的盛裝。他將成爲姆大陸的新國王。

他身上似乎有什麼東西吸引了我的注意。他似曾相識——就好像我認識他，卻認不出他是誰。拉提歐努斯瞬間給了我答案：「是我，米歇，這是我的某個前世。你不認識我，但是你能感受到那具身體中有我的星光體在振動。」

也就是說，拉提歐努斯在體驗著不尋常中的不尋常！仍存在於今生的他，正看著自己的前世！

新國王從一位要員手中接過了一頂華麗的頭冠④，戴在自己頭上。人群發出歡呼。姆大陸，這個星球上最發達的國家、也是佔領了大半個星球的國家，從此有了新的國王。

民眾們興奮得不能自已。幾千個石榴石顏色和亮橙色的小氣球飛上天空，交響樂隊開始奏樂。「交響樂隊」的音樂家至少有兩百人，他們在遍布花園、宮殿和金字塔上空的靜止飛行台上演奏。每個飛行台上都有一支樂隊，演奏著一種難以描述的奇怪樂器，音樂就好像從大立體音響中發出來，傳到各個角落。

他們的「音樂」跟我們熟悉的音樂完全不同。除了發出特殊頻率音譜的長笛之外，其餘樂器所發出的都是自然界的聲音，比如呼嘯的風聲、花叢中蜜蜂的低吟、鳥兒的鳴叫、落到湖面

---

④頭冠：頭部裝飾，有點像王冠，又有點像教皇的皇冠。（原文版編輯根據作者解釋評註）

的雨聲，還有波浪沖刷著海灘的聲音等等。這些都經過精心編排，波浪的聲音可能是從花園裡朝你翻滾而來、越過你頭頂，最後拍打在大金字塔的台階上。

我從未想像，人類居然可以先進到演奏出像這支管弦樂隊正在演奏的曲子。民眾、貴族和國王似乎都在用他們的靈魂「體驗」這種音樂，陶醉其中。我也很想一直留在這裡，再多聽一會，任自己沉浸在大自然的歌聲中。即便是處於星光體在靈球出遊的狀態，這種音樂也能「穿透」我，讓我像中了魔咒一般。我收到「提醒」，我們不是來這尋樂的……。這個場景也消失了。

緊接著，我就來到了一場重要會議上，會議由國王親自主持，與會的只有他的六名顧問。我得知，當會議只有國王與六名顧問時，代表了將有重大事項。

由於我們一下子跨越了二十年，此時的國王垂垂老矣。每個人都神色凝重，他們在討論地震儀的技術價值，我在百分之一秒內就掌握了情況：我能跟上他們討論的節奏，好像我就是他們的一員！

一名顧問說，這個設備有時候並不可靠，不需要太過擔憂。另一個說，地震儀精確無比，因爲它準確提示了第一次災難，就是發生在大陸西部的那次。

他們正說著時，宮殿突然像風中的樹葉般開始顫抖。國王起身，眼裡充滿訝異和恐懼——有兩名顧問從座位上跌了下來。外面一聲巨響，好像是從城中傳來的。

場景變換，我們忽然來到外面。天上一輪滿月，照亮了宮殿的花園。一切又歸於平靜，而且是過於平靜。唯一能聽到的就是從城邊傳來的隆隆悶響……。

突然地，傭人們從宮殿裡往外跑，四散奔逃；而那些照亮整條大街的球形燈燈柱倒在了地上，摔得四分五裂。國王和他的「隨從」迅速離開了宮殿，爬上一個飛行台，直奔機場。我們跟在他們後面。機場上的飛行台周圍、還有航空站裡到處一片混亂。一些人拚命奔向太空船，驚呼著、推拉著。國王的飛行台很快朝著一架太空船駛去，這架太空船跟其他太空船是分開的；他和隨從們上了太空船。別的太空船已經起飛，這時從地心發出震耳欲聾的聲音——怪響接連不斷，如雷聲滾滾而來。

突然，機場像紙一樣被撕開，我們被一個巨大的火柱給包圍。剛起飛的太空船被火焰吞噬，然後爆炸了。在機場上奔跑的人都消失在了地裂中。國王的太空船還未起飛，在地上著了火，也跟著爆炸了。

此時，就像接收到國王死亡的訊號似的，大金字塔整塊向裂縫傾斜，裂縫在高原上撕了開來，越來越大。金字塔在裂縫邊緣穩了穩，接著，一個劇烈的顫抖，也被吞沒在了火焰中。

場景又切換了。海港和城鎮，好像大海中的波浪搖擺著。樓宇在驚聲尖叫中傾塌，觸目驚心的景象在火光中時隱時現。

爆炸聲震耳欲聾，我得知聲音是從地表以下傳來的。整個「城郊」都紮進了地裡；一大片一大片的大陸也跟著淪陷。海洋奔湧而入，塡滿了這些突然出現的巨大深淵。整個薩凡納薩高原突然陷入水中，像一艘正在沉沒的巨輪，但速度更快。海水中形成強大的漩渦，漩渦中的人絕望地抓住殘骸，徒勞地掙扎著。

即便我知道這已經是一萬四千五百年前的事，但親眼目睹這樣的災難還是讓我驚駭不已。我們開始快速「視察」大陸，發現到處都是同樣的災難。海水攜著巨浪翻過殘存的平原，將平原一併吞沒。我們到達一座剛剛爆發的火山，看到附近的岩石開始有規律的移動，就像有一隻巨大的手在將它們舉抬過翻滾的熔岩，在我們眼前堆成一座山。薩凡納薩高原消失的時間裡，這座山就搭好了。

場景又消失了，眼前出現了另一副景象。

「我們到南美州了，米歇，災難還沒波及到這裡。我們會看看這裡的海岸和梯阿庫阿奴港。在時間上，我們回到了第一次地震之前，就是姆大陸國王和顧問開會的時候。」

我們來到了梯阿庫阿奴巨大海港的碼頭上。夜色低垂，滿月照亮大地，眼看就要落下。東方的天邊有一絲微弱的亮光，爲即將到來的拂曉拉開序幕。萬籟俱寂。值守的人在碼頭上巡邏，無數的船隻在這裡停靠。

幾個喧嘩作樂的人借著一個發光的小夜燈，往一個大樓裡走去。我們在這裡也能看到一些姆大陸的球形燈，但數量不多。

我們飛過運河，看到幾條船朝著內陸海（現在的巴西）方向駛去。我們一行人在一艘漂亮帆船的駕駛檯上「歇腳」。西邊吹來輕柔微風，從後面推動著船。船揚起了一點帆，設法通過一個擠滿船隻的區域。甲板上有三個桅杆，樣式現代，長約七十公尺。從船體大小看來，這艘船在開闊的水域高速行駛應該沒問題。

過了一會，我們就來到一間大的船員休息室，這裡擺滿床鋪，床鋪上住滿了人。每個人都在熟睡，只有兩個三十歲左右的人是醒著的。從他們的外形看，可能是來自姆大陸。他們坐在桌子旁興致勃勃地玩著，很可能是在打麻將。其中一個人吸引了我的注意（可能是年齡稍大的哪個），紅色頭巾將他的黑色長髮繫在了腦後。我為他所吸引，就像鐵塊碰到磁鐵一樣，一下子就來到他身上，也把我的同伴帶了過來。

在我穿過他的時候，我幾乎感受到一股電流——一種愛的感受衝破我身體的防線，我從未體會過。我跟他好像有種難以名狀的統一感，於是從他身上一遍又一遍的穿過。

「這很容易解釋，米歇。你和你的星光體在這個人體內重聚了。這個也是你，你的前世之一。但是你此刻是觀察者的身份，試圖重新生活在這個時代毫無意義。不要讓自己陷進去。」

我依依不捨地「跟著」同伴們回到了船橋上。

突然，西邊遠處傳來巨大的爆炸聲，然後更近的地方又接著一聲爆炸。還是在西邊，天空開始發光。再近些，在更多尖銳的爆炸聲中，一座火山爆發了，映紅了西邊的天空，輻射範圍約三十公里。

在運河和海港，我能感受到人們劇烈的躁動，呼喊遍地，鳴笛不絕。我們聽到奔跑的腳步聲，下面的船員都擠到了橋上，帶著我「星光體」的那名船員也在其中，跟同伴們一樣充滿恐懼。與此同時，我心中對那個驚恐的「自己」也產生了極大的同情。城邊，在火山的光亮中，我看到一個發光的小球，快速從天空中飛去，最後消失在視線中。

「是的，那是我們的太空船，」濤解釋道。「太空船將從高空觀察這場災難。船上有十七個人，會盡其所能幫助倖存者，但是這些幫助微不足道。你看看就知道了。」

地面開始晃動，隆隆作響。海岸附近又有三座火山從海底冒出來，剛一露頭就被海水吞沒得無影無蹤，同時也因此帶來了約四十公尺高的巨浪，巨浪朝著海岸張開血盆大口，發出恐怖叫聲。在巨浪抵達城鎮之前，我們腳下的地面開始上升。港口、城鎮、還有遠方的鄉村，一整塊大陸都迅速崛起，擋住了波浪的侵襲。我們為了看得更清楚，升到更高的地方。這讓我想起巨獸從洞穴裡脫身之後，起身弓著背舒展身體的樣子。

在我們聽來，民眾的呼喊像是但丁式的悲愴驚叫。他們和城鎮一起上升，就像坐電梯一樣，這種上升似乎沒有盡頭，大家全都驚惶失色。

巨浪捲起的岩石將船隻拍打成碎片。剛才看到的那些船員全被碾了個粉碎。我的一個「自己」就在剛剛回到了本源。

地球好像在重新組裝成新的形狀。隨著黑色的厚雲團從西方滾滾飛來，火山迸發出的熔岩和煙灰傾瀉在地，城市消失不見。當時我只想到兩個詞來描述這景象：「翻天覆地」和「末日將至」。

一切變得模糊，我感覺同伴們就在我身邊。我留意到，有一朵銀灰色的雲彩以眩目的速度離我們遠去，然後海奧華出現了。我感覺我們在拉那條銀色的線，以便快點回到我們的身體裡。我們的身體正在等著我們，原本像山一樣高大，隨著我們的靠近而變得越來越小。

在經歷過留在腦後的夢魘之後，我星光體的眼睛盡情享受著這「金色」星球上的美好色彩。我感覺到觸碰我身體的手鬆開了。我睜開眼睛，環視四周。我的同伴都站起來、微笑著，濤問我是否一切都好。

「我很好，謝謝，眞沒想到，外面還是亮的。」

「當然還是亮的，米歇。你以爲我們離開了多久？」

「我眞的不知道。五、六個小時？」

「不，」濤說，她笑了。「不到十五勞斯，也就是大約十五分鐘。」

然後，濤和畢阿斯特拉分別搭著我兩邊的肩膀，領著我走出「休息室」，對著我瞠目結舌的樣子大笑不已。拉提歐努斯跟在後面，也被逗笑了，但卻笑得沒那麼開懷。

9

我們所謂的文明

我向拉提歐努斯和他的同伴們致敬並道別後，我們離開了村莊，又登上了飛行台，回到我的都扣。這次我們沒照原路返回，而是飛過了大片耕稼田，在那裡停留許久，以便仔細端詳田地裡那些長著特大穗子的小麥。我們還途經了一個看上去很有意思的城市——不僅所有的建築都是都扣、大大小小不等，而且建築之間完全看不見什麼連通的街道。我瞭解這是怎麼回事：這裡的人能夠從一個地方「飛」到另一個地方（無論借不借助拉提沃克），所以不需要一般的街道。我們在進出大都扣的人身邊經過，這些都扣大小跟那些在太空港的差不多。

「這些是我們的食物『加工廠』，」濤解釋說。「你昨天在都扣裡吃的嗎哪和蔬菜就是在這裡加工的。」

我們沒有停下，而是接著飛過了城市上空，又飛過海洋。沒多久，我們就到達了我的都扣所在的島。我們把飛行台停在老地方，進了都扣。

「你有沒有意識到，」濤說，「自昨日清晨起你就沒吃過東西？這樣下去，你的體重可是會變輕的。你不覺得餓嗎？」

「真奇怪，我居然不怎麼餓。在地球上，我可是一日四餐呢！」

「其實沒有什麼好奇怪的，我的朋友。我們這裡在加工食物時，會專門讓食物中的卡路里在兩天之內、每隔一段時間就釋放一次。如此一來，我們既能持續吸收到營養，又不會加重胃的負擔。這還能讓我們的頭腦保持清醒和警覺，畢竟，我們應將精神置於首位，你說對嗎？」

我點頭贊同。

我們各自享用了色彩豐富的菜肴和一點嗎哪，小酌蜂蜜飲的時候，濤問，「你對你在海奧華的這段時間有什麼想法呢，米歐？」

「對海奧華有什麼想法？有了今天早上的經歷，也許你更應該問我對地球有什麼想法！在這……十五分鐘裡，我覺得好像過了幾年一樣。有些場面無疑是很悲慘，但其他的真是讓我著迷。我想請問，你爲什麼帶我去經歷那場時間之旅？」

「問得好，米歐。我很高興你能這麼問。我們想爲你說明，在你們當今所謂的『文明』以前，地球上曾經存在過『眞正』的文明。我們千里迢迢『綁架』你過來，並非只爲了向你展示我們的星球之美。

「我們帶你來到這裡，是因爲你所屬的文明現在正朝錯誤的方向發展。地球上大多數國家都認爲自己高度發達，但事實並非如此。相反地，他們的文明是腐朽的，從領袖到所謂的『菁英』階級都是一樣。整個體系都是畸形的。

「我們之所以會知道這些，是因爲我們一直在密切觀察地球，尤其在最近這些年來。大聖賢濤拉也已經向你解釋了這一點。我們能夠經由各種各樣的方式去研究地球上正在發生的事情。我們可以以肉體或星光體的形式出現在你們的星球。我們不單單是出現在你們的星球，還能影響一些領導者的行爲，這對你們來說是一件幸運事。比如，在我們的干預下，德國沒有成爲第一個使用原子彈的國家，因爲如果納粹在第二次世界大戰中獲得最終勝利，地球上其他人等都將遭受一場巨大的災難。你會明白，任何極權主義政權都意味著文明的嚴重倒退。

「當成百上千萬的人們只因身爲猶太人而被送入毒氣室時，這些殺戮者就不能反以文明人自居。

「更不用說，德國人竟然認爲自己是上帝的選民。他們的行爲連食人族都不如。

「我國人派出成千上萬人到集中營工作，這些人又殺滅了成千上萬人，就因爲他們對『政權』造成威脅。他們也沒有比德國人好到哪去。

「地球亟需紀律，但『紀律』並不意味著專政。偉大神靈、造物者本身不強迫任何生物、人類或其他存在形式做任何違背他們意願的事①。我們都擁有自由意志，要想獲得精神上的提升，就要自律。

「通過剝奪別人行使自由意志的特權、進而將自我意願強加給別人，這是人類所能犯下的最大罪行之一。

「現在南非發生的事情就是反全人類的罪行。種族歧視本身就是犯罪⋯⋯。」

「濤，」我打斷了她的話，「有些事情我搞不懂。你說你們阻止德國人成爲第一個擁有原子彈的國家，但是你們爲什麼不阻止所有國家擁有它？你必須承認，有了原子武器之後，我們就像坐在火山上一樣整天提心吊膽。你怎麼解釋廣島和長崎？你不覺得在某種意義上你們也有責任嗎？」

「米歇，當然，這些事在你看來似乎很簡單。對你來說，事情非黑即白，但很多事情屬於灰色地帶。如果二戰不在這兩座城市的炸毀中結束，罹難人數會更多——會是原子彈爆炸受害者的三倍。用你們的話講，我們是在兩害之中擇其輕。

「就像我之前跟你說的，我們可以『插手』，但我們不會過度關注細枝末節。我們需要嚴格遵守規定。原子彈的存在無法避免，所有星球上最後都會發明原子彈。一旦存在，我們可以作為旁觀者看著它引發的後果，也可以干預。如果需要干預，我們會給予最真誠和最尊重個體自由的『一方』一些優勢。

「如果某些讀到你書的領導者不相信你，或者懷疑你寫的內容，你就可以挑戰他們、讓他們去解釋：多年前放到地球周圍軌道上的幾億根『針』②的消失是怎麼回事？請他們再解釋一

---

①「他們意願」原文為「它意願」。那樣的話，句子就有了兩重意思。到底是誰的意願？造物者還是人類？當然是人類。像這樣的句子在宗教文本中經常被誤譯，好讓人們服從「上帝的旨意」，這些旨意當然是教會制定的，是用來控制群衆的。自由意志是任何精神進化中最必不可少的。我們使用複數（生物，人）來明確句意。（原文版編輯基於作者的澄清加以評註）

②米歇外星歷險十一年後，《科學美國人》一九九八年八月刊（Vol 279，Nr 2，作者 N.L.Johnson，43頁／不確定是否為美版第63頁）解釋道：「美國國防部為了進行通信實驗，於一九六三年五月釋放了八十簇針。疑似是太陽光的射線壓力可能會將這些細小的針（總共四億根）推離軌道……」有沒有人聽說過宇宙中有什麼東西還能被「太陽光射線」推離軌道的？我們為什麼要用火箭？想要理解我說的情況，請你計算一下四億根針的重量。（原文版編輯評註）

下後來再次放到軌道上數目更多的『針』又是怎麼消失的？他們就會知道你在說什麼，不要害怕。是我們讓這些『針』消失的，因爲我們判斷這些『針』可能會給你們星球帶來巨大隱患。

「我們有時會阻止你們的專家『玩火』，但重要的是你們犯錯時不能全仰仗我們的協助。如果我們判斷適合插手，我們自會插手；但是我們不能、也不希望每次都不假思索地從災難中挽救你們——如此就違背了宇宙法則。

「米歇，核子武器似乎爲地球上人民的心中帶來了恐懼陰影，我也承認，這是懸在你們頭上的達摩克利斯之劍，但眞正的危險並不在此。

「地球上眞正的危險，按『重要性』排列依次是：金錢第一、政客第二、記者和毒品第三、宗教第四，和它們相比，核武器的危險根本不值一提。

「如果地球上的人在核災難中滅絕，他們的星光體會去到死後應去之所，並按照死亡和轉世的自然規律繼續下去。無數人認爲危險在於身體的死亡，其實不然；眞正危險的，是人的生活方式。

「在你的星球上，金錢是萬惡之首。你可以試想一下，沒有金錢的生活是什麼樣子……。

「看吧！」濤已經「讀到」了我想像時的吃力，「你根本無法想像這樣的生活，因爲你已經被這種體系束縛了。

「但是，就在兩個小時前，你看到了姆大陸的人不需要花錢就能滿足生活所需。我也知道你注意到了，那兒的人們非常幸福，而且高度發展。

「姆大陸的文明是以集體爲中心的——精神和物質上都是，而且非常繁榮。當然，你不能把『集體』和『共產主義』這個存在於地球上某些國家的制度相混淆。在地球上實行的共產主義，是極權政體而非民主政權的重要部分，因此，那是人類的退步。

「然而不幸的是，在金錢方面，我們很難給予地球建設性的幫助，因爲你們整個體制都是建立在金錢的基礎之上。如果德國需要五千噸澳洲羊毛，就無法用三百輛賓士和五十輛拖拉機作爲交換。你們的經濟體系不是這樣運作的；所以說很難以改善。

「另一方面，在政客和政黨層面能做出很多改變。你們都在同一條船上……，可以把一個國家或者星球比喻爲一條船。每條船都有船長，但是船要駕駛得好需要的是技術，還有船員間的合作精神，以及船員對船長的敬重。

「如果船長不僅學識淵博、經驗豐富、思維敏捷，同時又公正不阿、誠實守信，那麼他的船員也都會跟著他全力以赴。歸根結柢，決定船隻操控效果的是船長的內在價值，而不是其政治或宗教立場。

「想像一下，比如船長必須由船員選舉而產生，選舉時考量得更多的是政治因素，而非駕駛技術和面對危機時頭腦的冷靜程度。爲了更容易進入這樣的情境，姑且假設我們在觀看一場實際的選舉。我們站在主甲板上，那兒有一百五十名船員聚在一起，也有三名船長候選人。第一個人是民主黨，第二個人是共產黨，第三個人是保守黨。在船員中有六十人是共產黨，五十人是民主黨，四十人是保守黨。現在我來告訴你爲什麼這件事不能有效進行。

「共產黨的候選人如果想贏，就不得不對民主黨和保守黨做出一些承諾；因爲他只能『確保』有六十張選票。他必須再確保有十六名其他政黨的人能爲了自身利益而投他一票。但他會去實現他的承諾嗎?當然，上述情況也適用於其他兩名候選人。

「不管是誰當選船長，航海途中，船長始終會發現有相當多的船員根本上是反對他的指揮，所以發生叛亂的風險很高。

「當然，幸好這不是船長獲得指揮權的方式。我只想要向你說明如此選舉領袖的固有風險，這種選舉是基於政治偏見，而不是基於領導者眞心引領人民走上正確方向的能力。

「說到這兒，我必須強調另一點。當我們的『當選船長』出海時，他是船上獨一無二的領導者。但是，當政黨的領導者當選爲國家首腦時，會立即面對『反對黨的領袖』；從領導者任職開始，無論他的決策好壞，都會遭到反對黨爲了扳倒他而發起的全面抨擊。在這樣子的政治體系下，國家怎麼能得到有效的治理呢？」

「你有解決辦法嗎？」

「當然，我已經爲你描述過了。唯一的解決之道便是效仿姆大陸的政府。

「也就是說，要任命一個僅以人民幸福爲目標的國家首腦——而不是被虛榮或政黨和個人金錢欲望所驅使的領袖；取消政黨，那麼不滿、積怨、仇恨也會隨之而去；向身邊的人張開懷抱，接納對方、與之合作，不管你們有何差異。無論如何，你和他都在同一條船上，米歇。你和他都是同一個村莊、同一個城鎮、同一個國家以及同一個星球上的一份子。

「你棲身的房屋是什麼做的，米歇？」

「磚頭……木頭、瓷磚、石膏、釘子……。」

「那麼，這些材料是由什麼組成的？」

「當然是原子。」

「說得好。現在，爲了組成一塊磚頭或者任何其他建築材料，這些原子必須緊密結合在一起。如果這些原子都互相排斥而不是結合，會發生什麼事呢？」

「分裂。」

「就是這樣。當你推開身邊的人、或者你的子女時，如果你一向不願幫助自己不喜歡的人，你就是在促進你們文明的分裂。這種事在地球上越來越多，經由仇恨和暴力不斷產生。

「想想你們星球上廣爲人知的兩個例子，都說明了暴力不能解決問題。

「第一個例子就是拿破崙．波拿巴（Napoleon Bonaparte），他用武力征服了全歐洲。爲了消除叛變的風險，他還任命自己的兄弟爲國家領袖。眾人皆知拿破崙乃一介天才，確實，他是卓越的組織者和立法者，即便在二百年後，他所立的許多法律仍存於法國。但是他的帝國呢？

米歇，是迅速分裂的，因爲那是他動用武力去建立的。

「類似的例子還有希特勒，他想要用武力征服歐洲，你也知道都發生了什麼。

「暴力不能解決問題，永遠都無法。眞正能解決問題的是愛和心靈的修煉。你是否注意到，在全世界之中、尤其在歐洲，十九世紀和二十世紀初湧現了大量偉大的作家、音樂家和哲學家？」

「是的，我想是如此。」

「你知道爲什麼嗎？」

「不知道。」

「因爲，隨著電力、內燃機、汽車、飛機等新技術的出現，地球上的人忽略了靈性的修煉，只注重物質世界。

「現在，就像聖賢濤拉解釋的，物質主義是你們現在和未來生活的最大威脅之一。

「排在政客後面的是記者。有些記者能夠做到眞實正直地散播資訊，忠於資訊來源、忠於本職工作，但不幸的是這樣的記者寥寥無幾；然而讓我們非常震驚的是，很多記者現在只追求轟動效應。

「你們的電視台也播放了越來越多的暴力場景，如果相關人員在承擔如此重責大任之前，能要求他們好好研究心理學一番，你們就會做出正確舉措了。你們的記者似乎在尋求、甚至以依賴報導暴力、謀殺、悲劇和災難的場面為生；他們的行為令我們感到作嘔。

「無論是國家領導者或記者，事實上任何在其位的人都會對民眾產生影響，他們對成千上萬和他們一樣的人負有重大責任。但這些人（即便是由民眾推選而承擔職位的人），也會忘記他們在這方面的義務——直到新選舉到來前的幾個月，他們才意識到人們的不滿，以及自己有可能連任失敗。

「記者的情況雖然並非如此，因為他們沒有必要透過贏得民眾的信心來獲得職位；但是他們的影響力是一樣的，無論好壞。

「事實上，記者能夠經由讓民眾注意到危險和不公來發揮積極的作用，而這應該是他們的主要職責。

「剛才說到，這些關鍵人物有必要理解和應用心理學，我舉個恰當的例子來為你說明。我們會在電視上看到像這樣的報導：一名青年剛剛持來福槍殺死七人，其中有兩名女性和兩個兒童。記者不僅秀出了血跡和屍體，還補充說凶手是在模仿某位以電影暴力角色聞名的演員。結果呢？凶手犯反而會以自己為榮——他不僅成為『國民惡人』，還能和最受歡迎的當代暴力電影主角相提並論。但是，除了這個犯罪者之外，電視機前還有另一個狂徒看到了報導，他聽到記者對邪惡犯罪的那段無端關注，受到啓發，也想要實現自己『舉國榮光』時刻。

「此類型的人通常是失敗者：壓抑、受挫、膽怯；被忽視、渴望被認同。因為他剛看過報導，知道所有的暴力事件都會公之於眾，有時還會被電視記者和新聞工作者誇大。說不定，他的照片還會出現在所有報紙的頭版——那麼，爲什麼不呢？然後他會出現在法庭上，可能還會被冠以『開膛手傑克』或者『天鵝絨手套殺人狂』的名號，他不再是無人問津的普通人。這種不負責任的報導所產生的傷害是無法想像的。如此思慮不周和不負責任，絕不是文明國度的特徵。這就是爲什麼我說，在地球上，你們實現的還不足以達到文明的一絲一毫。」

「那麼，怎麼解決呢？」

「你爲什麼問這個問題呢，米歇？我們選擇你，是因爲我們了解你思考的方式，也知道你曉得這個問題的答案。但是，如果你堅持，我可以從我口中把答案說出來。新聞工作者、記者和任何負責傳播資訊的人們，在報導這類謀殺案件時都不該超過兩到三句話。他們可以只是簡單地說，『我們剛剛獲悉，有七人被一名不負責任的瘋子謀殺。謀殺發生在某地，讓這個自詡文明的國家扼腕歎息。』——到此爲止。

「那些想要佔據一天或幾周榮耀的人，如果知道謀殺僅能換來極其輕微的大眾效應，自然會放棄將此作爲獲得報導的手段。你不這麼認爲嗎？」

「那麼，他們應該報導些什麼呢？」

「值得報導的事情有很多，他們大可以去報導那些提升地球人心智的事件，而不是用負面新聞給民眾洗腦。比如冒著生命危險解救溺水兒童，或者是幫助貧困人口改善生活的報導。」

「當然，這我完全認同。但我敢肯定，報紙的發行量取決於所報導之新聞的爆炸性。」

「看吧，我們又繞回到了我之前提到的萬惡之源——金錢。金錢是迫害你們整個文明的禍根；不過，在這種特定情況下，如果負有責任的人有動力想要改變，形勢仍然可以扭轉。無論在任何一個星球上，人類面臨的最大威脅，最終都不是物質上的，而是精神上的。

「類似的還有毒品，也會影響人的靈性，毒品不僅會破壞身體健康，還會讓宇宙進化的個人進程**倒退**③。同時，毒品營造的欣快感或虛幻天堂的狀態，還會直接攻擊星光體。這一點十分重要，因此我會詳細談談。

「只有兩種東西會傷害星光體：毒品和某些噪音引起的振動。單想想毒品，你應該理解，它們所造成的影響是完全違反自然的。他們將星光體『移到』不是它該待的地方。星光體本歸屬身體，或者和高我在一起，因爲它是高我的一部分。某個人使用毒品後，星光體就好像『睡著』了，會經歷虛幻的感受，這些感受將徹底扭曲個人的判斷。這跟身體經歷重大外科手術時的情形差不多。打個比方，就像一個工具，如果我們使用不當或者用錯了地方，它就會變形或折斷。

「根據人們受毒品影響的時間長短，星光體會出現不同程度的衰弱，或者，更準確的說，

③原文版編輯強調。

它將裝滿虛假的數據。星光體的『復原』可能需要幾世的時間。因此，米歇，無論如何都要遠離毒品。」

「那有些事情我就不明白了。」我打斷道。「到現在為止，你已經給我吃了兩次藥，好讓我的星光體從身體中釋放出來，你豈不是害了我嗎？」

「不是的，絕對沒有。我們用的藥並非致幻劑，而是為了輔助一個透過適當訓練後可以完全自然發生的過程。這種藥不會讓星光體『迷幻』，也不會傷害你的星光體，並且其作用時間也非常短。

「回到你星球上存在的問題，米歇。解決方案在於愛，而不是錢。這需要人們放下仇恨、不滿、妒忌和羨慕，而且每個人，無論是打掃街道的清潔工還是社區的領導者，都應該先人後己，向需要幫助的人伸出援手。

「每個人在身體上和精神上都需要鄰人的友誼——不僅在你的星球，放諸四海皆然。我們在兩千年前把耶穌派到地球上，正如他所說『彼此相愛』——不過，當然了……。」

「濤！」我又打斷了她，這次幾乎有點粗魯。「你剛剛說耶穌什麼？」

「米歇，耶穌是我們從海奧華派去地球的，大約在兩千年前，就像拉提歐努斯一樣，他去了地球，然後又回來了。」

在我聽到的所有事情當中，這是最讓我意外的，也是最令我震驚的啓示了。同時，濤的氣場開始迅速改變顏色，她頭上盤旋的淡淡金色「霧氣」幾乎成了黃色，柔和的色彩從她頭頂緩緩傾瀉，閃耀著新的能量。

「一名聖賢濤拉在召喚我們，米歇，我們必須立刻動身。」濤站起來。

我調整了一下面罩，跟著她走到外面，一肚子的好奇。不知道是什麼事會這樣突然打斷濤的話，而且這種匆忙也很少見。我們登上了飛行台，垂直上升到樹冠上面。很快我們就飛過了海灘，然後是海洋，速度比以往任何時候都要快得多。太陽在天空低懸，我們掠過水面，海水一片翡翠綠……或者說是湛藍——這已經是我所能想到地球語言中最貼切的顏色了。

巨大的鳥，翼展有將近四公尺，在我們面前飛來飛去。陽光點亮了牠們亮粉色的翅膀和鮮綠色尾巴上的羽毛。

不一會兒，我們就到了島上，濤又把飛行台停在公園裡，好像跟之前的位置一模一樣。她示意我跟著她，然後我們就出發了：她在前面走，我在後面跟著跑。

這次我們沒有去中央的都扣，而是換了路線，最終到了另一個都扣，這個都扣跟中央都扣大小相同。

有兩個人正在進門燈下等著我們，他們都比濤要高。濤低聲和他們說話，然後走近他們身旁，簡單討論了幾句；我並沒有參與，只是待在一旁。他們靜靜地站著，向我這兒投來好奇的目光，臉上沒有一絲微笑。我看到了他們的氣場，不如濤的亮，他們在精神上的進化水準肯定不如濤的高。

很長的時間裡，我們都在一動不動的等待。公園裡的鳥兒飛來了，在旁看著我們，除了我之外，沒人注意這些；顯然，他們都陷入了深思。我清楚地記得，有一隻長得很像天堂鳥的鳥兒，飛過來之後就停在我和濤中間，擺出驕傲的姿勢，就好像想要得到讚美似的。

日暮將近，我看到夕陽餘暉高照林間，在枝葉中點亮紫色和金色的火花。群鳥在樹冠中一起拍打著翅膀，打破原有的平靜。不知這是不是個信號，濤接著就告訴我摘下面罩、閉上眼睛，然後拉著她的手。她可能是要牽著我走。我全部照做，心裡越發感到好奇。

往前走近都扣時我又感到輕微的阻力，現在我已經適應了。濤用心靈感應告訴我雙眼半閉著向下看，跟著她的腳步。我們大概走了三十步，濤停下來，讓我站到她旁邊。她又用心靈感應告訴我，我可以睜開眼睛四處看看了。於是我慢慢睜開雙眼，看到面前站著三個人，跟我之前見到的人十分相像。他們也是盤腿坐在帶墊子的椅子上，後背挺直，座位的顏色正好與每個人相稱。

我和濤站在兩個類似的座位旁邊，無需任何手勢，他們用心靈感應請我們坐下。我小心翼翼地環顧四周，並沒有看到門口那兩個人的影蹤。可能他們在我身後的某處？

就像之前一樣，濤拉們的眼睛給我一種自內向外照亮的感覺，但與之前不同的是，這次我直接就能看到他們的氣場——流光溢彩，讓人眼睛極度舒適。

中間的人懸浮起身、坐姿不變，慢慢地朝我飄過來。他在我面前停下，停在比我稍稍高一些的地方，把一隻手放在我小腦底部，另一隻手放在我頭骨左側。我又一次感覺到像流體般的幸福感貫穿全身，但這次的幸福感之強烈，讓我幾乎暈厥。

他拿開雙手，回到座位。也許我應該解釋一下，他手放在我頭上的位置都是濤後來告訴我的，原因還是和之前一樣：我當時眞的顧不上這些細節。但是我記得腦海中冒出一個念頭（挺不合時宜的念頭，就在他回到座位的時候）：「我可能永遠都看不到他們像其他人一樣用雙腿走路。」

10

天外來客和諸多前世

過了一段時間，也不知道是多久，我下意識地把頭轉向了左邊。我敢說，當時我一定驚訝得又張大了嘴巴，而且一直沒閉上。我之前見到的兩個人中，有一個人從左邊朝我們走來，還帶著一個長相奇怪的人，她的手搭在那個人的肩膀上。那個人當時給我的感覺像電影裡面的紅種印第安人酋長，我來努力描述一下他的樣子。

他身材矮小，也就一百五十公分，但是最讓人驚奇的是，他的身寬和身高一樣——就像個正方形。他渾圓的頭是直接「疊」在肩膀上的。最讓我聯想到像印地安酋長的是他的頭髮，那不是正常的頭髮，更像是紅黃藍三色拼湊在一塊兒的羽毛。他的眼睛很紅，臉很「平」，近似蒙古人的臉。他沒有眉毛，但是睫毛卻有我的四倍長。他也穿了一件像我一樣的長袍，不過顏色不同。從長袍中伸出的四肢跟他的臉一樣是淺藍色的。他的氣場有些地方閃著耀眼的銀色，腦袋周圍則是一圈強烈的金色光環。

他頭頂上的光束比濤的小，只射到空中幾公分。他也經由心靈感應而被邀請坐下，就在我們左邊十步遠的地方。

中間的人，像剛才一樣，朝這個新來的人飄過去，把手放在他頭上，重複了一遍我剛才經歷的動作。

我們都坐下的時候，這位大聖賢開始向我們問好。他說的是海奧華語，令人吃驚的是，我竟然全部都能聽懂，就好像他說的是我的母語一樣！

濤見我如此驚訝，用心靈感應告訴我，「是的，米歇，你擁有了一個新的天賦。稍後會跟你解釋。」

「阿爾奇，」濤拉說話了，「這是米歇，他來自地球。歡迎你來海奧華，阿爾奇，願神靈開化你。」

他又對著我說，「阿爾奇來自X星球，是我們的訪客。」（我不能透露這個星球的名字，至於爲什麼不能，我也不能說。）「我們代表神靈和全宇宙感謝他，就像我們感謝你那樣，米歇，感謝你們願意幫助我們完成我們的任務。

「阿爾奇是坐著他們的太空船阿古拉（Agoura）①應邀而來，他是專程來見你一面的，米歇。

「我們想要你親眼看到、親手摸到一個跟我們完全不同的外星生命。阿爾奇居住在和地球同一等級的星球，不過他的星球跟地球有很多不同。這些『不同』實際上都是物質層面的不同，經過時間的積累，而形成了人們的不同樣貌。

「我們還想爲你說明幾件事，米歇。阿爾奇和他星球上的人在技術和精神上都高度發達，對此你可能會感到意外，因爲你會覺得他的外貌『不正常』，甚至可以說是很可怕。但是，你能通

---

①X星球的太空船，飛行速度稍低於光速。（作者評註）

過他的氣場判斷出他的靈性極高、品格純良。我們還想透由這次的經歷讓你知道，我們可以暫時賦予你看到氣場的能力，還有通曉各種語言的能力，讓你無需依賴心靈感應，也能聽懂。」

原來如此，我暗自想道。

「是的，就是這樣。」濤拉回應道。「現在，請你們二位靠近些。互相交流一下，想要的話也可以觸摸彼此。總之，熟悉熟悉。」

我站了起來，阿爾奇也是。他站直的時候，雙手幾乎垂到了地面。他的手也有五根手指，跟我們一樣，只不過大拇指有兩根——一根的位置跟我們的大拇指一樣，另一根則在我們小手指的位置②。

我們走近對方，他向我伸出了手臂，手腕向前、拳頭握上。他在向我微笑，露出了一排整齊平直的牙齒，跟我們很像，只不過是綠色的。我也不知所措地伸出了手，他用自己的語言跟我問好——現在我完全聽得懂。

「米歇，我很高興見到你，也很想在我們的星球上熱情歡迎你到訪。」我衷心表示感謝，心中激動不已，導致我講話竟然是以法語開頭、英語結束，不過他也能毫無障礙地理解！

他接著說，「在大聖賢濤拉的邀請下，我從X星球來到海奧華，我的星球跟地球有很多相似之處。它比地球大兩倍，有一百五十億居民，但就像地球和所有這一等級的其他星球一樣，它是『苦難星球』。我們的問題跟你們的差不多：在這個星球上的生存期間，我們已經發生了兩次核浩劫，也經歷了獨裁、犯罪、瘟疫、災害、一個貨幣體系和所有與之相關的一切、宗教、邪教和其他。

「但是，八十年（我們的一年有四〇二天、每天二十一小時）前，我們發動了一場變革。事實上，這場變革是由三男一女所組成的四個人發起，他們來自我們大洋邊上的一個小村莊。他們宣揚和平、愛和言論自由。他們去到國家首都，請領袖們傾聽他們的意見。但獨裁的軍事政權駁回了他們的請求。在六天五夜的時間裡，這四個人睡在皇宮門前，不吃東西，只喝一點點水。

「他們的執著吸引了大眾的注意。到了第六天，有兩千人聚集在皇宮門前。這四人用虛弱的聲音勸說聚集的民眾要用愛團結起來、改變政權。直到警衛射殺那四人後結束了他們的『布道』，並威脅民眾說，如果再不解散會繼續射殺下去。於是群眾很快地解散，因爲他們眞的很害怕警衛。但是，這些人的心中已經種下了一顆種子。深思熟慮後，成千上萬的人們意識到，如果無法通過和平的方式獲得理解，他們無能爲力，絕對是無能爲力的。

「民眾口口相傳著，無論在富人和窮人、雇主和員工，還是工人和領班之間。終於在六個月後的某一天，整個國家陷入了停滯。

②原文「每隻手有五根手指，跟我們一樣，但是第五根有兩拇指，拇指的位置跟我們一樣，其他手指跟我們其餘手指的位置也一樣」：為使句意明確，該句由原文版編輯經作者同意後調整。（此為原文版編輯自二〇〇〇年於原文電子版起的修改）

「你說的停滯是什麼意思？」我問道。

「核電站關閉、交通系統癱瘓、高速公路封鎖，所有的活動都停止了。農民不供應農作物；電台和電視網路停止放送；通訊系統關閉。員警看到民眾抱成一團，無計可施，因爲僅幾個小時，就有上百萬人參與『罷工』。此時，好像人們忘記了仇恨、嫉妒與分歧，只團結一致對抗不公和暴政。員警和軍隊也是人組成的，這些人的親朋好友也在罷工的人群裡。

「這不再是單單殺掉四個叛亂分子的問題。要想『解放』一個發電站，就要殺掉成千上萬的人。

「面對人民的堅定決心，員警、軍隊和獨裁者被迫做出讓步。這場事件僅造成了二十三個狂熱分子的死亡，他們是暴君的個人保鏢——士兵們爲了靠近暴君，只能射殺他們。」

「那暴君被絞死了沒有？」我問。

阿爾奇笑了。「怎麼會呢，當然沒有，米歇。人們已經受夠了暴力。暴君被驅逐出境，到了一個他不能再作惡的地方，而且事實上人民的舉動讓他決定從此洗心革面。他尋回了一條愛和尊重個人自由的道路。他最終去世時仍在爲自己所做的一切而懺悔。現在，這是我們星球上最成功的國家，但就像你們的星球一樣，其他的國家仍然在暴力的極權主義政權統治之下，我們正在盡我們所能幫助他們。

「我們知道，此生我們所做的一切都是修行，可以讓我們昇華成更高級的存在，甚至永遠讓我們從肉體中解脫。你一定也知道，行星分為各個等級，當某個星球面臨危險，星球上全部居民可以轉移到另一個星球上，但前提是新的星球和原星球的級別一致。

「我們星球上的人口過密，而且我們也有高度發達的技術，所以我們曾造訪你們的星球，想要在那裡建立移民基地。但我們最終決定放棄，因爲就你們進化的程度而言，定居地球給我們帶來的會是弊大於利。」

這番話我聽來不怎麼舒服，阿爾奇應該也透過我的氣場看出了這一點。他笑著說，「米歇，很抱歉，我只是實話實說。我們現在還是會造訪地球，但僅作爲觀察者，我們喜歡研究你們，從你們的錯誤中學習。我們從不干預，因爲干預不是我們的職責，而且我們也永遠不會侵略你的星球，那對我們來說是一種退步。無論是物質、技術還是精神層面，我們都不羨慕你們。

「回到我們的星光體。星光體只有充分進化，才能到更高級的星球。我們說的當然是精神上的進化，不是技術上的。這種進化是透過肉體而發生。肉體在這個過程中將持續提升，提升到這個星球允許的最大程度③。你已經知道了星球的九個等級——我們的星球都是最底層的星

③由於文字處理器故障，這裡的兩句話混在了一起。原文是「多虧了身體，這種進化才能發生。你已經知道了九級星球的事——我們的是在標杆最底層，標杆隨著通往這個星球的路上不斷完善。」此句表明了「標杆會不斷完善」，但這是錯誤的。原文版編輯在作者澄清後修改。（此為原文版編輯自二〇〇〇年於原文電子版起的修改）

球。我們現在的身體只能容許我們在這裡停留九天。根據宇宙法則，在第十天，我們的身體就會死亡，無論是濤還是聖賢濤拉都不能以他們那起死回生的能力阻止或逆轉這個過程。大自然有非常死板的規則以及完善保障規則的措施。」

「但如果我們死在這裡，說不定我的星光體可以留在這，我能投胎成海奧華上出生的嬰兒……嗎？」我滿心憧憬，一時間忘記了地球上我深愛的家人。

「你沒搞懂，米歇。宇宙法則規定，如果你在地球上的時數未盡，你只能在地球上轉世。但如果時機成熟，那麼你在地球上死亡的時候，你的星光體是有可能在更高級的星球上轉世的……，可能是二級或三級星球，甚至是海奧華，這些都取決於你當時的發展程度。」

「這麼說，跳過中間的所有等級，直接在第九級星球上轉世是有可能的囉？」我仍然滿懷希望，因爲在我看來，海奧華簡直就是名副其實的天堂。

「米歇，拿些鐵礦和碳、然後加熱到適當溫度，你以爲就能產生純鋼嗎？不是的。首先你必須把鐵中的雜質篩去；然後在爐裡一遍又一遍地煉……直到煉出優質的鋼材。我們人也是一樣，我們必須一遍又一遍地『再加工』，直到我們呈現最完美的樣子，因爲最終我們將回到偉大神靈的懷抱。神靈是完美的，不能接受一點點瑕疵。」

「這聽上去很複雜！」

「神靈創造了萬物，這就是他想要的，而且我確信這對他來說非常容易；但對於區區凡人的腦袋來說，我承認有時很難理解。我們越嘗試接近本源，難度就越大。因此，我們已經開始嘗試取締宗教和派系，並且在有些地方成功了。他們顯然是想把民眾聚集在一起，幫助他們膜拜上帝或眾神，幫助他們更好地去理解神意；但是祭司們制定的儀式和規則只出於個人利益的考量，而不是遵從自然和宇宙法則，於是讓事情變得相當複雜、令人費解。我能從你的氣場中看出，你已經意識到了這些。」

我笑了，這確實是真的，我問道，「在你的星球，你能看見並解讀氣場嗎？」

「只有一少部分人學會了，我便是其中之一，但在這件事上我們不比你們先進多少。不過，我們對此進行了大量研究，因爲我們知道這是進化的必經之路。」

他就此打住，停下得很突然，我意識到是來自聖賢的指令，通過心靈感應告訴他停下。

「我必須走了，米歇。如果我跟你說的這些能夠幫助你和其他人，地球上的也好、宇宙各處的都好，那我就非常開心了。」

他伸出手，我也伸出了我的手。儘管他面容醜陋，我還是很想親吻他，擁抱他。真後悔當時沒有這麼做……。

我後來得知，離開海奧華一個小時後，他和另外五個人在太空船的爆炸中遇難了。我希望他的生命能在一個更適合居住的星球得到延續……，或許他還是會回到自己的星球去幫助他的人民——誰知道呢？穿過浩瀚蒼穹，我遇到了我的兄弟，就像我一樣生活在苦難星球裡，在相同的學校裡學習如何有朝一日能獲得永恆的幸福。

阿爾奇和他的導師離開房間的時候，我又坐回濤的旁邊。那位賦予我理解所有語言能力的濤拉又開口了。

「米歇，濤之前告訴過你，你是被我們選中來拜訪海奧華的，但是她並未透露我們選擇你的根本動機。那不僅是因爲你頭腦清醒、心態開放，而且，最重要的是——因爲你是目前居住在地球上少有的『靈扣』（soukou）之一。『靈扣』是指在人類身體中活了八十一世的星光體，而且前世曾生活④在不同星球或不同等級的星球。當他們實際可以繼續『向上攀登』而不用再倒退時，『靈扣』會由於各種原因回到像地球這樣較低等級的星球生活。你知道，數字九是宇宙數字。你所在之地的九都扣城，是根據宇宙法則建立的。你的星光體有九次九世，將你帶到了一個偉大輪迴的終點。」

又一次，我大吃了一驚。我曾懷疑此生並不是我的第一世，尤其在我去過姆大陸之後。但若說是八十一世？我眞不知道人可以有這麼多前世……。

「活更多世都是有可能的，米歇。」濤拉的話打斷了我的思緒。「濤現在是她的第二百一十六世，但其他人就少得多了。正如我所說，我們之所以選擇了你，是因爲你是地球上少見的『靈扣』，但是爲了讓你能在海奧華之旅中有更徹底的理解，我們還爲你準備了另一場旅行，如此你就能更好地理解輪迴轉世是什麼，以及其目的。我們會允許你回訪你的諸多前世，此次旅行有助於你之後寫書，因為你將藉此充分領會它的意義。」

在他幾乎話音未落時，濤就扶著我的肩膀把我轉了個身。她領著我來到了休息室（這似乎是每個都扣的特別設施）。三位濤拉懸浮著跟在我們後面。

濤指示我躺在一塊像氣墊似的大墊子上。「帶頭」的濤拉來到我頭的後方，另外兩名則分別握著我的雙手。濤將雙手內凹扣在我的太陽輪上方。

接著，領頭的濤拉把兩手食指放在我的松果體上方，通過心靈感應告訴我盯住他的手指。過了幾秒，我感覺自己像是以一種不可思議的速度向後退，穿過了一條無盡的黑暗隧道。然後，我突然從隧道的另一頭出來，到了一個像煤礦礦道的地方——一些額頭上戴著探照燈的人正在推車；遠處，其他的人正在集中精力處理煤礦，用鶴嘴鋤敲煤或者用鏟子把煤扔進小車裡。我朝著礦道的盡頭走去，仔細觀察其中一名礦工。我和他似曾相識。我的內心傳來一個聲音，「這是你的肉體之一，米歇。」這個人非常高大，身材健碩。他全身都是汗水和煤灰，不遺餘力地把煤鏟進車裡。

場景突然切換，跟我在姆大陸靈球時一樣。我得知這個人叫西格弗萊德，礦井入口處還有

---

④「前世曾生活」原文「並且」，原文版編輯在作者澄清後修改。（此為原文版編輯自二〇〇〇年於原文電子版起的修改）

其他的礦工，其中一個人用德語叫著他的名字，我完全聽得懂——我本來不會講、也不明白這種語言。另一個礦工讓西格弗萊德跟著他。他朝著一個舊棚子走去，這個棚子看起來比街道上其他棚子要稍大些，這顯然是村裡的主要街道。我跟著他們到了棚子裡面，屋子裡點著煤油燈，桌邊圍坐著幾個人。

西格弗萊德加入了他們。他們正朝一個穿著髒圍裙的粗魯之人喊叫著，過沒多久，他就爲他們送去了一個瓶子，還有一些錫鑞製的高腳杯。

另一個場景馬上覆蓋了眼前這個。好像是幾個小時之後了，還是這個棚子，但是現在西格弗萊德正搖搖擺擺地出門，一副喝醉的模樣。他朝著一排小棚屋走去，這些房子都有煙囪，正冒著發黑的煙圈。他粗暴地拽開某個棚屋的門走進去，我緊跟在他後面。

八個孩子圍著桌子，正把勺子伸進碗裡，裡面是看上去很倒胃口的稀飯。最小的一歲，年齡依次增長，每個都差十二個月。他們看到父親突然出現，不約而同地抬起頭，用畏懼的眼神看著他。一個中等身高、身材強壯、頭髮暗金色的婦女對他訓斥道：「你到哪兒去了？錢呢？這些孩子已經兩個禮拜連顆豆子都沒吃到了，你又不是不知道！看看你，又喝醉了！」

她站了起來，走近西格弗萊德。她揚起手想要搧他個耳光，卻被他抓住了手臂，挨了他左手重重一拳，被打得向後退得老遠。

她跌在地上，脖子後面撞到了煙囪的爐子上，當場斃命。

孩子們都在哭著、叫喊著。西格弗萊德靠在妻子身邊，他妻子睜大的雙睛和他對視，可目光早已如死灰一般。

「芙萊達、芙萊達，醒醒，你醒醒啊……。」他哭喊著，聲音中充滿痛苦。他把她放在懷裡，想要抱她起來，但她一點也站不起來。她的眼神一動也不動，他才突然意識到她已經死了。他一下子清醒、衝出了門外，遁入夜色中，一路狂奔，好像已經失去了理智。

場景又變了。西格弗萊德出場了，他站在兩個守衛中間、被牢牢綁住，其中一名守衛在他頭上蒙了頭套。劊子手也戴了一個只露出兩眼處的頭套。劊子手身材魁梧，手中握著一柄寬斧。守衛讓西格弗萊德跪下，彎腰向前，把他的頭放在了行刑台上。劊子手上前，就位。牧師匆忙誦讀了禱告，劊子手慢慢把斧子舉過頭頂。忽然間，闊斧一揮，正落在西格弗萊德的脖子上。受刑者的頭在地上打了幾個滾，人群後退了幾步。

我剛剛目睹了我諸多世肉體中的一場橫死……。

這種感覺太奇怪了。直到他死之前，我內心對他都充滿著極大的喜愛，雖然他做錯了事，但我仍爲他感到惋惜。在他死去的那一刻，看著他的頭在地上打轉、聽著民眾的竊竊私語，我感到巨大的解脫感——爲他、也爲我自己。

我馬上又進入了另一個場景。面前是一座湖泊，藍色的湖面水波粼粼，反射著兩個低垂在天際的太陽的光。

一艘精緻的小船在湖面上前進，船上有雕刻和畫作裝飾，華貴又別緻。划船的是一群中等身材、臉色發紅的男人，他們把長篙插入水中，駕船前行。在華蓋下方坐在王座上的是一位可愛的年輕女子。她皮膚是金色的，杏眼和金色及腰的長髮把她橢圓形的臉襯托得光彩照人。

她悠閒地坐著，身旁圍著她打轉的年輕伴侶正在愉快地陪她說笑，她也一直微笑著。我馬上知道，這位迷人少女也是我的另一世。

船朝著碼頭穩步航行，碼頭通往一條寬闊道路，道路兩旁是矮小的開花灌木叢。這條寬道消失在樹林深處，在樹木環繞之間似乎是一座宮殿，房頂高低不整，顏色各異。

隨著場景變換，我被帶入宮殿中，來到了一個裝潢得非常豪華的房間裡。

一面打開的牆通往了花園——非常整潔的小花園，植物的品類和顏色多到驚人。

紅皮膚的僕人們裹著鮮綠色的腰布，忙著伺候一百名左右的賓客。這些「賓客」有男有女，穿著都很華麗。他們有著跟船上女子一樣的淡金色皮膚。和僕人相比，這些人的膚色是地球上金髮女人被太陽曬黑的顏色。

剛才船上的年輕漂亮女子坐在一張看起來極受尊重的高背椅上。柔和愉悅的音樂好像從房間的最遠處和花園那邊不斷傳送過來。

一名僕人打開了一扇大門，迎來一名高大年輕男子，他大約有一百九十公分高，也是金色面容，而且舉止高貴，身軀健碩。

他的頭髮是金銅色的，面貌並不出眾。他闊步向前，走近到女子旁，向她鞠躬。她跟他小聲說了幾句，示意僕人們拿來一張跟她坐的差不多的椅子放在旁邊。男子坐了下來，女子伸出了手讓他握住。

突然間，她給了個信號，鑼響了幾聲，然後一片寂靜。賓客們面向這對男女。她清楚響亮地向僕人們和賓客們宣布：「今天聚集在此的各位，我希望告訴你們，我的終身大事已定。這就是我的伴侶，西諾裡尼。從此刻起，我授意他擁有在我之下的所有皇權和特權。事實上，他僅次於皇后和首領，也就是我；他是國家第二權力者。任何人違背他或是他以任何形式做錯的事都要向我匯報。我和西諾裡尼的第一個孩子，無論男女，都將繼承我的王位。我，拉賓諾拉、本國女王，今天就此決定。」

她又給了個信號，鑼又響了，意味著她的談話結束。賓客們一個接一個地在拉賓諾拉面前鞠躬、親吻她的腳，然後是親吻西諾裡尼的腳，以表示臣服。

這個場景變得模糊然後消失，取而代之的是另一個場景。還是同樣的宮殿，但是在另一個房間裡，皇室宗親都坐在寶座上。拉賓諾拉正在主持公道。各種各樣的人在女王面前陳情，她也全神貫注地傾聽。

蹊蹺的事情發生了。我發現我能進入她的身體，這很難解釋，但在相當長的一段時間裡，我就是拉賓諾拉，所聽所見都是她的。我完全能理解所有的話，且在拉賓諾拉宣布她的決定時，我也能完全認同。

我聽見人群中竊竊私語，大家都對她的智慧表示贊許。她一次也沒有轉向西諾裡尼，亦不曾徵求他的建議。我內心忽然感到無比自豪，原來我在另一世曾是這樣的女性。我開始意識到，我在這時候感受到輕微的刺痛感。

一切又消失了，我置身在一間最豪華的臥室裡。拉賓諾拉躺在床上，一絲不掛。三個女人和兩個男人在附近手忙腳亂。我走近一看，能看到她的臉，汗水順著她的臉頰不停流下，分娩的痛苦讓她面目變得扭曲。

這些女人是接生婆，男人則是國內最出名的醫生，他們都很擔心。胎兒是胎位不正的臀位，拉賓諾拉已經失了很多血。這是她的第一個孩子，她拼盡全身力氣。接生婆和醫生們的眼中明顯露出恐懼，我知道，拉賓諾拉已經意識到自己就在死亡的邊緣。

場景快進到兩個小時以後，拉賓諾拉的呼吸剛剛停止。她失血過多，胎兒也死於腹中，還沒來到世上就窒息而亡。年僅二十八歲的拉賓諾拉，這麼可愛善良的女性，剛剛釋放了她的星光體——我的星光體，去到另一世了。

我眼前不斷出現更多場景，展示了我在其他星球上的其他前世：有時是男性，有時是女性和孩子。我做過兩次乞丐、三次水手；我曾在印度當過挑水人；在日本做過金匠、還活到了九十五歲高壽；當過羅馬士兵；曾是乍得地區的黑人小孩，八歲時候被獅子吃掉；做過亞馬遜平原上的印第安漁民，四十二歲的時候去世，將十二個孩子留在身後；擔任過阿帕切族酋長，八十六歲去世；還在地球和其他星球上當過幾次農民；在西藏山裡和另一個星球上分別做過一次苦行僧。

除了拉賓諾拉這位統治三分之一個星球的女王之外，我的大部分前世都過著平凡的生活。我看到了我前面八十世的景象，有的深深吸引了我。我沒有時間在這本書中一一細述，因爲這些前世就夠寫成一整本書了。可能有一天，我眞的會把它們寫出來。

當這些「展示」結束時，我感覺自己沿著「隧道」後退，再睜開眼睛的時候，濤和三位濤拉正朝我友善微笑。確認我確實回到現在的身體中之後，領頭的濤拉跟我說了下面的話：

「我們想讓你看到你的前世，所以你可能留意到了，你的前世不盡相同，這些前世就好像連在同一個輪子上。因爲輪子是會轉動的，所以最高點可能很快就變成最低點——這無法避免，你明白嗎？

「此刻你是個乞丐，下一刻卻可能變成像拉賓諾拉的女王，她不僅在輪子最高點，還領悟了很多，也竭力地幫助他人。但是，在很多情況下，乞丐學到的會和國王一樣多，而且在某些時候能比國王學到的更多。

「你在山裡當苦行僧的時候，比你在其他前世時幫助的人都多。最重要的不是表象，而是表象背後的東西。

「當你的星光體進入另一個肉體時，原因很簡單，是爲了學到較多，甚至更多……。

「就像我們向你解釋過的那樣，一切都是爲了你的高級自我。這是一個持續淨化的過程，無論是乞丐、國王還是礦工的身體，都可以同樣有效地發生。肉體只不過是個工具。雕刻家的鑿子和錘子是工具，工具本身是永遠無法實現『美』，但它們能夠透過藝術家的雙手去創造美。一座精美的雕像是不可能被藝術家空手創造出來的。

「你要時刻銘記在心的重點是：星光體在任何情況下都必須遵守宇宙法則。只有盡可能地順隨自然，方能用最快途徑到達終極目標。」

說完，濤拉們就回到了他們的位置，我們也回到自己的座位。

我在都扣的時間裡，太陽已經落下；但是周圍仍發著光，我們可以看到都扣裡至少十五公尺的範圍，這一點他們似乎並不覺得有解釋的必要。

我的注意力仍然停留在這些濤拉身上。他們滿懷善意地看著我，周圍是金色的霧，霧氣越來越重，最後他們消失在霧裡。跟我第一次拜訪他們的時候一樣。

這回，濤輕輕把手放在我肩上，讓我跟在她後面。她帶我走到都扣入口，瞬間我們就到了外面。外頭一片漆黑，除了入口上方，別處沒有一點光亮。我只能看到前方不超過三公尺遠的距離，還納悶著我們要怎麼找到飛行台。然後我想起來，濤在晚上也能看見，跟在白天一樣。

我好奇地想看她如何證明這一點——就像個典型的地球人一樣，我需要證據！說證據、證據就到，濤輕而易舉地就把我抬起來放在她的肩膀上，我就像地球上騎在大人身上的小孩子。

「你會絆倒的。」她沿路解釋著。的確，她似乎清楚地知道她要去哪裡，就跟在白天毫無差別。

沒多久，她就把我放到拉提沃克上，然後坐到我旁邊。我把之前手裡一直握著的面罩放在膝蓋上，我們瞬間就起飛了。

不得不說，雖然我對濤很放心，但「盲飛」確實讓我有些不安。我們在公園的巨樹之間飛行，連平時明亮的星星都看不到了。太陽下山後，烏雲開始大團聚集，四周完全籠罩在黑暗之中。濤在我旁邊，我還是能看到她的氣場和頭上的光束，依舊那麼明亮。

我們加快了速度，我確定我們此刻在黑夜中的飛行速度跟白天不相上下。好像有雨點打在我臉上。濤把手伸向飛行台的某處，我就感覺不到雨了。同時，我感覺我們當時停止了飛行，我還好奇發生了什麼事，因爲我知道我們正處在大海上空。偶爾在我們左方的遠處，我能看到有彩色的光影在移動。

「那是什麼？」我問濤。

「那是岸邊都扣入口處的燈。」

我想弄清楚爲什麼這些都扣在移動，但我們忽然透過更濃重的夜色看到了有燈朝我們迎面而來，停在我們旁邊。

「我們到你的住處了，」濤說。「進來吧。」

她又把我抬了起來。進入都扣的時候我感到以往那種輕微的壓力，雨水淋了我一臉濕。這暴雨太大了，不過濤大邁幾步就到了燈下，我們進了都扣。

「還好我們到得及時。」我說道。

「爲什麼這麼說？是因爲下雨嗎？不，其實雨已經下了好一陣了。我打開了力場。你沒注意嗎？後來你就感覺不到風了，對吧？」

「是啊，但我以爲我們是停下來了。我完全沒搞懂。」

濤忍不住哈哈大笑，這又讓我放鬆，看來謎底就要揭開了。

「力場不僅能擋雨，還能擋風。所以你沒辦法確定我們是不是在移動，因爲沒有參考物了。人不能依賴於自己的感知，明白了吧。」

「那你是怎麼在黑暗中找到這個地方的？」

「我跟你說過，我們在夜晚跟白天看得一樣清楚。所以我們不需要燈。我知道這爲你帶來很多不便，因爲你現在看不到我；但無論如何，我們今天已經行程滿滿，我覺得你最好趕快休息。我來幫你。」

她帶我到休息區，向我道了晚安。我問她會不會陪我，但她說她就住在附近，不需要交通工具就能抵達這裡。說完，她便離開。而我舒展了四肢，很快就睡著。

第二天早上，我在濤的聲音中醒過來。她靠著我，在我耳邊低聲說話。我發現，就像我第一次觀察到的那樣，這休息處眞是名副其實。如果濤不是靠近我身邊對我說話，我根本就聽不見她的聲音，聲音在這裡變得極其低沉。而且，我睡得很香，過程中一次都沒有醒來。我得到了充分休息。

我起來、跟著濤走向泳池。就在這個時候，她告訴我阿爾奇遇難的事。我聽了之後十分悲傷，淚水奪眶而出。濤提醒我，阿爾奇正去往另一個轉世，我們應該像記住一位去了其他地方的朋友般記住他。

「這確實令人傷心，但我們不能自私，米歇。還有其他的冒險和快樂在等待著阿爾奇。」

我洗漱後又回到濤身邊，我們享受了一頓輕快的早餐，喝了一些蜂蜜飲。我沒有餓的感覺。抬起頭，我能看到灰色的天空，雨正降在都扣上。觀看下雨是件很有意思的事，因爲雨滴不是像正常那樣從玻璃圓頂上順著都扣流下，而是在進入都扣力場範圍的時候直接消失。我看著濤，她看出了我的驚訝，正對著我微笑。

「雨滴被力場驅散了，米歇。這是基礎的物理知識，至少對我們來說很基礎。不過，還有更有趣的事情等待你去探究，只可惜你的時間有限。但有幾件事我必須教你，因爲你寫書的時候其他人可能會因此受到啓發——比如我昨天跟你提到的耶穌之謎，昨天我們被阿爾奇的到來給打斷了。

「首先我必須跟你說說埃及和以色列，還有地球上的人經常提到的亞特蘭提斯大陸，這是個充滿爭議的話題。

「亞特蘭提斯像姆大陸一樣，確實存在，而且位於北半球、大西洋中間。它曾與歐洲接壤，與美洲和非洲分別經由地峽相連，大概與西班牙的加那利群島同緯度，面積比澳洲稍大一些。

「大約三萬年前，亞特蘭提斯上住著姆大陸來的人民，那裡其實是姆大陸的殖民地之一。在亞特蘭提斯也有高個子、金髮碧眼的白種人。統治國家的是來自姆大陸學識淵博的瑪雅人，他們在那兒建了一座薩凡納薩金字塔的複製品。

「一萬七千年前，他們全面探索了地中海，經過北非的時候教阿拉伯人（黃種人和黑種巴卡拉替尼星人的混血後代）學會了許多新知識，物質的和精神的都有。比如阿拉伯人用的數字就來自亞特蘭提斯，當然也就是來自姆大陸了。

「他們去到希臘，在希臘建立了一個小的殖民地，希臘字母跟姆大陸的字母幾乎一模一樣。最後他們到了一處當地土著人稱爲阿蘭卡（Aranka）的地方，也就是你們現今的埃及。他們在埃及和當地首領、一位名叫托斯的偉人，建立了強大的殖民地。他們制定的法律反映了姆大陸的觀念和亞特蘭提斯的組織原則。他們改良植物，還引進養牛的新技術、栽培的新方法，還有制陶和紡織的工藝等等。

「托斯是亞特蘭提斯的偉人，在物質和精神上都十分博學。他不僅建立村莊和廟宇，就在他死前，他還建造了你們現在所稱的『胡夫金字塔』。每次這些偉大的殖民者斷定新的殖民地能在物質上和精神上變得強大的時候，他們就會建造一座特別的金字塔，將此作爲一種工具，就像你在姆大陸親眼見到的那樣。在埃及，他們也以薩凡納薩金字塔爲模型而修建了胡夫金字塔，但在規模上只有薩凡納薩金字塔的三分之一。這些金字塔是特別之物，爲了發揮其『工具』的作用，它們的尺寸和規格必須嚴格把控，朝向也是。

「你知道這用了多長時間嗎？

「很快，只用了九年。托斯和他的資深建築師們掌握了姆大陸抗重力的方法，以及切割和使用岩石的秘密——姑且稱之爲『電超音波』的秘密。」

「但在地球上，專家們認定金字塔是法老胡夫所建造的。」

「不是這樣的，米歇。當然，地球上的專家們犯下的錯誤遠不止這一個。另一方面，我倒是可以確認，法老胡夫對金字塔的使用符合了它本來設計的用意。

「探索和殖民的民族不止瑪雅—亞特蘭提斯人。幾千年過後，那加人在緬甸和印度建立殖民地，最後抵達大約在北回歸線緯度的埃及海岸線。他們也建立了一個成功的殖民地，佔領埃及南部。兩批殖民者都引進了相似的改良。那加人在紅海海岸上建立了名爲美佑（Mayou）的大城市。當地的土著人去他們的學校上學，漸漸被殖民者同化，產生了埃及人種。

「但是，在大約五千年前，埃及北部的那加人和瑪雅—亞特蘭提斯人因爲一個荒謬的理由發動了戰爭。亞特蘭提斯人的宗教信仰和姆大陸完全不同，他們相信靈魂（星光體）會在祖先發源地轉世。因此，他們宣稱，靈魂將西行、回到來的地方。那加人也抱有同樣的信仰，但唯一不同的是，他們堅持認爲，靈魂會回到東方，因爲他們來自東方。

「他們針對這個分歧確實鬥爭了兩年，但也不是那種殘酷的戰爭，因爲雙方都是內心熱愛和平的人民，最後他們結爲聯盟，形成了統一的埃及。

「埃及聯合國的第一任國王是米納（**Mena**），南北部都在他的統治之下，並且建立了孟菲斯城。他被推舉爲國王就是用姆大陸的方式，但是這種方式並沒在埃及持續很久，因爲那些權力膨脹的祭司漸漸地控制了法老，這種情形持續多年。不過在向祭司們屈服的法老中，有一些例外值得一提。一例就是法老阿肯那頓（**Athnaton**）⑤，他被祭司們下了毒，臨死前他說：『我在地球上經歷的這個時代，是一個眞理的**簡單性**不被理解，且還遭到許多人摒棄的時代。』就像宗教教派通常發生的那樣，埃及祭司扭曲原本很簡單的眞理以更好地掌控人民。他們讓人們相信魔鬼和各種神聖事物的存在，還編了一堆胡話。

「還值得一提的是，在戰爭發生和後續的和平協定前，也就是任命米納成爲埃及國王時，由瑪雅—亞特蘭提斯人和那加人按同樣比例組成的人口，已經在埃及北部和南部形成了成熟的文明。國家興盛、農業和牧場發展繁榮，埃及第一任國王米納（時期）幾乎是這個崛起文明的鼎盛時期。

「現在，我們必須說回到過去。阿爾奇說地球仍然有外星人造訪，你知道嗎，在以前地球都是定期被造訪的。不過，在此我要詳細講述一下。

「就跟散落在漫天宇宙之許多其他有人居住的星球一樣，地球也是有人會去造訪的。有時候，當一些星球瀕臨衰亡時，星球上的居民也必須撤離。現在，就像阿爾奇解釋的，你不能像換房子般地換星球。你必須遵循一個既定的週期；否則將會帶來災難性的後果。一萬兩千年前就發生了這樣的事。人類離開希伯拉星球，想要在星系中尋找同一等級的其他星球作爲己用；因爲他們知道，在接下來的一千年裡，他們的星球會變得完全無法居住。

「一艘能高速行駛的太空船在偵測飛行中遭遇嚴重問題，因此不得不在你的星球上著陸。太空船降落在克拉斯諾達爾（**Krasnodar**）地區，這是俄羅斯西部的一個城鎮。毫無疑問，那個時候那裡還沒有城鎮、沒有人，更沒有俄羅斯。

「太空船上有八名太空人：三名女太空人及五名男太空人。這些人們身高接近一百七十公分，有著黑色眼睛、白皙皮膚、棕色長髮。他們成功著陸，然後開始修理太空船。

「他們發現這裡的重力比他們自己星球上的要來得大，起初，他們很難四處走動。考慮到

---

⑤也拼作「Akhenaten」。（原文版編輯評註）

維修可能需要一些時間，他們就在太空船附近搭了一個營地。一天，他們在作業的時候發生了事故，引發了一場可怕的爆炸，半艘太空船被炸毀，還有五名太空人遇難。另外三名太空人距離事故地點有一段距離，所幸沒有受傷。他們分別是名叫羅巴南的男太空人，還有兩位名叫萊薇婭和蒂娜的女太空人。

「他們非常清楚他們即將面臨什麼。他們來自一個更高級的星球，不屬於地球的。他們在這裡相當於囚犯，於是他們預測到了可能會遭遇的不幸經歷。這次事故並不令人意外。

「幾個月來，天氣還算暖和，這三人就留在原地。他們有一些武器，也能打到野味。他們的嗎哪和柔絲甜在爆炸中都遺失了。最後寒冬來臨，他們決定往南遷移。

「因爲重力的作用讓遠距離的行走十分困難，所以他們此次走向南方溫暖氣候地區的長途跋涉堪稱『苦難的歷程』。他們經過黑海，朝著現今的以色列方向行進。旅途歷時數月，但是他們年輕力壯，竟然眞的成功了。他們到達更低緯度的地方，那裡氣候更加宜人，甚至可以說是炎熱。他們停在一條河邊，在那裡建立了永久營地——足夠久的時間，因爲蒂娜已經懷孕幾個月了。懷孕足月後，她生了個兒子，他們爲他取名拉南。孩子出生時，萊薇婭也懷孕了，一段時間過後，也生了兒子，名叫拉比昂。

「這些來自希伯拉的人們適應了這個野味、蜂蜜和可食用植物都很豐富的地方，他們就在此建立了自己的血脈。很長一段時間過後，他們結識了一些路過的遊牧民。這是他們第一次和地球上的人接觸。這些遊牧民有十人，很喜歡羅巴南的女人們，於是想殺了他、奪走他的所有，包括他的女人。

「羅巴南還有武器在手，雖然他是個和平主義者，但還是不得不動用武器，殺了四名襲擊他的人，剩下的人看到武器的威力後都倉皇而逃。

「這些人因爲自己不得不動用武力而感到十分悲傷，這件事讓他們更加意識到，自己身處在一個宇宙法則禁止他們去的星球。」

「我不明白，」我打斷了濤，「我以爲不能跳到更高的等級，但可以去更低的星球。」

「不，米歇，更高或者更低都不行。如果跳到更高等級的星球，是無視宇宙法則，你就會死；然而如果去到更低等級的星球，你就要面臨更糟糕的條件，因爲高等精神無法存在於物質至上的環境中。

「如果你願意，我可以用簡單易懂的比喻說給你聽。假設有一個人，他衣著整潔、皮鞋光亮、襪子雪白、西裝筆挺；你若要求他走過一個積了三十公分厚爛泥巴的農家庭院，之後你還堅持讓他用手將泥巴捧進手推車裡。他做完這些後的樣子自然不言而喻。

「不過，這些外星來的人建立了他們的血脈，成爲現在猶太人的祖先。

「後來抄寫資料的人們追溯到這些人的歷史，在寫《聖經》時扭曲了事實，傳說就和事實混淆難辨了。

「我可以明確地告訴你，《聖經》裡的亞當不僅不是地球上的第一個人，而且，跟《聖經》相去甚遠的是，他不叫亞當、他的名字是羅巴南，他也沒有一位名叫夏娃的妻子，而是有兩位分別叫萊薇婭和蒂娜的妻子。猶太種族是由這三人發展而來的，沒有和其他種族通婚，因爲從返祖⑥意義上來說，他們覺得自己更高等——而他們確實是如此。

「然而，我能確定的告訴你，（原版的）⑦《聖經》並不是抄寫員所想像的結果，也沒有被美化。裡面曾經有很多眞相。我說『曾經』是因爲經歷了羅馬天主教堂的各種議會，《聖經》已被大幅竄篡改了，原因再清楚不過，是爲了滿足基督教的需求。這就是爲什麼昨天我說，宗教是地球上的禍根之一。我必須在幾個其他關於《聖經》的問題上再給你一些啓示。

「希伯來人來到地球上後不久，我們就對他們提供了一些幫助。我們也懲罰過他們。比如，所多瑪和蛾摩拉就是我們的一艘太空船所毀滅的。那兩個城鎭的人樹立了負面的榜樣，他們的行爲還危害到了與之接觸的人。我們嘗試過使用各種方式將他們帶回正軌，但都無濟於事，所以我們不得不無情了。

「每次你讀到《聖經》的這段：『於是上帝說這說那』時，你應該讀成『海奧華的居民說……』」

「爲什麼不一開始就救他們，把他們帶回自己的星球或者到同一等級的星球呢？」

「你這麼想非常合理，米歇。但是有一個麻煩，我們不能預測超過一百年以後的事情。我們當時想，這麼小的一夥人，他們可能無法倖存，即使倖存，他們也會跟其他的種族通婚，然後被其他種族同化，變得『不純正』了。我們猜測這事會在一百年內發生，但結果沒有。即便現在，如你所知的，這個種族幾乎仍然跟一萬兩千年前一樣純正。

「就像我剛才跟你說的那樣，通過宗教議會，牧師抹掉或修改了《聖經》許多內容，但其他章節倖免於難，也很容易解釋。

「在第十八章第一節裡，抄寫員在描述我們當時的模樣時說：『耶和華在幔利橡樹那裡，向亞伯拉罕顯現出來。那時正熱，亞伯拉罕坐在帳篷門口。』抄寫員在這章裡講到了亞伯拉罕。第二節裡，提到亞伯拉罕舉目觀看，有三個人在附近站著；他一見，就跑去迎接他們，俯伏在地。第三節裡，亞伯拉罕說：『我主，我若在你眼前蒙恩，求你不要離開你的僕人。』亞伯拉罕邀請這三人留下。抄寫員一次稱這三人為人，但其中一位也被稱作『上帝』。亞伯拉罕每次跟他們說話的時候，回答的都是被稱為『上帝』的那位。現在，羅馬天主教會的神父們發現這與他們的觀點產生了正面衝突，其他宗教也發現了這個問題，因為他們想告訴人們的是沒人能想像出上帝的臉，看見的人眼睛會失明。某種意義上他們是對的，因為造物者是個純神

⑥「返祖」在這裡是指保留／重建原本的特徵。《聖經》中描述的第一代人活了將近九百年。（原文版編輯註）

⑦原文版編輯經作者同意後評註。

靈，當然沒有容貌！

「根據抄寫員所說，亞伯拉罕與上帝的對話，就像跟地球上的高等貴族對話一樣。上帝回答了他，身邊還有兩個『人』；抄寫員並沒有提到過『天使』。上帝以人的形式降臨到地球，陪同他的也不是天使，而是人。這不是很奇怪嗎？實際上，在這裡，還有《聖經》中的許多其他之處，一些虔信者不難看出，上帝從未與任何人對話⑧。

「上帝是不可能這麼做的，因爲應該是星光體想要靠近神，而不是神來主動靠近它們，就像河水不能倒流，你從未見過有哪條河從大海逆流到山頂，不是嗎？《聖經》中還有一段，就是剛才那段之後再翻兩頁，也很有意思。第十九章第一節說：『那兩個天使到了所多瑪。羅德正坐在所多瑪城門口，看見天使們，就起來迎接，臉伏於地下拜。』然後他讓天使們進到他的房子，接著突然，在第五節裡，『人們叫羅德並對他說：進你房子的那些人在哪兒？』在這裡，抄寫員又把天使們稱作了『人』。接著在第十節，『那二人伸出手來，將羅德拉進屋去，把門關上。』第十一節，『並且使門外的人、無論老少，眼都昏迷。他們摸來摸去，總尋不著房門。』

「你可以很容易看出此段描述並不準確，抄寫員開始提到了兩個天使，然後又說兩個人，然後又說這兩人使人們眼睛昏迷。根據《聖經》，這樣的『神蹟』至少需要有一名天使才能創造！親愛的朋友，這就是說明現在地球上《聖經》內容混亂的另一個典型例子。這些『人』其實就是我們海奧華人。

「於是我們引導和幫助猶太人，因爲如果讓精神進化程度如此高的種族，僅僅因爲來到一個不適合他們星球的意外錯誤，而陷入無知和野蠻，實在是一件令人惋惜的事情。我們在接下來的幾百年間向他們提供幫助，而這也是一些抄寫員想要透過描述來解釋的，因而寫成了《聖經》。他們通常都是抱著善意的初衷；但有時會扭曲事實，雖然也是出於無心。

「僅有的幾次故意扭曲事實，如我所說，都是爲了一些非常明確的目的，像是：羅馬教會在西元三二五年的第一次尼西亞大公會議、西元三八一年的第一次君士坦丁堡大公會議、西元四三一年的以弗所大公會議和西元四五一年的迦克墩大公會議。還有其他的，但都沒有這些重要。《聖經》不是地球上許多人認爲的『上帝之書』；那只不過是被大幅修改和過度渲染的遠古史，還被作家添油加醋，而這些作家與最初的那些抄寫員完全不同。比如，讓我們回到《出埃及記》時期的埃及，地球上的人對此很感興趣。在下一話題之前，我會爲你和其他人還原與之相關的事實。

⑧「上帝從未與任何人對話」：在《聖經》最老的希伯來語版本裡，耶和華是「上帝」諸多名字之一。所有其他譯本徹底把這些名字混淆，用「父」、「主」或「上帝」代替了相應的名字。在希伯來語版本中，顯然與人交談的是耶和華（而不是上帝、創始者），他以人的形式出現，製造「神蹟」。根據本書内容，顯然上帝就是神（偉大的神靈），而耶和華等於海奧華人。以這個細節為前提，正本《聖經》更具深意，讀起來也更令人著迷。（原文版編輯）

「那麼讓我們回到埃及。在這裡，太空人們的後代成爲了希伯來人（這個名字源自於他們的星球希伯拉）。因爲他們是意外降落到你們星球上的，這個種族經歷了極大的困難——過去經歷了，現在依舊經歷著。

「如你所知，比起其他種族，猶太人充滿智慧；他們的宗教十分獨特；而且他們不與其他種族通婚，只與族內的人結婚。因爲無情的宇宙法則，他們老是在遭受迫害，很多都發生在近期。結果，他們的星光體被解放，於是能夠直接回到他們所歸屬的更高度進化的星球。

「你應該也知道，一群希伯來人和雅各的兒子約瑟一起來到埃及、建立血脈，最後卻成爲埃及人仇恨的對象，仍是因爲不能直言的原因：他們的智慧，特別是他們在面臨危險時的團結共心。我們該行動了。」

11

耶穌身世之謎

「事情發生在法老王塞提一世時期。當時，地球上的人們都變得崇尚物質。在埃及，貴族吸毒是常事；希臘也一樣。人獸性交這種完全違背自然和宇宙法則的事絕非罕見。

「我們的使命是在必要的時候施以援手，於是我們決定在此時介入，以改變歷史的走向。我們必須把希伯來人從埃及轉移出去，因爲他們在埃及人的邪惡統治下，已無法像擁有自由意志的人一樣地進化。我們決定派出一位有能力又正直的人，由他帶領希伯來人離開埃及、回到原住地——也就是他們剛到達地球不久後所待的地方。

「在八級星球納西提星上，一位名叫西歐西汀的人剛剛死去。他的星光體正準備在海奧華上轉世的時候，我們給了他一個選擇，就是成爲希伯來人的解放者。他同意而去到地球，成爲摩西。

「於是，摩西就在埃及出生了，他的父母都是埃及人。他父親的地位相當於軍隊的少尉。

「摩西並非生來就是希伯來人——這是《聖經》的再一個錯誤。希伯來的嬰兒順水漂流被公主解救的故事雖然浪漫，卻與事實不符。」

「眞可惜！我一直都很喜歡這個故事。多美好的故事，像童話一樣！」

「童話雖然美好，但你必須著眼於事實而非幻想，米歇。答應我，你將只報告事實，好嗎？」

「當然啦，放心吧，濤。我保證，我會一字不差依你說的做。」

「我剛才解釋說，摩西出生在一個埃及軍人家庭。他父親名叫拉索提斯。十歲以前，摩西經常和希伯來小孩一起玩耍。摩西是個乖巧友善的孩子，希伯來人的母親們都很喜歡他，經常給他糖果吃；而摩西也心懷感激，與希伯來夥伴情同手足。當然這就是為什麼他轉世的原因，但你必須意識到，當他看到他身為摩西的那一世在眼前像跑馬燈一樣閃過，並且同意去活在那一世後，所有的細節都會從他的記憶中抹去。他會穿過一條有些那加人所說的『遺忘之河』——這在星光體接受或拒絕可能的轉世時都會發生。當然，有其原因。

「如果，比如你還記得，四十歲左右的一場車禍將奪走你的妻子和兩個寶貝孩子，你自己也會坐著輪椅度過餘生——這可能會誘使你輕生，而非面對困難，或者可能會導致你在其他方面有不好的行為。所以這段『影片』會被清除，就像你『刷掉』錄音帶上的內容一樣。

「在偶然的意外情況下，機器沒有清空所有的內容，你能夠聽到本應被清除的短暫片段。當然，我的比喻發揮了太多想像，比如我說了『影片』和『錄音帶』，但我希望那能幫助你理解我的話。事實上，這個過程涉及到電子光子學，地球上的人對此還一無所知。但這種情況在高級自我給星光體展示『影片』時經常發生。所以很多人在一生之中有些時候會說『我之前好像在哪見過』或者『我之前好像在哪聽過』，而且他們知道接下來他們的行為和言語會是什麼。人們把這叫做『似曾相識』或『既視感』。」

「是的，我非常明白你的意思。我在法屬赤道非洲的時候，就有過一次這種經歷，而且是最奇怪的一次。我當時在軍隊裡，我們在距離基地六百公里遠的地方做軍事演習。要到乍得地區邊境時，我和其他的士兵一起站在部隊輸送車後面，我們面向道路。

「突然，我『認出』了這條路，好像我兩週前去過一樣。路在眼前延伸，盡頭是向右轉的直角，我像被催眠了一樣。我不僅『認出』這條路，而且，我還確信，在轉角那邊會看到一間小茅屋，獨自立在一棵芒果樹下。我越來越確信前面一定是這樣，等到輸送車拐了彎，果不其然，那裡眞有一間在芒果樹下的獨立小茅屋。然後就此結束，我『認』不出更多的了。我的臉都嚇白了。

「離我最近的同伴問我怎麼了，我說了剛剛發生的事，他的回應是：『你一定是小時候來過。』我知道我父母從沒到過非洲，但我還是寫信問他們，因爲這件事對我影響眞的很大。他們回信說：『沒有，你小時候也從沒離開過我們跟別人到那些地方旅行。』

「於是，我的朋友就暗示著說，我可能在前世時到過那裡，因爲他相信轉世一說。你的看法是？」

「就是我剛剛解釋給你聽的那樣，米歇。你的『影片』有很長一段沒有被清除，我很高興，因爲這很恰當地說明了我剛才所說關於摩西的事。

「他想要幫助希伯來人，但因爲他選擇用普通的方式進入這個世界：以新生兒的身份落地，他就必須『忘記』他未來一生的經歷。

「但是，在極少數情況下，就像摩西的情況，星光體『充滿』了所有前世的知識和經歷，可以輕而易舉地掌握它在新的肉體裡要學會的東西。而且，摩西就讀的學校資源豐富，就更有助於這一點。他學業上取得極大成功，考入了更高等的科學院，科學院的領頭人都是祭司和埃及的專家。當時，埃及人仍設立高等學校，但只供極少數菁英就讀，學校裡教著托斯在很久以前從亞特蘭提斯所帶回來的學識。在摩西快要結束學業的時候，目睹了一場對他一生造成深遠影響的事件。

「由於摩西仍然對希伯來人懷有深厚感情，所以經常和他們往來，儘管他父親多次強烈建議他不要這樣做。希伯來人越來越受到埃及人的排擠，摩西的父親建議摩西不要跟希伯來人有任何瓜葛。

「但是，就在那一天，摩西在建築工地周邊散步，工地裡的希伯來人正服從埃及士兵的命令工作。他從遠處看到一名士兵正在打一個希伯來人，希伯來人被打得摔倒在地上。他還沒來得及插手，一群希伯來人就撲向了那名士兵，將士兵殺死；然後迅速把他埋在一處即將要立起巨柱的地基裡。

「摩西不知道該怎麼辦，但是他在離開的時候被幾個希伯來人看到了。這幾個人認定他會舉報他們，於是非常恐慌，開始四處散播謠言，說是摩西殺了士兵。摩西到家的時候，他父親正在等他，讓他趕緊逃到沙漠裡。《聖經》故事裡說他去了米甸的鄉村是眞的，他娶了米甸祭司的女兒也是眞的。這些細節我就不再贅述。我們想要把這些人從奴役中解救出來，更是從邪惡祭司的枷鎖中解救出來，因爲這對他們的靈性有害。

「不知你是否記得，一百多萬年前，我們曾在危險的祭司手中解救出另一群人。有趣的是，這兩次幾乎發生在同一地點。你是否看得出來，歷史永遠重複著相同的篇章？

「大體就像《聖經》中描述的那樣，摩西領導希伯來人走出了埃及。不過在繼續之前，我必須糾正幾個錯誤，因爲我們知道，地球上很多人都對這個著名的《出埃及記》很感興趣。

「首先，那時的法老王是拉美西斯二世，也就是塞提一世的繼承人。接著，希伯來人共有三十七萬五千人，他們抵達的是蘆葦海（the Sea of Reeds），並非紅海。我們的三艘太空船停在那裡，用力場打開海水，海水並不深。待希伯來人通過後我們又將海水重新閉合，沒淹死任何埃及士兵，因爲他們根本就沒有跟著希伯來人走進海裡。法老王雖然面臨祭司施加的巨大壓力，卻沒有食言，而是讓希伯來人離開了。

「我們的太空船每天發放嗎哪給他們。我必須說明一點，嗎哪非常有營養（這你已經知道了），而且容易壓縮，所以才會成爲許多太空船上的常備品。但如果嗎哪長時間暴露在空氣中，就會變軟，十八個小時之內就會腐爛。

「所以，我們建議這些希伯來人每天吃多少就拿多少；多拿的人很快就發現他們犯了錯誤，意識到應該聽從『神』的建議，而『神』其實就是我們。

「希伯來人沒有花四十年才抵達迦南，而是三年半的時間。最後，西奈山的故事基本上都是眞的。

「我們降落在山上，這樣就不會被人看見。在那個時候，最好還是讓這些單純的民眾相信上帝的存在，而不是要讓他們知道照顧和幫助他們的是外星人。

「關於希伯來人的解釋就是如此，米歇，但還沒有結束。在我們看來，只有這些人遵循了正確方向——也就是靈性的方向。在他們之間，以及後來在位高的祭司之間，有人傳言說彌賽亞會降臨來解救他們。他們本不該告訴人們這些，因爲他們只匯報了我們和摩西在西奈山上的一部分對話。自那以後，希伯來人就持續等待著彌賽亞的降臨。但彌賽亞其實已經來過了。

「讓我們跳回來看。希伯來人回到他們最初定居之處，組織得更加完善。他們建立了因偉大的君王立法者而知名的文明，像是所羅門和大衛，而且這樣的人物不止他們兩個。

「我們觀察到，在所羅門去世後，這些人慢慢進入無政府狀態，還自甘被邪惡的祭司影響。亞歷山大大帝入侵埃及，但最終也未對這個世界做出任何建設性的貢獻。羅馬人緊隨其後，建立了一個更是朝著物質主義而非靈性方向發展的龐大帝國。

「偉大的人民，比如羅馬人，就他們所處時代而言技術發達——當然，這是相對的。但是他們也帶來了一些神和信仰，多到足以困惑心靈，同時又膚淺得不足以帶領人們通往宇宙眞理。

「這次，我們決定幫個『大忙』。我們沒有選擇像羅馬這樣的精神貧瘠之地，而是選擇了以色列，我們覺得希伯來人非常有智慧，因爲他們的祖先在靈性上高度發達。我們認爲，由他們來傳播宇宙眞理非常適合。

「聖賢長老們（濤拉）一致選擇了希伯來人。在地球上，他們被稱爲『上帝的選民』，這名字再合適不過了——他們確實是被『揀選』出來的。

「我們的計畫是派出一名和平使者來吸引民眾的想像力。如你所知，聖母瑪利亞生下耶穌的故事是非常眞實的。天使報喜的所有細節也都是眞實的。我們派出一艘太空船，我們之中的一個人在瑪利亞面前出現，說她就要懷孕了，而她確實是個處女。我們將她催眠，然後把胚胎植入了她體內。

「我明白，米歇，你很難相信我剛才說的這些。不要忘記，我們擁有眞正的知識，你所見到的，連我們能力範圍的十分之一都不到。注意看，我會給你舉幾個例子，讓你更能理解我要告訴你的事。」

濤停止了講話，似乎是在集中精力。我看見她的臉變得模糊，於是本能地揉了揉眼睛。當然，揉眼睛也沒起到什麼作用。實際上，她變得越來越透明，直到我能將她看穿。最後她不在這了，完全消失。

「濤，」我有點不安，「你在哪？」

「我在這，米歇。」

我幾乎跳了起來，因爲這聲音像耳畔低語，就在我旁邊。「但我根本看不見你啊！」

「現在，你馬上就又能看到我了。看！」

「我的天啊，你怎麼了？」

在我前面幾公尺，出現了濤的輪廓。她全身金光閃閃，好像體內有燃燒的火，火焰雖不大，卻十分濃烈。我能認出她的臉，但每當她說話時，眼睛就好像會發出小股的光束。

她開始從地面升高幾公尺，「身體」如如不動；然後開始在房間裡繞圈，她飛得太快了，我的目光幾乎追不上她。

最後她停在座位上方，像幽靈般的坐了下來。她就像發光的霧氣做的，雖然能認出是她，但卻是透明的。瞬間，她又不見了。我搜尋四周，但她眞的消失了。

「別再找了，米歇。我回來了。」她眞的回來了，有血有肉的她就坐在座位上。

「你是怎麼做到的？」

「就像我剛剛跟你說的，我們擁有眞正的知識。我們可以起死回生，治癒聾盲，讓癱瘓的人重新走路——我們可以治好所有你知道的疾病。我們不是操控大自然的大師，而是存在於自然界（與大自然融爲一體並輔助於它）的大師，最難的事我們也能做到：我們可以自發地創造生命。」

「我們可以透過發射宇宙射線去創造任何形式的生物，包括人。」
「你的意思是，你們還掌握了『試管嬰兒』的技術？」
「完全不是的，米歇。你的思維還是像個地球人。我們可以創造出人體，但只有聖賢濤拉們才能做到，他們也需要極度謹慎。因爲你也知道，人體內有多重命體並存，例如生理體、星光體等等，否則那只不過是個機器人。因此，完成這項工作需要完美的知識。」
「那麼，你們創造一個嬰兒出來要多久時間？」
「你沒完全理解我的話，米歇。我剛剛說的不是嬰兒，而是成年人。濤拉們創造一個二、三十歲的成年人需要你們地球上的大約二十四個小時。」
你應該能想像，我徹徹底底的被這番話給震驚到。的確，我已經乘著速度是好多倍光速的太空船旅行到了離家幾十億公里的地方，我見過了外星人，曾以星光體旅行，穿越了時空，見證發生在幾千年前的場景。我現在不僅能看到氣場，還能聽懂我從未聽過的語言。我甚至還短暫造訪了地球的平行宇宙。我以爲，在他們的耐心解釋下，我已經知道了一個地球人該知道的全部（關於這些人和他們能力所及的種種）。現在，濤告訴我的好像是，這些不過就是小菜一碟。我的主人們能夠在二十四小時內創造出一個活人。二十四小時！活生生的人！
濤正看著我，我的心思被她一覽無餘。
「既然你理解我的意思，米歇，我要接著把故事講完，你的很多同胞都會對此非常感興趣，那在《聖經》中稍微被扭曲了。

「於是，我們的『天使』對處女瑪利亞植入胚胎，她發現自己有了身孕。我們是想通過此舉吸引民眾的注意，從而強調耶穌誕生是件眞正非同尋常的事件。孩子出生那天，我們在牧羊人面前出現，就像我剛才展現給你看的那樣。我們沒有派出那三位著名的『智者』——這是一段被嫁接到眞實事件中的傳說。但是，我們確實指引牧羊人和一群人朝著耶穌誕生的地方去。我們送出一個小球、讓它發光，這樣就可以爲他們指引方向。小球發光造成的效果，就好像是在伯利恆上方的一顆明亮之星。我們要是現在做這樣的事，人們會喊：『看，是UFO！』

「最後，祭司們、還有被祭司們稱作『先知』的人，知道了耶穌誕生的事。因爲那顆星星和『天使』的出現，先知向人們宣布：彌賽亞已經誕生，並稱他爲猶太人的王。

「然而，和大多數的當權者一樣，當時的國王希律王到處都有眼線。當眼線們向他彙報這些不尋常事件的時候，他難以相信，而且很害怕。那時候，人民的性命對於國家領導者而言無足輕重，所以希律王毫不猶豫地下令處死當地的兩千六百零六名嬰兒。

「在這場殺戮發生時，我們經由催眠把瑪利亞、約瑟和小耶穌，還有兩頭驢子轉移到了我們的太空船裡，然後把他們送到埃及附近的某處。你能看出事實如何被扭曲了吧？

「現在，還有一些其他報告得切實的細節，但是因爲資訊不足，都是不準確的說法。我來爲你解釋一下。在伯利恆的小耶穌，因爲他出生時的奇蹟事件，證明他十分特殊；事實上，他就是彌賽亞。所以我們利用了人們的想像，但是，嬰兒出生時，他的星光體對之前的見聞無法『瞭若指掌』。摩西就是同樣的情況，不過依然成爲了偉大的人。

「我們需要一位使者來讓廣大的民眾相信：透過星光體的轉世，在今生之後還有來世等其他事情。這已不再普遍被人們所接受，因爲在亞特蘭提斯消失之後，地球文明在不斷退化。

「你知道，當你想要解釋非物質性的事實時，即便是對最親近的朋友，你也會遭到質疑。人們尋求實物證據，若不是親眼所見，他們就不會相信。

「爲了傳達我們的訊息，我們需要有人做出不同凡人的舉動——就像來自『天堂』，並且能夠施行像似『神蹟』的人。只有這樣的人才會受人相信，他的教誨才會被傾聽。

「正如你所知，轉世爲嬰兒的星光體通過了『遺忘之河』，早前對於物質性的知識全被抹去。所以說，出生在伯利恆的這個孩子就算活到一百歲也不會施展『奇蹟之術』。但是，他確實是境界極高的人，就像摩西一樣。這一點，透過他在十二歲時讓聖殿裡的教師震驚的事就得以證明。就像現在地球上那些很年輕就被稱爲天才的人（因爲他們的腦袋裡像是有著深思熟慮的計畫），耶穌的體內有著高度進化的星光體。但即便他已經在地球上最高等學校學習（比如說那加人的學校），有些知識他仍無法獲取，例如起死回生或者療癒疾病。

「我知道，地球上有人認爲耶穌從十二歲開始、直到他回到猶地亞的時間裡，都在印度和西藏的寺院裡學習。這就是他們對耶穌當時突然從伯利恆消失、而《聖經》中出現一段空白時期的解釋。

「他十四歲時帶著十二歲的弟弟奧里奇離開了父母的家。他去了緬甸、印度、中國和日本。他的弟弟一路上都跟隨著他，直到在中國突然不幸遇難。耶穌非常愛他的弟弟，於是把弟弟的一縷頭髮帶在身上。

「耶穌到達日本的時候年已半百，他在日本結了婚，並育有三女。最後他在日本的新鄉村去世，他在那裡住了四十五年。他被葬在新鄉，新鄉在日本主島之一的本州島上，在他墓穴旁邊是另一個墓穴，裡面葬的是裝著奧里奇頭髮的小盒子。

「你們地球上的人如果想找證據，可以到位於日本青森縣、舊稱戶來的新鄉①。

「但還是讓我們回到剛剛說的，我們具體的任務……，我們能派往地球上的使者必須是我們的人。在耶路撒冷十字架上死去的『基督』，名叫阿裡奧克。他被我們帶到猶地亞沙漠，自願改變他的身體。於是，他拋棄了在海奧華上已經使用相當長時間的雌雄同體形式的身體，採用了基督的身體，這副身體是濤拉們爲他創造的。如此一來，他就保留了他在海奧華上擁有的全部知識。」

「爲什麼他不乾脆留在他的身體裡，然後變小，就像拉濤利和畢阿斯特拉在我面前展現的

①關於青森的神奇證據解釋頗詳，請參考 http://www.thiaoouba.com/tomb.htm（原文版編輯註）

那樣？他不是可以在一個『縮小』的身體裡待上很長時間嗎？」

「還有另一個問題，米歇。他必須在各個方面都像個地球人，因爲我們是雌雄同體的，我們不能冒著風險，讓希伯來人注意到這個神派來的使者身體有一半是女性。

「我們可以憑意願再生身體，這就是爲什麼你在海奧華上很少看到孩子。我們也可以創造身體，就像我剛剛解釋的那樣，還能縮小身體。別這麼看著我，米歇。我知道，你很難一下子消化這麼多，也很難相信我告訴你的一切。但我們向你展現過的那些足以讓你知道我們確實能夠掌控大部分的自然現象了。

「來自海奧華的耶穌被我們帶到沙漠，接下來的事你就都知道了。他知道他將面臨重重困難，也知道自己將被釘死在十字架上。他什麼都知道，因爲在他的星光體還在肉體中時，他曾和我們一起『預覽』了他的一生。

「他記得所有事情，就像你會記得，並且是永遠記得你的姆大陸之行以及前世的那些掠影一樣。

「我再說一次，存在於肉體裡的星光體所見的那些景象，是不會被抹掉的，這跟星光體和它的高級自我在一起時清除那些所見景象不同。因此，他知曉一切，也完全知道要做什麼。當然，他有起死回生、治癒聾盲的能力，當他被釘死在十字架上的時候，我們去將他帶走，然後使他復活。我們推開墓穴的石門，很快將他帶到我們停在附近的太空船上，然後在太空船上復活了他。在時機合適時，他又一次出現，從而證明了他的永生，證明了死後確有來生，讓人們相信他們是屬於造物者的，而且每一個人都擁有造物者的一絲神性，爲人們重新燃起了希望。」

「這麼說，他的所有奇蹟都是爲了證明他的布道是眞的？」

「是的，如果他不能證明自己的能力，希伯來人和羅馬人是不會相信他的。地球上的人疑心很重，都靈裏屍布就是個很好的例子，雖然幾百萬人都相信耶穌降臨，也或多或少地信奉基督教，他們還是渴望聽到專家的調查結果，因爲他們不確定那條是不是耶穌『死』後所蓋的裏屍布。現在你知道問題的答案了。但是人們尋找證據，更多、還要再多的證據，因爲他們心中仍存疑慮。佛陀是地球人，他透過自己的修行獲得證悟，他並沒有像你們的人那樣說『我相信』，而是說『我知道』。信仰永遠都不是完滿的，而知識卻是。

「當你回到地球講你的故事時，你被問到的第一件事就是證據。如果我們給你些什麼，像是地球上不存在的一塊金屬，那麼在那些分析金屬的專家中，一定會有那麼一個人，堅持要你證明那塊金屬不是你認識的某位聰明煉金術士所製造的——或者是一些類似的事。」

「那你會給我一些東西當證據嗎？」

「米歇，別讓我失望。我不會給你物質上的證據，原因正如我剛才所說：物質證據沒有任何意義。

「跟知識相比，信仰不值一提。佛陀『知道』。當你回到地球的時候，你也能夠說出：『我知道』。

「有一個廣爲人知的故事，講的是疑心病重的湯瑪斯想要觸碰基督的傷口，因爲即便親眼所見也不能讓他信服；但當他摸到傷口的時候，他仍存疑慮。他懷疑這是什麼戲法。米歇，在你們的星球上，你們對大自然一無所知，一旦有什麼超出理解範圍的事情發生，每個人都說是魔術。懸浮是魔術、隱身是魔術，但其實我們不過是在運用自然法則。所以，你應該說，懸浮是知識、隱身也是知識。

「所以，基督被送回地球，去散播愛和靈性之道。他必須使用大量的比喻來和沒有高度進化的人們交談。當他在聖殿裡掀翻商人的桌子時，那是他第一次也是唯一一次發怒，他在發表抵制金錢的聲明。

「他的使命是散播愛和行善的訊息——彼此相愛，並且在星光體轉世和永生等方面給予人們啓示。這全都被當時的神職人員們給曲解了，無數的分歧導致許多教派的產生，他們都聲稱自己在遵從基督的教誨。

「幾百年來，基督教徒甚至還以上帝之名進行殺戮。宗教裁判所就是個恰當的例子，墨西哥的西班牙天主教徒比最野蠻的部落還要殘暴，這一切都打著上帝和基督的旗號。

「宗教是你們星球上眞正的禍根之一——如我所說、如我所證。至於在世界各地興起和繁榮的新教派，都是基於洗腦的控制。看到身心健康的年輕人拜倒在江湖騙子的腳下，想想都覺得可怕，這些人自稱靈性導師和大師，但他們眞正擅長的事情不過兩件：空談和斂積巨財。他們看到全體民眾身心都臣服於自己、受自己的掌控，這讓他們執掌權利，備感榮耀。不久前，甚至有個首領讓他的追隨者自殺，而他們也服從了。既然地球上的人執著於『證據』，我這就有一條有力的證據：宇宙法則禁止自殺。如果這『大師』是眞的，他就應該知道這點。他要求底下的人爲他獻祭，就是他本身無知的最佳證據。

「教派和宗教是地球上的禍根。當你看到教皇爲了出遊一擲千金，而他本可以花費很少、並利用一切可利用的資金去幫助飽受饑荒的國家時，你就無法說服我，說那是基督的話去授意他們做出這樣的舉動。

「你們的《聖經》裡有一條訊息是這樣說的：駱駝穿過針的眼，比財主進神的國還容易。

「梵蒂岡當然是你們星球上最富有的教會，但是神父們卻已做出了守貧的宣誓。他們不怕被處罰（但是他們卻相信有天譴），因爲他們說有錢的是教會，不是他們。這就是在玩文字遊戲，因爲教會就是他們組成的。這好比一個億萬富翁的兒子說自己沒錢，有錢的是他父親一樣。教會沒有曲解《聖經》中關於財富的訊息。他們利用這樣子的訊息爲自己所用，讓富人把錢捐給教會，讓富人變窮一些，這不是更好嗎？

「地球上的年輕一代正處於自省的階段。他們來到了一個轉捩點——許多發生的事件把他們帶到了這裡。我知道，他們比之前任何年輕一代都更感孤獨。加入教派或宗教團體並不會讓他們擺脫孤獨感。

「首先，如果你想『提升』自己，你必須冥想，然後專注。冥想和專注是兩回事，但是經常被混淆。你不需要去特殊的地方，因爲最偉大和最美好的殿堂就在人的內心。在這裡，人可以通過專注與高級自我進行交流；讓高級自我幫助自己超渡這些凡間物質方面的困難。但有些人需要和其他的人交流，像他們一樣的人，他們也可以爲此聚在一起。那些經驗更豐富的人能夠給出建議，但是誰也不應該以『大師』自居。

「大師在兩千年前來過了，或者我應該說『大師之一』來過了，但是人們把他釘在十字架上。儘管如此，在大約地球上三百年的時間裡，人們遵循他所帶來的資訊。在那之後，事實就被扭曲了，在地球上，你們已經回到了一個比兩千年前還要糟的時期。

「我剛才說到的年輕一代，正在你們的星球上崛起，並且逐漸意識到我一直在講述的這些事情的眞實性。但是他們必須學會從自己的內心尋找答案。他們不應該等待來自別處的援助之手，否則，他們必將失望。」

12

奇旅途中遇奇人

濤說完，我能清楚看見她的氣場轉暗。外面的雨停了；太陽照亮了大朵的白雲，爲雲朵擦上一抹藍和粉。大樹的枝椏在微風中輕搖，精神抖擻；林間樹葉上的水滴像是有千道彩虹起舞一般，顏色繽紛。看見太陽回來了，鳥兒用甜美的嗓子唱個不停；昆蟲也按捺不住，和光一起加入伴奏，輕緩悠長。我從未經歷過如此神奇的時刻。我們誰都不用開口，只是讓靈魂深入其中，沉浸在這周遭的美。

一陣歡聲笑語讓我們從與世隔絕的平靜中回過神來。回頭一看，是畢阿斯特拉、拉濤利和拉提歐努斯正各自乘著塔拉朝我們飛來。

他們降落在都扣的正前方，非常自然地進了「門」，帶著大大的微笑，容光滿面。我們站起來跟他們問好，他們也跟我們用海奧華語問好。我還是能夠聽懂他們說的全部內容，只是不會講。這倒無礙，我本來就沒什麼要說的，而且，想說的時候我可以說法語，他們就算聽不懂我的語言，也能用心靈感應理解我的意思。

小酌蜂蜜飲後，我們精神滿滿地準備出發了。我戴上面罩，跟著他們走到外面，拉濤利來到我身邊，在我腰間繫了一個塔拉。然後她把一個利梯歐拉克放在我右手上。我也要像鳥一樣飛起來了！想想就很興奮。從我到這星球上的第一天起，看見人們這麼飛來飛去，我就夢想著能跟他們一樣。但是我得承認，短時間內發生的事情太多，我都不敢奢求這個願望能夠成眞。

「拉濤利，」我問，「爲什麼你要用塔拉和利梯歐拉克飛行，你們這些人基本上不是都會懸浮嗎？」

「懸浮需要相當集中精力，也很消耗能量，米歇，即便是我們也只能每小時懸浮飛行七公里。懸浮只有在特定的靈性練習中才會使用，並不是理想的出行方式。這些設備使用了跟懸浮一樣的原理，可以中和我們說的星球的『冷磁力』，這種力相當於地球上讓所有物體保持在地面的『重力』。

「人，就跟一塊岩石一樣，是由物質組成的。但是，透過製造能中和冷磁力的高頻振動，我們可以讓自己『失重』。爲了移動和轉向，我們又引入了另一種頻率的振動。如你所見，完成這個功能的裝置對我們來說非常簡單。姆大陸、亞特蘭提斯和埃及金字塔的建造者也都使用相同的原理。濤已經跟你提過了，那麼現在，就請你來親身感受一下抗引力的效果吧！」

「這個裝置的速度能達到多少？」

「這個的話，可以每小時飛行三百公里，高度不限。我們該動身了，其他人在等著我們呢。」

「你覺得我能好好使用這個嗎？」

「當然了。我會教你怎麼用，開始的時候要格外小心。如果你不完全按照我所說的做，很有可能會發生嚴重的事故。」

大家都在看我。看著我擔心的樣子，拉提歐努斯好像是被逗得最開心的一個。我用手緊握住利梯歐拉克，把安全帶綁在前臂。這樣，即使我鬆開手，利梯歐拉克也會和我在一起。

我感覺自己喉嚨發乾。我承認，我真沒什麼信心。拉濤利走了過來，把手臂環繞在我腰間，讓我放心，還說在我熟悉怎麼使用這個裝置之前，她是不會鬆手的。

她還告訴我不用顧慮腰間的塔拉，只需要牢牢握住利梯歐拉克。首先要使勁按一個大按鈕，這樣才能啓動裝置，有點像是發動汽車時轉動鑰匙。一個小指示燈亮了，說明裝置已經就緒。利梯歐拉克的形狀很像梨子，握著的時候大頭朝下，上面是一個蘑菇型的「帽」，肯定是爲了怕手指滑脫才這樣設計的。握的時候要握住梨的「頸部」。

拉濤利解釋說，這個利梯歐拉克是爲我量身打造的，因爲我的手只有他們手的一半大，標準型號並不適用。而且，「梨」和握住梨的手的大小吻合很重要。利梯歐拉克摸起來有點軟，好像是橡膠做的，裡面裝滿了水。

聽了拉濤利的講解，我緊握利梯歐拉克，一下子用力過猛，拉濤利差點沒來得及抓住我，我們就竄上了天。

我們足足跳起了三公尺高。其他人在我們周圍，停在距離地面兩公尺高的上空，拉濤利被我嚇了一跳，惹得她們跟著哈哈大笑。

「注意安全，」濤跟她說，「米歇的執行力很強。如果你把一個裝置放到他手中，他馬上就會使用它！

「如果你像剛才那樣，均勻用力，力度適中，你就會垂直起飛。如果是用手指按、力道稍微大一點點，就是左轉；用拇指按則是右轉。如果你想下降，可以減少用力，想快點下降的話就用左手按底座。」

她邊說邊讓我練習這些動作，我們爬升到了大約五十公尺的高空，這時我聽見濤跟我說話。「很棒，米歇。拉濤利，你應該讓他自己來了。他已經掌握了要領。」

我寧願她不說出這話，因爲我一點也不認同。在拉濤利的「護翼」之下我會自信很多，我沒在開玩笑！她眞的鬆開了我，但還是在我附近徘徊，與我保持同一個高度。

我試探著慢慢鬆開利梯歐拉克，停止上升。再鬆一點，我開始下降；看來沒錯。我在「頸部」周圍均勻用力，結果像箭一樣地飛上了天，飛得好遠，我的手指都僵住了，只能繼續一路向上。

「手放鬆，米歇。手要放鬆。」拉濤利喊道，瞬間就到了我身邊。

啊——我停下了，或者說基本上是停住了，停在海平面以上大約二百公尺高的地方。因爲無意之間，我一直用「僵硬」的拇指使勁地按著。其他人也都跟著我們來到二百公尺高的地方會合。我的表情一定奇怪極了，連拉提歐努斯都忍不住笑了，這是我第一次看他笑得這麼開心。

「輕一點，米歇。這個裝置反應很靈敏。我覺得我們現在可以重新上路了。我們來帶路。」

他們慢慢離開了，拉濤利還留在我身邊。我們保持著同樣的高度。透過用整個手掌按住利梯歐拉克，我可以平穩地前進。很快地我發現，只需調整按住利梯歐拉克的力度大小，我就可以隨意加速，還可以用手指的力量來調整高度和方向。

我還是會有一些出乎意料的突然轉向，尤其是當三個氣宇非凡的人從我們面前穿過時，我的注意力更是被吸引了去。她們路過的時候向我投來驚訝的目光，顯然我的出現令她們感到意外。

過了一段時間，大約半個小時左右，我開始掌握了要領，至少夠我順利飛越海洋了。一路暢通無阻，我們也慢慢加速，我甚至還能跟我的同伴保持隊形，不至於頻繁地脫隊。

眞是太刺激了——這種感覺，我從來沒想像過。因爲這個裝置在我周圍創造出某種力場，讓我沒有重量，所以根本沒有像在熱氣球裡懸在高空的感覺，也沒有被翅膀帶著飛的感覺。在力場的包圍之下，我甚至感覺不到迎面撲來的風。我記得那是一種和環境融爲一體的感覺，我對這種新式出行工具的掌控越熟練，收穫的樂趣就越多。我想試試我的操控力，所以開始微微下降，之後再慢慢上升。升得比別人高，降得又比他們低，我來來回回試了好幾次，最後我靠近濤，把我的喜悅經由心靈感應傳達給她，讓她知道我想低飛掠過腳下一望無際的海洋。她同意了，我的同伴們都跟著我降到了水面。

用接近每小時一百公里的速度從浪尖掠過，那感覺實在太棒了！彷彿我們都是無所不能的神，是重力的征服者。身旁時不時濺起了銀色水花，表明我們正從成群結隊的魚兒上方飛過。

我沉浸在興奮之中，忘記了時間的流逝，不過飛行好像大概持續了三卡斯。

無論我怎麼轉頭，看到的都只有天際線。這時，濤用心靈感應告訴我，「看那邊，米歇。」遠處的水面上，我依稀分辨出一個斑點，斑點迅速變大，原來是一座不小的島，島上山巒密布。

我們很快看到了巨大的岩石，岩石呈現黛青色，一頭紮在大海的碧浪清波中。我們向上升，好一覽整座島的全貌。巨大的黑岩將大海拒之門外，所以島上沒有沙灘。巍峨的岩群根基被海浪拍打著，在陽光的照射下色彩斑斕，跟玄武岩一身的黑色形成鮮明對比。

面向內陸山坡的半路上巨木成林，樹冠竟然是深藍和金色，而樹幹是血紅色的。這些樹覆蓋著峭壁，一直延伸到湖邊。湖水如翡翠般碧綠，湖面有些地方冒出了縷縷金霧，看起來撲朔迷離。

湖中央有一個巨大的都扣，好似懸浮在水面上，尖部朝上。我後來得知，那個都扣的直徑大約有五百六十公尺。

這個都扣不僅大得極不尋常，顏色也非同一般。至今爲止，我在海奧華上見過的所有都扣都是白色，就連九都扣城裡的都扣也全是白色的。這個都扣卻像是純金打造般，在太陽底下熠熠生輝，雖然形狀跟普通的蛋沒什麼兩樣，但顏色和大小卻讓它赫然醒目。讓我驚訝的還有另一件事——這個都扣，在水中居然沒有倒影。

我的同伴們帶著我飛向金色都扣的圓頂。我們在水面上徐徐飛行，從這個角度看過去，都扣更爲壯觀。金色都扣跟其他的都扣不同，沒有入口處的任何指示。我跟著濤和拉濤利，他們很快就消失在都扣裡。

另外兩個人在我身邊，每個人都用一隻胳膊抓住我，使我不至於掉進水裡。因爲在不知不覺間，我驚訝地發現自己已經鬆開了利梯歐拉克。眼前的景象，讓我大吃一驚。

我在都扣裡看到了這些：

大約有二百個人，他們都漂浮在空中，沒有借助任何工具。這些身體似乎是在沉睡，又像在深度冥想。離我們最近的一個，在水面上方大約六公尺高的地方飄著，因爲在這個都扣裡沒有地面，只有水面，「蛋」的底部實際上是在水裡。我之前解釋過，進了都扣裡面，你也能看到外面的景象，就好像跟外面的世界之間不隔一物。所以，在這個都扣裡，我看見了湖、山，還有遠處森林的全景，在這「景觀」之間、離我較近的地方，漂浮著大約兩百具身體。正如你所料，這場面眞的相當令人震撼。

我的同伴們在沉默中看著我，跟以往她們看我驚異的樣子不同。這次，她們沒有笑，而是非常嚴肅。

經過更仔細地觀察那些身體，我開始注意到他們基本上都比我的主人們小，有的體型極不尋常，甚至可以說是形態怪異。

「他們在幹什麼？冥想嗎？」我悄聲問濤，她就在我旁邊。

「拿著你的利梯歐拉克，米歇。它就掛在你手臂上。」

我聽她的話拿起來，然後，她回答了我的問題。「他們已經死了。這些是屍體。」

「死了？什麼時候死的？他們是一起死的嗎？是出了什麼意外嗎？」

「有些人已經在這幾千年了，最短的我想也有六十年。我看，就你現在的驚訝狀態，你應該沒辦法正常操作你的利梯歐拉克。我和拉濤利會帶著你。」她們每個人架住我的一條胳膊，我們開始在這些身體間穿梭。所有的身體，無一例外，都是一絲不掛。

我在其中看見了一個姿勢是蓮花坐的人。他頭髮很長、是紅金色的，站起來的話，應該有兩公尺高。他擁有金色的皮膚及男性迷人的外表——他確實是個男性，不是雌雄同體。

再遠一點的地方，我看見了一個躺著的女人。她的皮膚像蛇一樣粗糙，或者說像樹皮。她好像很年輕，不過她奇怪的樣子讓人很難判斷她的年齡。她皮膚是橘色的，留著綠色的短卷髮。

最讓人奇怪的是她的乳房。她的乳房非常大，但是每個乳房都有兩個乳頭，乳頭之間距離約十公分。她應有一百八十公分高。她的大腿很細，肌肉發達，小腿很短。每隻腳都有三個巨大的腳趾，但手卻和我們的完全一樣。

我們從一個走向另一個，停停走走，就像在參觀蠟像館一樣。

這些人的眼睛和嘴巴都是閉上的，他們的姿勢只有兩種，要嘛蓮花坐，要嘛背朝下躺著、雙臂放在兩旁。

「他們是從哪兒來的？」我小聲問。

「不同的星球。」

我們在一個人的身體前面停留了一段時間，這個人顯然正值「壯年」。他的頭髮是明亮的栗色，又長又卷。他的手腳跟我一樣，膚色令人感到熟悉——是地球人的膚色。他的身高約有一百八十公分，臉很平整，面容高貴，下巴上還有一撮軟軟的山羊鬚。

我轉向濤，她的目光正盯著我。「人們會說他來自地球。」我說。

「某種意義上，是的。但從另一個角度講，他不是。在聽過他的故事後，你已經很瞭解他了。」

這下子讓我好奇了，我更仔細地打量他的臉，直到濤用心靈感應對我說，「看他的手和腳，還有他的肋部。」

濤和拉濤利把我帶到離這個身體更近的地方，我可以清楚看到他腳上和手腕上的傷疤①，他的肋部還有一道非常深的傷口，大約二十公分長。

「他怎麼了？」

「他是被釘死在十字架上的，米歇。這是我們今天早上說到的，基督的身體。」幸好，主人們預料到我的反應，支撐住我的胳膊。我確信，我當時一定沒法好好操控我的利梯歐拉克。可想而知，我當刻凝視著基督的身體——他被地球無數人頂禮膜拜、是口口相傳的人物，他可是過去兩千年裡無數爭議和研究的主題。

我想要伸手觸碰他的身體，但卻被我的同伴們阻止了，他們將我拉到了一邊。

「你不是湯瑪斯。爲什麼一定要碰他呢？你心中是否存有疑慮？」濤說。「看，你驗證了我早上說的，你在尋找證據。」

我羞愧得無地自容，後悔不該做出這樣的舉動，濤也理解了我的懊悔。

「我知道，米歇，你是出於本能，我能理解。但在任何情況下你都不能觸碰這些身體，沒有人可以，除了那七位濤拉中的任一位。事實上，就是濤拉們把這些身體放在這裡保存，並且讓他們漂浮在空中，像你看到的這樣。他們憑自身力量就能夠做到。」

①宗教繪畫和雕刻作品描述耶穌在十字架上受死的時候，用的是將釘子穿過手掌釘在十字架上。但是，根據人體解剖學，手骨之間的軟組織強度並不足以將身體支撐在十字架上。釘子會直接從手指之間滑脫；相反地，穿過手腕的釘子可以塞進骨頭中間，會提供更大支撐力。（原文版編輯註）

「這些就是他們活著的時候用的身體嗎？」

「當然。」

「但他們是怎麼保存的？這裡有多少具身體？他們爲什麼在這兒？」

「你記不記得我告訴過你，當我們把你從地球上帶走的時候，我說過，有些問題你可以問，但是我們不會給出答案？當時我解釋說，你會向我們學到所有你需要知道的一切，但是有些事情仍然只能是個『謎』，因爲有些事情你不能寫下來。你剛剛問的這個問題我就不能回答，原因即是如此。但是，我可以告訴你，這個都扣裡有一百四十七具身體。」

我知道，再追問下去也是白費力氣，但我們一邊在這些身體之間徘徊，我又問了另一個讓我強烈好奇的問題：

「這裡有摩西的身體嗎？爲什麼他們都漂浮在這個連地面都沒有都扣裡？」

「這兒只有基督是來自你們星球上的身體。漂浮是爲了妥善保存這些身體，此湖湖水性質特殊，有助於保存。」

「那其他人是誰呢？」

「他們來自不同的星球，在各自的星球上都扮演過十分重要的角色。」

其中有一具身體，讓我印象很深刻。那身體大約五十公分高，跟地球上的人外形完全一樣，除了膚色是深黃、而且沒有眼睛；取代眼睛的是前額中間的一種角。我問濤他是怎麼看東西的，濤告訴我在凸起部分的末端有兩隻眼睛，是像蒼蠅一樣的複眼。我能看見闔上的眼皮，眼皮上有幾道裂縫。

「大自然還眞是無奇不有。」我喃喃自語道。

「就像我說的那樣，你在這裡看到的每一具身體都來自一個不同的星球。星球上的生存環境決定了居住者身體的具體特徵。」

「我沒看到像阿爾奇一樣的人。」

「你是不會看到的。」

我不明白爲什麼，但我「感覺」不該再繼續這個話題了。

這次的參觀令人毛骨悚然。期間，我看到了像南美紅印第安人的身體，但其實不是。我還看到了像非洲黑種人的身體，但實際上也不是。漂浮在空中像一個日本人的，卻也不是日本人。正如濤所說，基督是唯一一具來自地球的身體，如果他算是來自地球的話。

不知在這個令人沉迷的特別之地待了多久，我的嚮導們把我帶到了外面。一陣帶著微香、攜著森林芬芳的微風輕撫著我們，讓我感覺很舒服。雖然這次參觀非常有趣，但我卻好像筋疲力盡。濤當然也意識到了我的疲憊，振奮地說，「準備好了嗎，米歇？我們要回家啦。」

這幾句，她是故意用法語說給我聽的，而且還用了極其「地球」的語調，讓我提起了精神，效果不亞於這讓人神清氣爽的晚風。我握住利梯歐拉克，跟其他人一起升到空中。

我們飛過巨木叢林，爬上了嶙峋的山坡。在山頂上，我們又可以欣賞那無垠的大海。放眼望去，漫無天際。在這樣一個令人起雞皮疙瘩下午的對照下，我更加領略到此星球的美。我記得當時、就一瞬間，我再度懷疑這全是夢境或幻覺，或者，我的腦袋根本就是不管用了？

濤還是像往常一樣警覺，對我發出了擲地有聲的命令，像皮鞭一樣在我腦海裡抽了一下，心靈感應反復迴響著，驅散了我的疑慮，她說：「如果你不握住利梯歐拉克，米歇，你就要去洗海水澡了。我們要是再不快些，夜幕就要搶先在我們前面。那樣的話你就不太方便了，你覺得呢？」

的確，我在失神之中不知不覺下降，幾乎要和波浪相接。我緊緊握住利梯歐拉克，如脫弓之矢，加入濤和其他同伴的高空行列。

夕陽沉沉墜下，天空通徹明朗。大海被漫上了橘黃色，可謂一景。我從沒想過水也能呈現這種顏色。我問了爲什麼，心靈感應那邊傳來，「有時候，每天這個時候，大片橘黃色的浮游生物會湧上海面。」這兒的海水裡應該有不少這樣的浮游生物。這是什麼樣的奇觀啊！碧藍的天空，橘色的大海，所見皆被金色的光罩著，這個星球上的金色光芒，不知從何而來，又似乎無處不在。

突然，我的同伴們開始上升，我也跟著他們上升。我們大約在海面上空一公里，朝著我們來的方向加速（我猜是北方），時速約三百公里。

我朝著落日的方向望去，分辨出水面上有一個寬大的黑色帶子。我問都不用問，很快就送來答案了。

「那是努洛阿卡，是一個州。跟整個亞洲一樣大。」

「我們會去那嗎？」我問。

濤沒有回答，這倒是讓我意外。像這樣無視我的問題，她還是頭一次。我想，可能是我的心靈感應力不足，所以又用法語問了一遍，還特意提高了音調。

「看那邊。」她說。

我轉頭一看，各種顏色的鳥，像是一團多彩祥雲似的，就要朝我們這邊飛來。我擔心撞上牠們，於是下降了幾百公尺。牠們飛速與我擦身而過——到底快的是誰？牠們還是我們？我想可能是因爲我們的相對速度差才會讓牠們消失得如此迅速，但就在這時候，讓我震驚的事情發生了。

我向上看，濤和其他人都沒有改變高度。她們是如何沒跟這隊翅膀飛行軍相撞呢？我看了一眼濤，意識到她知道我在想什麼——我忽然想到，這些鳥出現的時機剛剛好，就在我提出問題的時候。

我已經熟悉了濤的行事方式，知道她「無視我」自有她的原因，我也就將此事暫擱一邊。我決定利用這個不用翅膀就能飛行的機會，讓我自己在萬千繽紛中沉醉而不自拔。太陽朝著天邊沉下，顏色也在慢慢變化。

天空像被潑灑了顏色的油畫，壯麗的景象實在無法用我的筆墨來描述。我以爲我已經見過這星球上的所有「色彩交響曲」，但我錯了。在我們的高度，天空的顏色和大海時而形成對比、時而彼此互補，景色令人歎爲觀止。大自然是如何協調這麼多顏色的呢？變幻不斷，美卻恆久……。我再一次感到之前那讓我暈眩的「醉感」。這時我收到濤清晰簡短的指令，「快閉上眼睛，米歇。」

我照她說的閉上眼睛，這種醉感立刻消失。但是，閉著眼睛駕駛利梯歐拉克，還要保持隊形，可不是件易事，何況我還是個新手。結果，免不了左搖右擺、上衝下撞。

這時我又收到另一個指令，這次沒那麼緊急：「看著拉提歐努斯的後背，米歇。眼睛別離開他，看著他的翅膀。」

我睜開眼睛，拉提歐努斯就在我前面。奇怪的是，看著他張開黑色的翅膀，我竟然一點都沒有感到意外。我專注地盯著他的翅膀。過了一會，濤到了我旁邊，用法語對我說：「我們快到了，米歇，跟著我們。」

當拉提歐努斯的翅膀消失時，我同樣覺得很自然。我跟著他們向海面下降，看到一顆像是放在彩色桌布上的寶石，就是我的都扣所在的島了。太陽潛入波濤，我們伴著絢爛的光芒快速靠近小島。我必須趕緊進到我的都扣裡。顏色的美帶來的「醉」，又要把我撂倒了，我只能半閉上眼睛。我們此刻在海面上飛行，很快就穿過海灘、鑽進環繞我的都扣的叢林。我的著陸並不成功，我發現自己已經在都扣裡，跨在某張椅子的後背上。

拉濤利馬上就出現在我身邊。她按下我的利梯歐拉克的按鈕，問我是不是還好。

「我還好，都是這些顏色！」我磕磕巴巴地說。

沒人嘲笑我的小事故，每個人看上去都有點傷感。他們很少會這樣，我一時間不知所措。我們都坐了下來，喝了些蜂蜜飲，還吃了些紅色和綠色的食物。

我並不覺得餓。我摘下面罩，輕鬆許多。夜色迅速蔓延，海奧華的夜就是這樣，我們就坐在黑暗中。我記得當時仍在好奇，我幾乎分不清她們誰是誰，但她們卻像在白天一樣，把我看得一清二楚。

大家都不發一語，我們就這麼坐著，保持著沉默。抬起頭，我看到星星一顆接一顆出現，像「定格」在空中的煙火秀。因爲海奧華的大氣分層與地球不同，星星看上去是帶有顏色的，也比地球上看到的要大得多。

我還是忍不住打破了沉默，很自然地問，「地球在哪？」

她們好像在等我問這個問題似的，全都站起來了。拉濤利像帶著孩子一樣抱著我，我們走到了外面。其他人帶路，我們沿著一條寬闊的路走向海灘。在岸邊潮濕的沙灘上，拉濤利把我放下。

時間一點一點過去，長夜被一顆又一顆星星照亮，就像有隻巨手在點亮一盞大吊燈。

濤走到我旁邊，然後幾乎是用一種傷感的語氣（我差點認不出是她的聲音）低聲說道：

「你看見那邊的四顆星星了嗎，米歇？就在天際線上空。這幾顆星星幾乎組成了一個正方形。右上角那顆綠色的，比其他的都要亮一些。」

「是的，我找到了。對，是正方形的……，嗯，找到了，綠色的那顆。」

「現在朝正方形的右邊看，稍高一點的地方。你會看到兩顆紅色的星星，離得很近的兩顆。」

「看到了。」

「看著右面的那顆，然後再往高一點點。看到一顆非常小的白色星星了嗎？幾乎看不見的那個。」

「應該是看到了……嗯。」

「左邊高一點，有顆小小的黃色星星。」

「嗯，找到了。」

「那顆小小的白色星星就是照亮地球的太陽。」

「那麼地球在哪裡？」

「在這裡是看不見的，米歇，我們離得太遠了。」

我呆呆地望著那顆小得不能再小的星星。在大顆彩色寶石點綴的夜空，那一顆星星是如此微不足道。但就是這顆微不足道的星星，可能此刻正溫暖著我的家和家人，還使植物發芽生長……。

「我的家」——這個詞忽然顯得如此陌生。「澳洲」，此刻我很難想像那是我們星球上最大的島，特別是在連地球都難用肉眼看到的情況下。但是我被告知我們屬於同一個星系，而宇宙中有成千上萬個星系。

我們算什麼呢，區區人類之身？比一個原子大不了多少。

13

重返「家園」

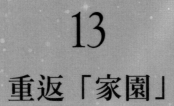

熾熱的陽光下，屋頂上的片片鍍鋅鐵瓦被烤得咯吱作響，就連露台上也熱得讓人透不過氣。花園裡的光和影歡樂地搖曳著，鳥兒在淡藍天空邊唱邊鬧。而我，卻在感傷。

我剛爲這本書的第十二章畫上句點。我答應了寫書的請求，但一路寫來困難重重。我記不清所有細節，所以時常花好幾個小時努力回憶濤所說過的話，還有她想讓我寫的一些事。就在我束手無策的時候，想不起來的那些卻又一下子全都回來了——每個細節都清清楚楚，就好像有個聲音在我耳畔講述，我只是在聽寫，不停的寫，寫到手快要抽筋。場景一下子裝滿我的腦袋，有時候持續三個小時，有時候更長或更短。

寫這本書的時候，語言在我腦海中推推擠擠，我恨不得自己有一雙速記的手。現在，這種奇怪的感覺又回來了。

「在嗎，濤？」我還是會問，但始終沒有回應。「是你們之中的一個嗎？濤？畢阿斯特拉？拉濤利？拉提歐努斯？拜託了，給我一點信號、一點聲音也好。回答我啊！」

「你叫我？」

聽見我出聲講話，妻子趕忙跑過來。她站在我面前，仔細打量我。

「沒有。」

「你每隔一段時間就會這樣，自言自語的。這本書寫完就好了，你就可以『回到地球』、回到現實了吧！」

她轉身離去。可憐的莉娜。這幾個月，她也不好過。對她來說，一切意味著什麼呢？那天早上，她跟往常一樣起床，結果發現我在沙發上躺著，面色慘白、呼吸困難，迫切需要睡眠。我問她有沒有看到我的留言紙條。

「看到了。」她說。「你去哪了？」

「我知道你可能很難相信。我被外星人接走了，被帶到了他們的星球。我會把一切都告訴你，但現在讓我睡吧，能睡多久就睡多久。我要去睡了。我躺在這是不想吵醒你。」

「那，你的疲憊應該不是因爲什麼別的事吧？」她的語氣溫柔中透露著無奈，我能感受到她的擔心。不過，她還是讓我去睡了，過了整整三十六個小時，我才睜開眼睛。醒來後，莉娜正彎下身子，關切地看著我，就像護士看著重重病病人那樣，滿心焦慮。

「你沒事吧？」她問。「我差點就要叫醫生了。我從來沒見過你睡這麼長時間，一點醒的意思都沒有。你還做夢，而且喊著什麼。誰是『阿爾奇』？還是『阿奇』？還有『濤』？你可以告訴我嗎？」

我笑了，吻了她。「我會一五一十地告訴你。」我忽然意識到，天底下無數對夫妻之間應該都說過同樣的話，但他們並無意將事情從頭到尾交代清楚。我想我本該說一些不太庸俗和平庸的話。

「好啊，我在聽呢。」

「很好，你必須仔細聽，我說的事情非常嚴肅——非常非常嚴肅。我不想講兩次，把兒子叫來，我一起講給你們兩個聽。」

三個小時過後，我大致上說完了我的神奇之旅。對於這種事情，莉娜是家裡最不相信的那個，但她從我的一些表情和語調中察覺到在我身上一定發生了什麼很重大的事。一起生活了二十七年的兩個人，有些事是不會看錯的。

他們的問題像連珠炮一樣朝我扔過來，尤其是我兒子，因為他相信在別的星球上有高等智慧生命的存在。

「你有證據嗎？」莉娜問。我想到了濤的話，「他們尋找證據，米歇，向來要的是更多證據。」妻子問出這樣的問題，讓我略感失望。

「沒有，沒有任何證據，但是當你讀完我必須寫的這本書之後，你就會知道我說的都是眞的。你不用『相信』，你自然會『知道』。」

「要是我跟我的朋友們說我丈夫剛從海奧華星球回來，你能想像會是什麼情形嗎？」

我要她別跟任何人談起此事，因為我接到的指令是先寫書，而不是開口講述。我也覺得這樣更好，因為口中的話會隨風而逝，而書面的字卻會永載史冊，任何情況下都是這樣。

光陰荏苒，這本書終於完成了。現在只剩出版了。關於出版的事，濤讓我放心，說不會有什麼問題——這是在返回地球的太空船上時，她對我所問的回答。

「太空船」這個字眼，激起我心中多少層浪……。

最後一晚，在沙灘上，濤為我指出天空中那顆微小的星星，說那就是太陽，是讓我此刻汗流浹背的太陽。我們之後就乘著飛行台來到了太空基地，一路上沉默、什麼都沒說，很快就到了。有艘太空船已經做好起飛的準備，正在等我們登艙。在我們去基地的短暫途中，我在黑暗中看到同伴們的氣場不再像之前的明亮閃耀。氣場的顏色減退，更加貼近他們的身體。我感到意外，但也沒說什麼。

登上太空船後，我還以為又要去另一個地方，可能是到附近的星球執行特殊任務。濤什麼都沒告訴我。

我們按部就班地起飛，一切順利。我看著這個金色的星球迅速變小，以為我再過幾個小時還會回來，或者第二天回來。幾個小時過去，濤終於開始對我說話了。

「米歇，我知道你已經注意到我們的傷感。這的確是真的，因為有些離別的傷感多於其他。我和我的同伴們非常喜歡你，我們感傷是因為旅程結束後我們必須分離。我們正在帶你返回你的星球。」

我又感到胃部一陣刺痛。

「希望你別怪罪我們離開得這麼突然。我們這麼做是不想讓你感到遺憾，一個人離開喜歡的地方時總會抱著遺憾。我知道你非常喜歡我們的星球，也喜歡我們的陪伴。很難不去想『這是我的最後一晚』或者『這是我最後一次看見這個或那個』。」

我低著頭，完全無話可說。我們就這樣沉默地坐著，坐了好一會。我感覺自己變重了，好像四肢和器官都在下墜。我慢慢把頭轉向濤，偷偷地看著她。她似乎更加感傷了，而且好像少了點什麼。突然我意識到，是她的氣場，她的氣場不見了。

「濤，我怎麼了？我看不見你的氣場了。」

「這很正常，米歇。濤拉們賜予你兩種能力：看見氣場和理解語言的能力，這都是有助你學習的工具，但這兩種能力是有期限的。

「剛剛期限就到了，但不要爲此而難過；畢竟，你在一開始跟我們在一起之前，本來就不具備這兩種能力，你帶回去的是知識，這些知識能讓地球上千百萬人受益，這不是比理解語言或看見你不能解讀的氣場更重要嗎？畢竟，重要的是解讀氣場，而不是單純的看見。」

我接受了她的說法，但仍不免感到失望，因爲我早就習慣了在這群人之間綻放的光彩。

「不必遺憾，米歇，」濤讀著我的想法說道。「在你的星球，大多數人都沒有燦爛的氣場，而且差得很遠。成百上千萬地球人心心念念的都是和物質相關的事，他們的氣場也非常暗淡，你會失望的。」

我仔細看著她，我清楚地意識到很快我就再也看不到她了。她的個頭雖然不小，但身材比例卻很勻稱；她親切可愛的臉頰沒有一點皺紋；她的嘴巴、鼻子、眉毛，全都完美無暇。突然間，我潛意識裡醞釀已久的一個問題幾乎是不由自主地跳了出來。

「濤，你們雌雄同體是不是有原因的？」

「是的，這很重要，米歇。你到現在才提出這個問題倒是出乎我的意料。

「因爲我們生存在更高級的星球，我們擁有的一切物質都更高級，你也親眼看到了。我們的各種身體形式、包括肉體，也必然是高級的。在身體層面，我們進化到所能進化的最高等級。我們可以再生身體，使其永生或復活；甚至，有時候可以創造身體。但是我們的肉體裡還存在著其他身體形式，比如星光體——事實上，一共有九個。現在最讓我們感興趣的是液流體和生理體。液流體影響生理體，生理體又作用於肉體。

「在液流體中，你擁有六個重要點位，我們稱爲卡若拉，你們星球上的瑜伽大師稱之爲脈輪。第一脈輪位於兩眼之間、鼻子上方一點五公分，你可以將它想像成液流體的『大腦』；它對應的是松果體、在你大腦中間偏後方的位置，第一脈輪與松果體處於同一水平線上。其中一名濤拉就是將手指放在了這個脈輪上，才釋放了你理解語言的能力。

「接著，在液流體的底部、就在生殖器官的正上方，是一個非常重要的脈輪，我們稱之爲穆拉哈拉（Mouladhara）①，你們的瑜伽大師稱之爲Sacred。在這個脈輪上方和脊柱相接的地

①或為「Sacral」，也拼做 Muladhara。（繁中版編註：亦即海底輪）

方，就是帕蘭提斯（Palantius）②。

「帕蘭提斯的形式是像螺旋一樣的彈簧，只有在放鬆狀態下才能觸及脊柱底部。

「要想讓它放鬆，需要兩人發生性行爲，而且這兩人必須是彼此相愛且在精神上互有共鳴的。只有在這個時候、這些條件之下，帕蘭提斯才能夠延伸至脊柱，將一種能量和特殊的能力傳給生理體，再對身體發生作用。發生這種性行爲的人感受到的性愛喜悅要比普通人多得多。

「在你的星球上，當你聽到深陷愛河的人說：『我們好像漫步雲端』、『我們感覺輕飄飄的』或者『感覺飄飄然』等類似的話，你就可以確信，這兩人在身體和精神上達到了和諧，是眞的『天作之合』，至少當時是。

「地球上一些密宗教徒已經做到了這一點，但這對他們來說並不常見，原因是他們的宗教仍舊充滿著荒謬的儀式和戒律，對於要達成這一目標製造了極大障礙。他們只見森林，卻不見樹木。

「讓我們說回到相愛的情侶：因爲眞正的愛和絕對的契合，男人感受到的極大快樂轉化爲帕蘭提斯的有益振動。所有這些幸福的感覺都透過性行爲的完成而被釋放。這種幸福感雖然男女有別，但兩者過程相同。

「現在回到你的問題。在我們的星球上，經由雌雄同體的形式，所以只要我們想，就可以同時感受到男性和女性的幸福感。當然，這比單性別帶來的性愉悅要強烈許多。而且，這樣可以讓我們的液流體保持最佳狀態。我們的外表，毫無疑問是更女性化的，至少我們的面龐和乳房體現了這一點。米歇，難道你不認爲，一般來講，女性的臉比男性更美嗎？比起平淡無奇的臉，我們是更喜歡漂亮的。」

「你怎麼看待同性戀？」

「同性戀，不論男女，都是一種精神官能症（如果不是賀爾蒙問題的話）。精神官能症患者不應該受到譴責，但像所有精神官能症患者一樣，他們都應該尋求治療。米歇，不論何事，想想大自然的法則，你自會有答案。

「大自然賦予一切生物繁殖的潛力，這樣不同的物種才得以延續。造物者憑其意願，在所有物種中創造了雌雄兩性。在人類身上，基於我剛才講過的原因，他還增加了其他物種沒有的特性。比如，女性在性高潮的時候會精神煥發，獲得的許多性刺激將釋放帕蘭提斯，通過液流體也使肉體也獲得極大改善。

「這種情況可以在一個月的很多天裡發生，而且女性也不會因此懷孕。而母牛每個月只有特定幾個小時裡才會接受公牛，但那不過是受繁殖本能的驅使罷了。懷孕期間，她就不會再接受公牛的『挑逗』了。你可以就此對大自然創造出的兩種生物進行比較。人類是一種相當特殊

②拼寫不明。（原文版編輯註）

的生物，擁有九重命體，而母牛只有三重命體。顯然，造物者是在思慮周全後，才在我們身體裡加入了不只肉體這一種形式。有時候，在你的星球，這些特別的存在被稱爲『神聖火花』，這個比喻很恰當。」

「那麼你怎麼看待墮胎？」

「這是自然行爲嗎？」

「當然不是。」

「那你又何必問呢？你已經知道答案了。」

我記得濤好像是陷入了沉思，一直看著我，沒有說話。過了好長一段時間，她才接著說：

「近一百四十年來，你星球上的人持續地加快自然的毀滅和環境污染，從發明蒸汽能和內燃機的時代就開始了。你們只剩下短短幾年時間來控制污染，否則情況將陷入不可逆轉的境地。地球上的主要污染物之一就是燃油引擎，可以這麼說，燃油引擎完全能用不會製造污染的氫能源引擎替代。在有些星球，這被稱作『清潔引擎』。你們的星球上已經有許多工程師製造出這種引擎的樣機，但必須將其大規模工業化生產才能替代燃油引擎。這種方法不僅能將目前內燃機廢料所產生的污染降低百分之七十，還能爲消費者帶來經濟效益。

「大型石油公司一想到這種引擎要普及就膽顫心驚，因爲這將意味著他們石油銷售額的降低，以及隨之而來的經濟虧損。

「政府因爲對石油苛以重稅，也會因此減少收入。米歇，你看，一切又回到了錢上。正因爲如此，在你們想要做出根本性的改變來讓全地球人受益的時候，老是會受到整體經濟和金融環境的阻礙。

「地球上的人自己甘願被政治和經濟聯盟擺布、欺凌、剝削，被他們領進屠宰場，這些聯盟有時候甚至和知名的教派和宗教勾結。

「當這些聯盟未能用狡猾的廣告成功洗腦民眾的時候，他們會試圖通過政治管道、然後是宗教管道，或者把幾種手段巧妙結合在一起，以達到他們的目的。

「想要爲人類做點什麼的偉大人物都直接被害死了。馬丁．路德．金就是個例子，還有甘地。

「但是，地球上的人民不能再被愚弄下去了，不能再像羊群一樣，被領導者們領到屠宰場了，何況這些領導者還是人民依民主的方式選出來的。人民佔絕大多數。在一個有著一億居民的國家裡，一群數量約在一千人的金融家就可以主宰其他所有人的命運，這實在荒謬，就像屠宰場的屠夫一樣。

「這群人完全、徹底地扼殺了氫能源引擎的的商品化，以致此事再無人提起。他們對地球未來會發生什麼毫不在意。他們抱著一己私心、只尋求個人利益，以爲『無論將來發生什麼』，自己都將在那之前死去。如果地球因爲可怕的災難從此消失，他們也會想當然地認爲那是他們死後的事情。

「但是他們在此犯了很嚴重的錯誤。因爲即將發生的災難就源自你們星球上日益惡化的污染，後果很快就會浮出水面——比你想像的要快得多。地球上的人們要趕緊收手，不要像被嚴厲禁止玩火的小孩子一樣：孩子沒有嘗過苦果，就算禁止他玩火，他還是不會聽，最後是灼傷了自己。被灼傷後，他才會『知道』大人說的是對的。他再也不敢玩火，但因爲沒聽大人的話，接下來的幾天都要飽受痛苦的折磨。

「不幸的是，在我們關注的情況裡，後果可比小孩子灼傷還嚴重得多。你們面臨的是整個星球毀滅的風險。如果你不信任那些想要幫助你們的人，你們就沒有第二次機會了。

「讓我們感興趣的是，最近地球上發起的生態運動正獲得聲勢和力量，地球上的年輕人正『帶動』著其他明智的人一起抵制污染。

「解決方案只有一個，就像阿爾奇跟你說的那樣：團結共心。一個隊伍唯有壯大才能強大。那些你們稱作環境保護主義者的人們正在變得越來越強大，並且會持續強大下去。但重要的是，人們要放下仇恨與不滿，尤其是政治和種族的差異。這個隊伍需要國際性的聯合，不要告訴我那樣太難，因爲地球上已經存在著一個非暴力的大型國際組織：國際紅十字會，且已經有效運轉很久了。

「很重要的一點是，這個環境保護主義者的隊伍不僅要保護環境，使其不受到直接損害，還要防止間接損害的發生，比如車輛廢氣、工廠排煙等煙霧所引起的後果等等。

「城鎮和工廠裡經化學處理的有害廢水也排入了河流系統和海洋。而從美國飄來的煙所導致的酸雨，已經讓加拿大四十多處湖泊如死水一潭。此外，由於源自法國工廠和德國魯爾地區的污染，同樣的事情也正在北歐發生。

「還有一種污染同樣不容小覷，也是人們經常容易忽視的一種。就像大聖賢濤拉告訴你的，噪音是危害最大的污染之一，因爲噪音會擾亂你的電子、讓你的物理分區失衡。我還沒爲你講過這些電子，看得出來，你不太能跟上我的思路。

「正常的人類星光體由大約四十萬億億③電子組成。這些電子的壽命大約有一百萬億億④年。他們誕生於創世之初，存在你的星光體中。當你死去，百分之十九的電子重新匯入宇宙，直到大自然需要時，形成一個新的身體、樹木或動物，而剩下的百分之八十一則重新回到你的高級自我。」

「我還是沒有很懂。」我打斷了濤的話。

「我知道，但我想要幫你理解。星光體不是你想的那種純精神。在地球上，人們普遍認爲

③ 4.0×10^{21}= 4 000 000 000 000 000 000 000 個電子（原文版編輯註）
④ 10^{22}=10 000 000 000 000 000 000 000 年（原文版編輯註）

精神是虛無的。那是錯誤的。星光體是由幾萬億個電子組成，與你的身體形狀完全匹配。每個電子都有『記憶』，其中每個電子所保存的信息相當於一般市鎮圖書館書架上所有書的內容。

「我看到你瞪大眼睛看著我，但事實眞是如我所說。這些資訊是有加密的，就像間諜用的能穿過袖扣的微縮膠片，裡面包含了所有工業設施的計畫。只不過這些電子遠比袖扣要小得多。地球上的一些物理學家現在已經認知到這個事實，但大眾普遍來說還不知情。你的星光體可以通過這些電子、經由大腦通道與高我之間發送和接收訊息。在你毫無察覺的時候，資訊就完成了傳輸，這還要多謝能和電子有默契配合的大腦裡的微弱電流。

「因爲星光體是由高級自我派到你的肉體裡的，你的高級自我從星光體處收集訊息也完全符合自然規律。

「跟所有電子組成的東西一樣，星光體、也就是高級自我的工具，相當精緻。在你清醒時，星光體能夠將十分緊要的訊息發送給高級自我，但是高級自我需要的遠不止於此。

「所以，在睡夢中，你的星光體會離開你的肉體，回到高級自我的懷抱，可能是傳遞高級自我需要的訊息，也可能是從高級自我那裡接收訊息或指令。你們法國有個古老的諺語：『人睡一覺，自有妙招。』這種說法也是源自日常的經驗。日積月累，人們發現，他們經常在早上醒來時找到解決問題的辦法。

「有時情況是這樣，有時不是。如果『方法』對高級自我有利，那麼你可以相信，高級自我自然會把方法呈現給你。如果並非如此，你也只是空等一場。

「現在，有些人透過非常先進的特殊練習，能夠讓他們的星光體脫離身體，他們將會看到一條明亮的、銀藍色的線連接在他們的肉體和星光體之間，就像你自己看到過的那樣。他們的星光體在脫離肉體期間也同樣可見。構成星光體和創造這條可見的線的，是同樣的電子。

「看得出來，你明白我的意思，也抓住了重點。最後，我還是回到噪音的危害。噪音會直接攻擊星光體裡的電子，用無線電術語來說就是造成了雜散訊號。如果你看電視的時候發現一些白點，那就說明有小的『雜訊』。同樣地，如果有人在你家隔壁操作電子工具，你的螢幕會出現很大的雜訊，影像也會完全變形。

「星光體的情況也是，但可惜，你不會像看電視那樣明顯意識到這一點；而且，更嚴重的是噪音會損害你的電子。可是，人們卻會說：『喔，我們已經習慣了。』也就是說，你的大腦會『緋緊』，你的心理會啓動自我防禦機制，但星光體卻不會；雜訊會侵入你的電子——這無疑會對你的高級自我造成災難性的後果。

「你耳朵聽到的聲音顯然非常重要。有的音樂能讓你身心愉悅，而有的雖然動聽，卻對你沒有任何影響，或者還可能讓你躁動不安。你可以做個試驗：播放一段你喜歡的輕柔的小提琴、鋼琴或者風笛樂曲，把聲音放到最大。你的耳膜會感覺難受，但這種難受比不上你心中的不適。你們地球上很多人都認爲噪音污染是可以忽視的隱憂，但實際上，機車排氣管的噪音比它排放的有害氣體要更危險三、四倍。車子的廢氣會影響你的喉嚨和肺，而噪音卻會影響你的星光體。

「但是，沒有人能夠拍到星光體的照片，所以人們根本不在乎星光體怎麼了！

「地球人都喜歡證據，那麼就讓他們想想：地球上有一些誠實的人說自己見到了鬼。我說的可不是那些江湖騙子。

「實際上，他們看到的是沒有組成星光體的百分之十九的電子。這些電子會在人死後三天與肉體分離。確實，由於某些靜電作用，這些電子可以顯現出和肉體相同的樣子。它們有時候在被大自然重新利用之前，是『閒置』的，但仍然保留著記憶，會回到熟悉的地方，在那些它們愛過或者恨過的地方『出沒』。」

「恨過的？」

「是的，但要想討論這個話題，你需要寫的就不是一本書了，而是兩本。」

「你能看到我的未來嗎？你一定可以。你連更難的事情都能做到。」

「你說得對。我們已經『預覽』你的一生，直到你現在的肉體死亡的時刻。」

「我什麼時候會死？」

「你明知道我不會告訴你，為什麼還要問呢？知道未來是件很不好的事，那些算命的犯了雙重錯誤。首先，算命先生可能是個騙子；其次，預知未來本身就是違反自然規律的。否則，所知的一切就不會在『遺忘之河』中抹除了。」

「很多人相信占星術，按黃道十二宮的指示行事。你覺得呢？」

這個問題，濤沒有回答，但她笑了……。

回程一路和來的時候差不多。我們沒有在中途停下，但我再次欣賞到了那些恆星、彗星、行星以及各種繽紛的色彩。

當我問濤是否仍舊經由平行宇宙回去時，她的回答是肯定的。我好奇爲什麼，她解釋說，這是最好的方式，因爲這樣她們就不用應對目擊者的反應了。

離開地球九天之後，我被重新放回到我的花園裡，而且這次，依舊是午夜。

後記①

前面的手稿完成於三年前，而這篇後記到現在一九九三年才附上。在這三年裡，我想盡辦法讓這本書出版，都沒能成功，直到 Arafura 出版社出現，並且敢於出版如此不同尋常而且是獨一無二的故事。

這段時間對我來說很難熬。出乎我的意料，濤沒有給我任何信號。我跟她們沒有任何聯絡，無論是心靈感應還是現實接觸什麼的都沒有。只有一天在凱恩斯出現了個奇怪的幻影，這必定是爲了證明她們還是在看著我的，但我沒收到任何訊息。我現在明白了，「出版商遲遲沒有出現」本就在她們計畫之內。所以，通過一連串理所當然的事件，濤只花了兩個月，就讓我的書吸引到了最適合的出版商的注意。

她們（濤和她的人）本意就打算如此，因爲三年前，這個世界還沒有做好接收訊息的準備；而今，一切準備就緒了。這可能乍看奇怪，但我並不意外。我太瞭解她們了，她們能夠精確把握事情的時機，如果她們覺得再等幾秒才能製造出最佳效果，那麼就會一秒不差的等下去。

這三年間，我給幾位朋友和熟人看了我的手稿。正是在此期間，我充分地瞭解到她們想讓我寫這本書的意圖，還有她們爲什麼把我親身帶到她們的星球。我堅持要用「親身」這個詞，是因爲讀者最常見的反應是：「你一定是做夢了，你一定是做了一連串的夢。」

無論反應如何，每個讀了手稿的人都被書裡的內容深深吸引。讀者大致可分爲三類：

- 第一類，也是大多數人，說他們仍然不相信我去了另一個星球，但是他們承認被這本書所打動。無論如何，他們說發生什麼並不重要，重要的是書中潛藏的深刻訊息。
- 第二類是先前持懷疑態度的人，他們將這本書連讀三遍之後，確信我的故事是眞的，這些讀者是對的。
- 第三類人本就進化程度較高，一開始就知道——這是個眞實的故事。

我在這裡要給讀者一句忠告。這本書必須反覆讀至少三遍。在大約十五個讀者中，每個人都有話說，也非常仔細地問過我。我的朋友之一是法國某所大學的心理學教授；顯然，她已經讀了三遍，而且還把這本書放在床頭的小桌上隨時取閱。我太理解她了！

但有一位朋友的反應（幸好就這一位）讓我感到不安。像是他會問我：「太空船是不是用

---

①在這本書裡，作者不被允許發表自己的意見。因此他寫下這篇後記來專門表達自己的想法。（原文版編輯與作者聯絡後的解釋）

螺栓或鉚釘組裝的？」、「海奧華上有沒有電線杆？」等等。我便強烈推薦他再讀一遍手稿。他的另一句「名言」是說這本書應該加入更多太空船或其他星球之間用導彈和致命武器的戰爭內容。「這才是讀者愛看的。」他說。我不得不提醒他，這不是科幻小說。我認爲我的朋友不能完全理解這本書，所以他還不如讀點別的，他還沒有準備好。但不幸的是，這樣的人不只他一個。如果你，我親愛的讀者，期待著太空戰爭、血腥、性和暴力、星球爆炸和打跑怪物這些大飽眼福的題材，那很抱歉，你浪費了時間和金錢；你本應該去買本科幻小說的。我在前言裡就提醒過你了。我勸你，既然你已經知道這不是科幻小說，那麼就應該用不同的思維方式來重讀，也就是用客觀積極的態度，如此你將不會浪費時間。反正錢已經花了，你將收到人生最大的賞賜：精神而不是物質獎勵。這難道不是最重要的嗎？

我收到了那些已經讀過我手稿的人對於宗教的各種回饋，尤其是基督教。我覺得有必要在此做出回應。如果你信教，尤其是基督教，在讀到「《聖經》修正」這一部分的時候，特別是在十字架上受死之基督的眞實身份，如果你感到震驚，我很抱歉；但我必須強調，我寫這本書絕不是爲了批評任何宗教，這些也不是我的個人言論，而是大聖賢濤拉的話語，細節都是由濤「口授」給我的。

他們建議我一字不差地記錄下解釋給我的事情，我不可做任何更改。我照他們說的做了。

我和濤還有許多並未寫入書中的其他對話。相信我，這些人在方方面面都進化得比我們更高等。我還瞭解到比這本書的內容更不可思議的事情，但她們不許我討論那些，因爲我們還遠遠不能理解。不過，我想借這篇後記的機會發表我的個人觀點。

我必須給讀者幾條警示。

我已經聽聞一些對這本書的評價，這些評價可一點都不吸引我，諸如「他覺得他是新基督」、「他是個大師，我們要聽他的教條」或者「你應該設立一個靜修所，想必能經營得不錯」，或者還有「你應該建立一個新宗教」等等。

我得爲他們辯解幾句，許多人只是聽說了我的冒險之旅，他們都沒有眞正讀一讀這本書。我只想強調，這本書必須反覆讀好幾遍才行。爲什麼人們如此渴望去聽說像上帝和創世這般重要的事，而不是遠離塵囂，只在安靜一隅仔細閱讀呢？記住，「口中話隨風而逝，紙上字方得永存。」

他們爲什麼想要透過這本書的內容而建立一個新教派或宗教呢？地球上的宗教成百上千，也都沒有做得多好，不是嗎？

穆斯林在十字軍東征時期以上帝和宗教的名義與羅馬天主教掐個你死我活。西班牙天主教因爲阿茲特克人（他們的文明在當時非常先進）不崇拜天主教就對他們姦淫擄掠。事實上，阿茲特克人有自己的宗教，不過也好不到哪裡去，因爲他們用上千人爲神獻祭。不知道你是否記得，巴卡拉替尼人一百萬年前在北非搞分裂的時候也是一樣。

這些宗教都是祭司縝密研究過的，他們想讓人民處於他們的統治之下，這樣他們就可以持續掌握權力和財富。

無論哪個宗教，說到底都像政治——永遠充滿領導者的自負和欲望。基督騎著驢、死在十字架上，一個宗教就誕生了，結果驢變成了一輛勞斯萊斯……，梵蒂岡是地球上最具權勢富貴的地方之一。

在政治上，沒有誠意的政治家有很多，他們在驕傲中膨脹。他們想要被仰慕，還要擁有財富和權力，只有這樣才能滿足。

那成千上萬被他們騙了的人呢，這些人滿足嗎……？

濤告訴我，這本書不僅是爲了啓示地球上的居民，更是爲了擦亮他們的雙眼——讓他們覺醒，看看周圍發生了什麼。濤和她的人們看到我們讓自己被一群腐敗的政治家牽著鼻子走，這些政治家用嫻熟的手腕讓我們相信我們是自由和民主的，而在宇宙法則的角度，我們跟羊群沒什麼區別，這讓她們非常擔心。我們可能偶爾會偏離政治家的軌道，僥倖認爲自己是自由的，但那不過是幻想，最後進了屠宰場自己都不知道。

政治家用民主作掩護，其實大部分政治家只崇拜三個神：權力、榮譽和金錢。但是，他們害怕群眾的力量，就像阿爾奇（見第十章）所說的那樣，人民團結在一起，眞的能獲得他們想要的結果。就連俄羅斯的共產黨現在也解散了，全球人們都知道ＫＧＢ是邪惡的權力組織，但我必須承認，我（或者說我們的朋友）通過發出行動指令避免了大規模的流血事件。我知道這件事已經很久了，他們可能是故意推遲這本書的出版，好讓我將此事寫入後記。

記住，人類生來就有選擇的自由。所有極權主義政權都否認這一點，他們早晚都會垮台。我建議你留意中國的動向……。

許多國家的領導者，雖然是透過所謂的民主方式選舉而上位，但他們一旦掌權就爲所欲爲。有個典型的例子就是法國政府，他們仍然在太平洋開展核子試驗，用放射源污染我們僅剩的大型自然資源，也就是海洋。我從可靠來源得知，在穆魯羅阿環礁的法國科學家非常擔心「巨人症」對一些魚類的影響，尤其是鸚鵡魚，牠們正受到穆魯羅阿周圍地區原子輻射的影響。這些魚長得有正常的三倍大。水裡還有大白鯊，但願同樣的事不會發生在牠們身上！

另外，如果你留意穆魯羅阿環礁水下爆炸的日期，你會注意到幾小時後（但通常是事件過後兩到四天）地球上的某個地方必會發生大規模的地震，是緊隨著爆炸之後發生，當然是這樣……。

法國政治家幾十年來對整個星球犯下了惡行。生爲法國人，我感到抱歉，也很慚愧……。

薩達姆．海珊（Saddam Hussein）因縱火燒了幾百口油井，也對整個星球犯下罪行。他還應該爲他在科威特的滔天惡行遭到審判。聯合國對此又做了什麼呢？而在巴西，政府正在全面破壞亞馬遜雨林和他們的下一代，同樣犯下了全球範圍的罪行。

有些人整天嚷著必須改革制度，但卻沒有任何行動。每個人都在抱怨我們的刑罰體系很差。當然很差，法律似乎是有利於騙子的。既然覺得很差，那就做點什麼啊！

還記得巴卡拉替尼星上的懲罰體系嗎？那難道不像阿茲特克人的制度一樣嗎？非常高效，所以很好用。

光說「制度不好，他們應該改改。」是不夠的。他們——你說的他們是誰？是國會議員們、是國家首腦，是那些由人民選舉出來的人，是你選出來的。想要改變制度，就必須改變法律，同時要改變領導者。你必須促使代表你的政治家們改變效率低下的法律及效率低下的制度，徹底改變。政治家通常都太過懶散，不會承擔這項任務。每項法律都需要大量的工作和責任，這對他們來說往往要求太高了；因爲，就像我說的，他們大多數是身在其位只爲謀求名譽和俸祿。順便也提一下，如果你想吸引來好的政治家，就先把他們的薪水降到跟郊區銀行經理一樣的水準，那樣你就會發現申請人數銳減，但仍要應徵的人將會是眞誠的，是眞正想要爲人民做事的人。

是你投票選舉了這些政治家，你們很多人都受夠了他們，他們沒有做到你們想讓他們爲國家做的事。有一天，時機成熟時，公民必須強迫政治家們做他們的工作：履行他們在選舉前向大多數選民許下的承諾。

在沒有其他辦法的時候，普通居民可以迫使政治家盡忠職守。他們必須如此。

注意，我們不是在討論無政府狀態，而是紀律。在國家裡，你需要紀律和規範，而不是極權主義政權，我們需要的是信守承諾的民主。如果打破承諾，你就有權做出行動，政治家掌權時讓幾百萬人失望，愚弄人民直到下屆選舉，這實在是太可惡了。

這些顯赫的政治家如果不像現在這樣把百分之八十的精力都放在內部黨爭上，必定能把本職工作做得更好。

有人會對你說，「我們能做什麼呢？什麼都做不了。」他們錯就錯在於此！

普通人可以、也必須強迫人民公投選出的政府，來完成人民選舉他們要去完成的任務。

普通人蘊藏著巨大的力量。就像阿爾奇說的那樣（見第十章），人類的智慧賦予他們一樣最強大的武器：無爲的力量。這是一種非暴力的力量，也是最佳的形式，因爲暴力只會滋生更多暴力。基督說，「凡動刀的必死在刀下。」

在中國北京，一個人單憑自己、手無寸鐵地就阻止了一輛坦克。他是怎麼做到的呢？因爲坦克裡的士兵不敢從他身上碾過，他們被這個赤手空拳者自我犧牲的舉動震驚了。

幾百萬人透過電視見證了這一幕。

甘地也是憑一己之力就阻止了可怕的流血事件。蒙巴頓伯爵意識到如果他向加爾各答派出五萬精兵，將會造成一場大屠殺，但是甘地但憑一人力量，就透過非暴力的手段避免了一場屠殺。

阿爾奇的星球一度用所謂的「拋錨車」來擋住道路；這樣的車有一萬多輛。警隊知道他們是故意的，但是卻束手無策。當消防隊或救護車不得不通過的時候，人們會把車挪到一邊、讓路給它們，當車輛過去之後人們再把車挪回原處。這就是無爲的力量。他們不動、不吃、也不喊，他們只是沉默——在沉默中對抗法律和秩序的力量。顯然地，他們說他們也很樂意清空道路，但是在沒有修理工人的情況下要怎麼做到呢？國家陷入了癱瘓。他們沒有搖旗吶喊，只有沉默的抵抗。

他們等待著對手的回應，那些正在謊言和欺騙中越陷越深的人的回應。他們向政府發函，政府已經非常清楚他們的要求，也知道他們爲什麼會在那。發信人署名是「公民先生」……。

就像阿爾奇說的，當十萬人都安靜躺在停機坪、鐵軌或者街道上，然後對員警說，「我想回家，帶我回家，我生病了，請帶我回家。」員警沒有理由把催淚瓦斯對準一群生病的人，是吧？

通過無爲的力量，人們讓整個國家停滯，沒有動用一點武力。

他們的舉動產生了立竿見影的效果。「金融大亨」，在商界掌控大權（股票市場崩潰、金價大起大落）並且和腐敗的政治家沆瀣一氣的人開始慌了，因爲他們要面對損失幾百萬美金的市場。街上的人因爲罷工損失一分，他們就要損失成千上萬。所以，哪怕是看在錢的份上，他們也不得不做點什麼，人民就這樣取得了勝利。

你是一點一滴地被限制住的。這就是我們的外星朋友所擔心的事。你是人，不是機器。就是現在，醒醒吧！

簡單舉個例子。你可曾懷疑過，如果超市突然停電會怎樣？新的收銀台和記錄價格的新條碼系統忽然無法工作，結帳員甚至無法加總貨品的價格——大部分商品都是靠刷條碼的，這樣幾乎不可能算出價錢。你腦海裡可曾閃過一個念頭：如果不對照清單，條碼系統會使得你這樣的消費者根本無從知道一罐烘焙豆子的價錢；但是對照清單可是一件繁重的工作。所以你越來越不在意你花了多少錢，就在不知不覺間，金融家把你的錢握在了手裡。

我認識一個可愛的小店老闆，他的收銀機器出了問題。正在修理的時候，我就來了。他賣給我兩件東西，每件一美元三十八美分。他花了大概三分鐘才在紙上把總數算出來，最後，我給了他五美元，他卻找給我兩美元三十四美分的零錢，就因爲他早已失去了做簡單加法的習慣，連在紙上都算不明白。他依賴機器，像他一樣的人數不勝數。人們相信信用卡和電腦，他們錯了，因爲在不知不覺中，他們就不再自己動腦思考，而是讓金融家替他們做加法運算。不知不覺中，他們就不在「自我掌控」之中了。

我們一起來做個小實驗，你就明白我在說什麼了。

準備好了嗎？好的，接上文再說幾句，我爲你做了個加法，解釋說我買了兩美元七十六美分的商品，然後店家從我給的五美元裡找給我兩美元三十四美分的零錢。還好你不是那個店家，不然你就損失了十美分。我是故意的，就是要讓你措手不及。如果，你是在讀這一段的時候停下來去計算金額的人，那麼說明你沒那麼容易被牽著鼻子走。如果你是第二類人，根本不去計算，那你最好現在就改變你的態度。你是一個活生生的人，你的體內有神的一部分，要以此爲傲，不要再像羔羊一樣。

你已經讀到了這本書的結尾，這本身就是一件很美好的事。眞的嗎？是的，因爲這說明你關心的不只有眼前的牛排、薯條、漢堡、泡菜和啤酒。你已經很不錯了！

我接下來要說的事情是直接針對世界各地幾百萬年輕人的。濤讓我寫的每件事，當然還有我剛增加的所有內容，都同樣適用於年輕人。但是我想爲年輕人特別增加一條。

我的朋友，你們之中有很多人可能已經喪失希望，丟了飯碗，感到無聊，或擠在城鎮，爲什麼不從根本上改變你的生活方式呢？與其滯留在不健康的環境中，你們可以組織起來，走上一條完全不同的道路。

我尤其想說的是澳洲，因爲我不知道其他國家具體有什麼樣的資源；但是，基本原則無疑是放之四海皆準的。

聚集到一起、組織起來，讓政府租給你們可耕種的土地，租期九十九年（有這樣的土地，相信我）。這樣，你們就可以建立集體農場，自給自足。你們將驕傲地向周圍的人證明你們不是在「混日子」，你們甚至比國家做得還要好。你們甚至可以在遵守你們所在國家法律法規的同時，用自己的規則和內部紀律建立一個「郡」。

我確信，一個好的環境會透過快樂的方式將你「推向正軌」。（不論怎樣都很浪費錢，那

麼乾脆這一次，就把錢花在一項偉大的事業上）

當然，你必須負起責任來，所有貶低你的人隨時都準備打擊你，因爲他們認爲你是「沒前途的人」。就我自己而言，我對你有一百分的信心；我相信，你們、年輕的一代，一定會建立一個更好的世界，這個世界會更清淨、更有靈性。這難道不是濤拉們傳達給你的訊息嗎？

因此，你必須證明自己能承擔責任，並制定你們自己的規則。首先就要遠離毒品，因爲你知道，毒品會干擾你的星光體，星光體是你眞正的自我，而且你根本不需要毒品。即使你們其中有誰的朋友掉入毒品的陷阱，那麼他也能在你的幫助下走出來——如果他們想要的話。你面前有巨大的職責，不僅要幫助你的同齡人，還要在新的軌跡上重新規劃你的生活。然後你們就會發現那些不爲人知的愉悅。從物質的角度，你們會「返璞歸眞」，你們會成爲第一批認眞這麼做的人。你要生存下來需要什麼呢？空氣、水、麵包、蔬菜和肉。

你可以靠自己實現這一切，而不求助於化學產品。以色列的「基布茲」就運轉得暢通無阻。你們甚至可以運作得更好，因爲，澳洲是多文化的。這不是個誰勝過誰的問題；這是好好生活、尊重自己的問題。然後在精神和娛樂方面，你們會有自己的迪斯可。知道嗎，廣袤郊野的迪斯可跟城鎮裡的一樣好玩！你們會有自己的圖書館、自己的劇院，在劇院裡你們還能創作和表演自己的戲劇。

那裡會有象棋、乒乓球、網球、保齡球、桌球、足球、籃網球、射箭、擊劍、帆板、騎馬、衝浪、釣魚和各種娛樂項目……。有些人可能喜歡傳統的跳舞，其他人喜歡武術。你們要避免容易產生太多敵意的暴力遊戲。

你會發現，大自然裡有無數的事情可做，比某個街角或任何城鎮上的事情都多。

瑜伽對你們的身心健康大有裨益。我想強調一下這方面的練習，尤其是通過脈輪的呼吸。每天早晚各三十分鐘的瑜伽練習會非常好。

你們是新的一代，你們很多人都已經明白，你們必須跟從大自然和環境的腳步，而不是反其道而行。

當你們出於善意保護樹木的時候，很多違背自然規律的蠢貨會批評你們。他們貶低你，叫你們「綠色分子」或「嬉皮士」。向整個世界、主要向你們自己證明，你們能夠說到做到，因爲當你們開始致力於集體農場時，就能保護環境更多；你們甚至能創造森林。從你們的群體中選出一些有責任感的人，不是老闆或大師，而是有責任感的人，通過民主選舉的方式推舉他們爲顧問。我敢保證，你們能夠向整個世界證明，你們比陰暗政治家領導的國家做得更好，我以宇宙的名義，感謝你們所做的一切。

濤告訴你（見第九章）宗教和政治是社會上兩個最嚴重的弊病。

因此，如果你想要用信件堆滿我的出版商的信箱，想讓我回答問題，或者建議我成爲你們的大師或創造一種宗教，請三思。那樣你就違背了我的意願，也違背了濤拉們和濤的意願，你將一無所獲。

濤告訴你，「人最偉大的神殿就在其內心；從內心出發，人可以在任何時間，以高我作爲媒介，透過冥想和專注來與創造者（他的創造者）溝通。」

別跟我說什麼建造廟宇、教堂、宮殿、靜修所或其他什麼場所。向你的內心看，你會注意到，你擁有一切你需要和「他」交流的工具，因爲當初把這些工具放到你身體裡的，也是「他」。

最後，作爲結尾，我想說：我是遵照濤和濤拉們的指示寫這本書的，作爲他們的謙卑僕人，我想最後一次提醒你們，無論有什麼宗教，不管你相信哪種宗教，都絕不會改變偉大神靈、上帝、創世者（隨你怎麼稱呼他）已經創造的一切。

任何宗教、信仰、書籍，即便是這本書，也不會影響他在宇宙中設立的眞理和規則。百川自源頭而來、終將匯入大海，就算宗教、教派或者幾十億人想要相信的事情皆與之相反，事實終究是事實。

唯一眞實不變的是創世者的法則，他一開始就想要的宇宙法則，他的法則，任何人都不能改變，絕不可能。

M. J. P. 戴斯馬克特

一九九三年四月於澳洲凱恩斯

【附錄】

摯友眼中的米歇

邁克爾・明威爾（Michael Meanwell）

二〇一八年七月十六日

http://www.MichaelMeanwell.com

使命達成

米歇・讓・保羅・戴斯馬克特（Michel Jean Paul Desmarquet）於越南當地時間二〇一八年七月九日凌晨三點十分平靜地離開了這個世界。

他去世時享年八十六歲，距他的八十七歲大壽還有七天。米歇過世，留下了他和前妻的孩子派特裡夏（Patricia）和彼得（Peter），還有他的第二任妻子雅（Nga）。

米歇在二〇一八年五月開始就一直是疾病纏身。他在胡志明市的醫院住了幾周，雅陪伴在他床畔，之後他出院回家，和家人一起度過了最後的時光。

米歇於七月十一日在南越南島入土爲安。過去十八年來他一直生活在這裡，把這裡當作自己的家。葬禮上花團錦簇，這是米歇的願望。

所有認識他的人都知道，他十分看重個人隱私，尤其是在他具有深遠意義的作品《海奧華：金色星球》（原出版名爲《第九級星球奇遇記》及《海奧華預言》）出版之後。他在二〇〇〇年離開澳洲後，不想洩露最後定居的地點。他的家人一直以來也都尊重他的願望。

相識過程

我和我的妻子依安娜有幸自一九九七年便與米歇相識。除了他的書之外對他一無所知的人，我想要跟你們分享有關他的點點滴滴。

如果要用一句話概括，只能說米歇是一個非常了不起的人，很難直接將他定義爲某一類人。他十分聰慧，性格外向，意志堅定，敏感且極富激情和同情心。他依照自己的意願生活、活到極致，而且持續保留著他所有的特質和敏銳的頭腦，直到他該離開的時候。

米歇於一九三一年七月十六日出生於法國諾曼地，他的父母分別是克勞杜密爾．戴斯馬克特（Claudumir Desmarquet）和喬其紗．戴斯馬克特（Georgette Desmarquet），他們都是專業攝影師。

米歇畢業後加入了法國軍隊。那時，凡年輕男性均被要求在國家軍隊服役兩年。他駐守在法屬赤道非洲，參與了該地區的建設和開發。服役期滿後，他回到法國的家中，短暫停留後返回非洲，他在非洲待了幾年，管理咖啡種植園並從事園林綠化的工作。

之後，他在法國擔任了幾個銷售職位，然後遇到了他第一任妻子莉娜，他們在一九六〇年結婚，當時他二十九歲。他們生下兩個孩子：派特裡夏和彼得，這兩個孩子出生在法國南部的卡龐特拉，他們的童年也在那裡度過。

沒過多久，米歇又開始不安於這樣的生活，於是在一九七一年帶著全家搬到了南太平洋的法屬新喀里多尼亞。由於島上內戰不斷升級，他們全家在一年後又再次動身，最終在一九七二年定居澳洲。

在布里斯本居住一年後，米歇在昆士蘭北部凱恩斯附近的 Freshwater 購買了五公頃土地並建了一座農場。他種植了各種蔬菜來販售，還培育了一個苗圃，也飼養了一些牲畜。

他在一九八五年出售了這處房產，在位於凱恩斯 Deeral 一處國家公園的邊上又買了十一公頃半的土地。他在這裡安家，又建了農場。這些都發生在他接觸海奧華的兩年之前。

米歇和莉娜在二十世紀九〇年代中期分居離婚，並於二〇〇〇年出售他們的房產。

他在一九九九年的最後一次巡迴演講時，中途休假去了東南亞旅行。旅行期間，他在越南遇到了雅。

一般人在六十八歲的年齡時都是放慢了生活的節奏，而米歇卻準備好迎接新的挑戰。他在二〇〇〇年二月徹底離開了澳洲，和雅一起定居在一座小島上，這裡成了他最後的家。

越南對米歇來說是個全新的世界。他不會講當地語言，也不瞭解在地文化。一切從頭來過，就像年輕時舉家搬到澳洲的時候一樣。沒過多久，米歇就愛上了島上的生活，並在二〇〇四年與雅結婚。

海奧華的信使

讀過這本書的人都知道，在一九八七年六月二十六日淩晨十二點三十分（澳洲東部標準時間），他的人生徹底被顛覆了。他當時五十六歲，自那時起，他就將這天稱爲他眞正的誕生日。米歇回來後開始寫他在海奧華停留九天的見聞。他用法語寫成《第九級星球奇遇記》，於一九八九年一月完稿。該書英文版由凱・史密斯（**Kay Smith**）翻譯，珍妮特・亨德森（**Janet Henderson**）原文版編輯。米歇在之後的三年裡不斷尋找合適的出版社，但始終沒有找到。一九九三年四月，他增加了最後一章《後記》，全書僅這一章節包含了他的個人觀點。

同年，該書在澳洲出版。自那以後，銷量躥升。該書在一九九三年、一九九四年和一九九九年在澳洲再版，一九九五年在美國出版。一九九七年和二〇〇四年該書以《海奧華預言》的名字出版。

從二十世紀九〇年代開始，該書就以十幾個語種出版，包括日語、希臘語、義大利語、法語、葡萄牙語、西班牙語、德語、瑞典語、羅馬尼亞語、波蘭語、保加利亞語、韓語，最近還出版了簡體中文版。

除了這本書之外，米歇一生還創作和出版了兩本書。這兩本雖然與第一本不同，將現實與虛幻糅合，但都包含他在金色星球上所學諸多獨一無二的重要事實。《我和她》（*She and I*）在這本書最終完稿後不久寫成，並於一九九六年出版。在一九九九年我和米歇的一次電台訪談中，米歇宣布他正在創作一本新書《自然的復仇》（*Nature's Revenge*），該書隨後在二〇〇五年完稿，二〇一二年出版。

二〇一八年，直到米歇生病前，他都在努力讓更多國家的更多讀者能夠看到他的代表作。爲了紀念這本書出版二十五周年，他最後一次將書名改爲《海奧華：金色的星球》。

這個版本的特別之處在於其中包含了米歇在星際旅行經歷後的本人原版照片，這些照片在一九九三年《第九級星球奇遇記》出版後就沒再出版過。這一版本還首度加入了海奧華星人和海奧華星球的一系列獨特插圖，這些插圖由一名澳洲畫家於一九九八年在米歇的指導下創作而成。

米歇將這些畫作委託給我，這些年來我一直將它們完整展示在我的網站上。二〇一八年，米歇重新審視了這些插圖，確保它們忠於事實，並授權在這一版本中使用這些插圖（分享於後）。

一九九三年至二〇〇〇年間是米歇爲分享海奧華訊息奔走最活躍的一段時間。此間他在澳洲舉辦了幾十場講座，也在美國巡迴演講。他在長達兩個小時的演講中做出了詳盡的介紹，包括書中未提及的新內容。因爲觀眾接二連三的提問，這些演講通常都要延時一小時才能結束。

當時，他獨特的經歷和知識得到了各種新聞雜誌的報導，他也受邀參加了澳洲和全球的許多電台和電視訪談。

米歇最後一次去墨爾本是在一九九九年。他告訴我們他想退休，但他希望有人繼續傳播他的訊息。於是，他把傳播海奧華訊息的責任交到了我和妻子手上，他說「就靠你們了！」我們是唯一被授權發表與他書籍相關演講的人。當時我們在米歇的授意下出售他的書、舉辦關於海奧華的研討會，已經持續了幾年時間。當他把這一重任交給我們的時候，他跟我們分享了很多書中沒有出現的資訊，包括如何在生活中提升靈性的練習。

二〇〇〇年米歇從澳洲移居越南，自那以後我們就保持著電話聯絡。在他生命最後的十二個月裡，我們的聯繫也從未間斷。

米歇之後再也沒發表過正式的演講，但他偶爾會和島上遇見的人談起他的經歷。他在二〇〇三年接受了最後一次媒體採訪，當時一個來自日本的電影製作團隊來訪問他，並製作了一個關於《第九級星球奇遇記》的短紀錄片。米歇非常珍視該書的日文原文版編輯版。日文版是第一批譯本之一，直到現在也是最受歡迎的版本之一。

從一九九七年七月到二〇一八年五月，我和依安娜與米歇的每次對話中幾乎都提到了海奧華。我們的討論涉獵廣泛，他餘生中滿懷著對那個特別的星球和星球上的人的強烈喜愛，從未減退。

我們任何人都不可能眞正想像米歇經歷的事情，更無法體會他從海奧華歸來的感受。多年前，他曾告訴我們，「想像一下你人生中的最愛，然後想想失去最愛是什麼感受。再把這種痛苦放大一百萬倍，這就是海奧華人離開我時我的感受。」

聚。

隨著時間的流逝，米歇也慢慢釋懷，但他從沒眞正忘記他的經歷，他老是希望能和他們重

米歇從沒和海奧華人再次親身接觸過，但他時常接收到他們通過心靈感應傳來的訊息。這些訊息通常都是指示他，告訴他可以分享一些原本到合適時機才能分享的特定資訊。他在我們的公開訪談中分享了兩個這樣的秘密。

米歇是誰

米歇的一生始終對形而上學和精神方面的主題有廣泛的興趣。從宇宙飛碟和外星生命、到靈性能力和氣場，他對所有一切的興趣從未減退。米歇還癡迷於古代人民如何建造出巨大精巧的建築，比如胡夫金字塔。年輕的時候，他可以和朋友還有孩子在這些話題和宗教話題上滔滔不絕，一連談論好幾個小時。

他在一個羅馬天主教家庭長大，但他卻從不信奉羅馬天主教。他有一次告訴我們，在去第九級星球前，他只認可一種宗教，那就是佛教，因爲他認同佛教中的轉世、業障和非暴力的概念。他在去第九級星球前認爲這種宗教是最有道理的，但在那場奇遇後，他意識到了所有宗教的通病。

我和依安娜認識米歇是在他在澳洲最後三年的時間。

依安娜每天都讀這本書，連續讀了四年，這毫不誇張。之後她和米歇取得聯絡，米歇立即邀請她在他生日當天到他家做客。她在米歇家裡住了一個星期。很快她就把米歇介紹給了我。我在電台節目中採訪過他幾次，最後終於在一九九八年墨爾本巡迴演講中有幸見到了他本人，他和我們住了一段時間。

第二年他回來的時候，我撰寫並發布了媒體新聞稿來宣傳他的講座和書，還安排了記者採訪。我還錄製了和他一系列詳細的討論，討論涵蓋了《海奧華預言》中的所有主要話題。

米歇和我們住在一起的那段時間裡，我對他有了更深入的瞭解。我們記得，米歇日出則起，清晨第一件事就是做一些身體練習，這些練習以西藏回春瑜伽收尾。要不是我們親眼看到米歇在客廳裡做這些練習，我們還真的從未聽過。他的身體和心靈一直都很健康，而且渴望充實過好每個嶄新的一天。回首過去，我

米歇（中）和明威爾夫婦，於一九九九年墨爾本的一場演講後。後方是米歇導師「濤」的等比畫像，在米歇同意下由一名墨爾本藝術家創作。（照片提供者：依安娜和邁克爾．明威爾夫婦）

們和他在一起的時候眞的很開心，他有時像孩子一樣頑皮，有時像喜劇明星一樣幽默，有時又像慈父一樣溫暖寬慰。我們和他展開了眞誠和激烈的討論。我們拋出很多問題，但時間一向不夠用，問題也老是問不完。

你應該能感覺到，米歇非常有幽默感，但他在一件事上從不開玩笑，想必你應該能猜到，那就是海奧華。只要一說到這個金色的星球（我們也確實經常會提到），米歇的態度馬上就變了。他愛這個星球和星球上的人，所以他不想在玩笑中讓人忽略這段經歷的非凡之處。

可以說，米歇是個與眾不同的人。當然，他也是我們所知唯一被帶到海奧華上的人。在一九八七年時，海奧華人本可以選擇地球上五十億靈魂中的任何一個。他們選中了米歇，其中必有原因。我很好奇，如果被選中的是我，我又會有怎樣的遭遇？你能走多遠？多久？爲了能被傾聽、能影響他人，你願意克服怎麼樣的困難？

當你們所愛之人不相信你的時候，你會怎麼辦？在你遇見的人大部分都不接受你的時候呢？那些你從不認識的人都覺得你是瘋子或者連瘋子都不如時又該怎麼辦？

我們的信使可能已經離我們而去，但他的訊息會永遠活在他的書中、講座裡、訪談間，還有他觸及到的世界各地讀者的心中。

米歇的妻子雅珍藏了他們在一起的很多美好回憶。自從她十九年前遇見他，他就沒變過。他平等對待每一個人，向所有需要幫助的人伸出援手。他所付出的，始終超過他的所得。

雅經營著一個生意興隆的度假村，度假村有三十三間平房，一晃就是十六年。她本沒想在這件事上花費這麼長的時間。直到去年她退休，她和米歐才能夠在一起度過更多屬於他們二人的美好時光。

米歐每天都會和他的侄女利利見面，她把米歐當做自己的第二個父親。她幫他處理行政事務，管理他的書，當然還經常幫他用電腦上網。米歐掌握很多本領，不過卻是個技術苦手。

隨著年歲漸長，米歐在島上的生活也放慢了腳步。他有時和大自然獨處，有時也與人共處。無論哪一種，他都十分珍惜。

他向來早早起床、做練習，然後和妻子共進早餐。有些時候，他喜歡的僅僅是在海灘上久久漫步，或者在島的北邊浮潛。剩下的時間，他會讀本好書放鬆自己，約朋友在餐廳一敘，或者是在島上來來去去的遊客中結交新的朋友。

吃過午餐、午睡過後，米歐會和朋友下棋。如果他運氣好，說不定能遇到毫無防備的新對

米歐總是在路上，拍攝於二〇一五年六月（照片提供者：Lyly Ngo）

手，一不小心敗在他的手下。

米歇一向是個精力充沛的人，始終充滿能量和熱情，讓很多年輕人自愧不如。即便是八十六歲高齡，他仍不放棄自我突破。就在他去世這一年，之前他告訴我們說他打算再寫一本書，這次主要圍繞他早年的經歷。他還計畫在二〇一九年回澳洲看看他日思夜想的家人。他也多次邀請我們去拜訪他（我們也正打算去），遺憾未嘗能有機會。

得知他去世的消息後，我們非常難過，但我們的人生卻也因爲與他相識而變得更加豐富。這我想起了這本書中的幾段話。阿爾奇與米歇見面後不久就去世了，濤提醒米歇，就跟所有活過的人一樣，阿爾奇只是換了另一種形式生存：

我起來、跟著濤走向泳池。就在這個時候，她告訴我阿爾奇遇難的事。我聽了之後十分悲傷，淚水奪眶而出。濤提醒我，阿爾奇正去往另一個轉世，我們應該像記住一位去了其他地方的朋友般記住他。

當姆大陸國王死的時候，米歇寫到：

寬闊的街道和宮殿的花園裡擠滿了盛裝的人，金字塔的塔尖連著一個巨大的白球。很明顯地，我之前所見在金字塔裡冥想的國王，就在聚集的眾人面前去世了。

伴隨著巨響，球爆炸了，人群不約而同的歡呼。這讓我感到十分驚訝，因為我印象中的死亡向來伴隨哭泣，但我的同伴是這麼解釋的：

「米歇，你忘了我們教過你的事。身體死亡時，星光體得以解放。這些人也知道這一點，因此才會慶祝。再過三天，國王的星光體將離開地球，回歸偉大的神靈，因為國王在地球上的最後一世承擔了極其艱巨的責任和使命，堪稱為楷模。」

米歇，感謝你和我們成為朋友。感謝你的真誠，你的知識，你的教導。你解開了不解之謎，糾正了歷史，撥開了迷霧，向我們展示了宇宙運轉的真相。無論怎樣，都不足以表達我對你的感激。

我想感謝派特裡夏、彼得和利利跟我分享米歇生活的點滴。

雖然對認識米歇的人來說，這是非常艱難的時期，但如果米歇還在，他一定會讓我們不要擔心，說他只不過是出去度假了而已。總有一天，他會準備踏上新的冒險之旅。

一路平安，我親愛的朋友。後會有期。

左頁起的插圖乃根據米歇・戴斯馬克特
在海奧華的經歷所繪，並且經過他的認證。

姆大陸是地球上最偉大的文明，距今已有二十五萬至一萬四千五百多年之久。圖為姆大陸的首都薩凡納薩宮。薩凡納薩的大金字塔高約四百四十公尺，是埃及最大、最古老的吉薩金字塔（又稱胡夫金字塔或契奧普斯金字塔）的三倍。兩旁高達五十公尺的雕像建造於現今復活節島的採石場，也是姆大陸的最後遺跡。而留在復活節島上的摩艾雕像，則是為了向當時訪問姆大陸的海奧華人致敬所建。

在海奧華太空船上的飛航系統之一。

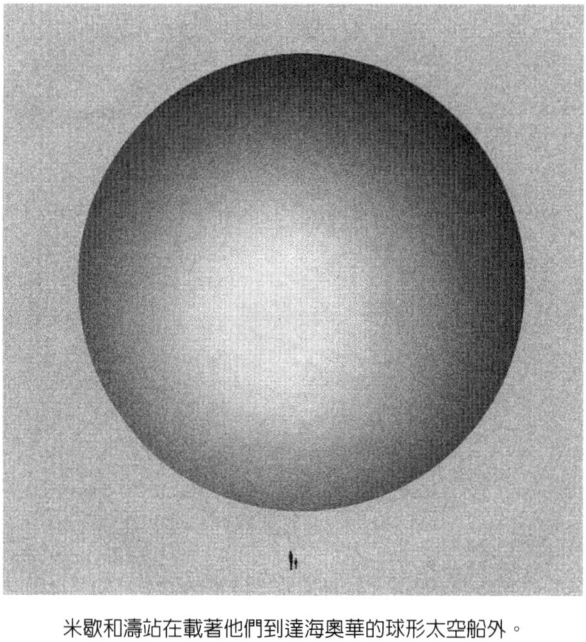

米歇和濤站在載著他們到達海奧華的球形太空船外。

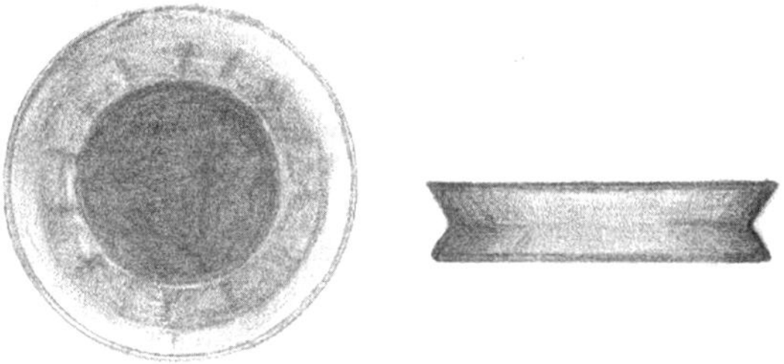

「拉提沃克」是濤用來帶著米歇（照片中戴著面具的）到海奧華各個地方的飛行台。然而，主要的旅行方式仍是借助塔拉和利梯歐拉克，亦即像是腰帶的裝置與手持遙控器搭配運用。

金色都扣是海奧華最大的都扣，也是最神聖之地。

米歐的主人「濤」：居住在金色星球海奧華，
是高度進化且雌雄同體的人類。

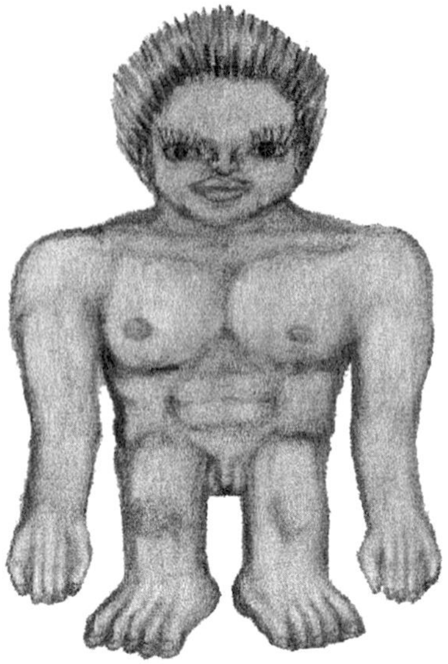

阿爾奇：米歐在海奧華所遇的天外來客之一，他來
自與地球進化水準相同的星球，但遠比我們先進。

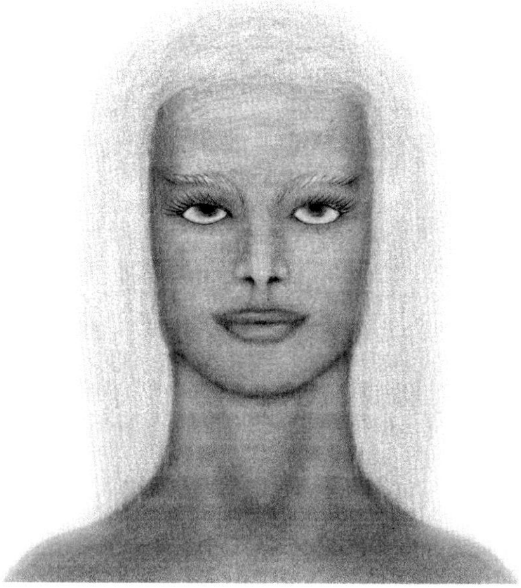

拉濤利：濤的夥伴之一。

畢阿斯特拉：海奧華太空船的總指揮官。

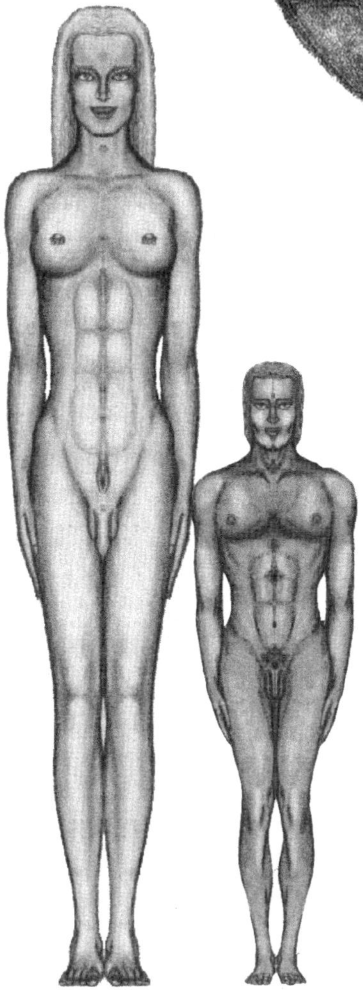

海奧華人的身高有三公尺。

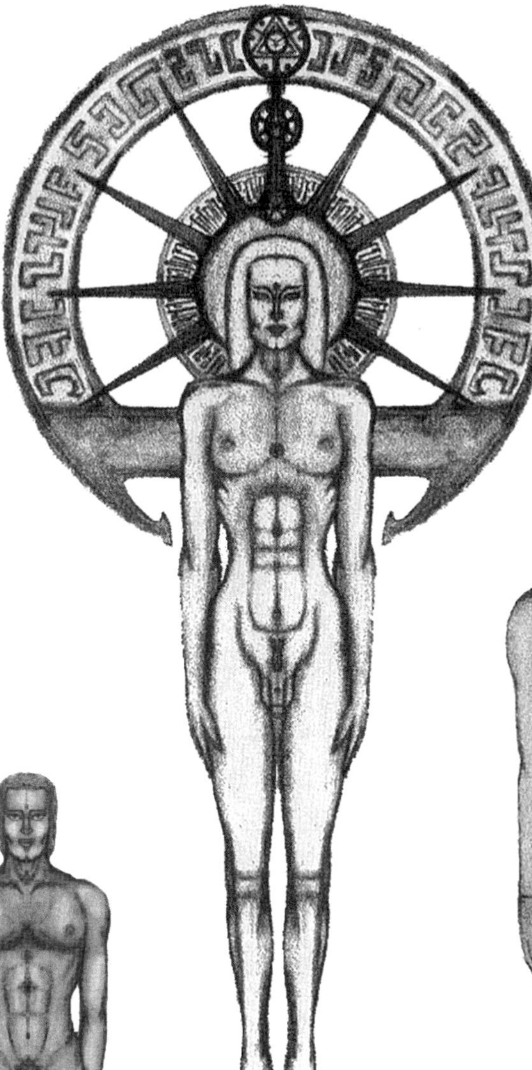

海奧華的雕像之一。

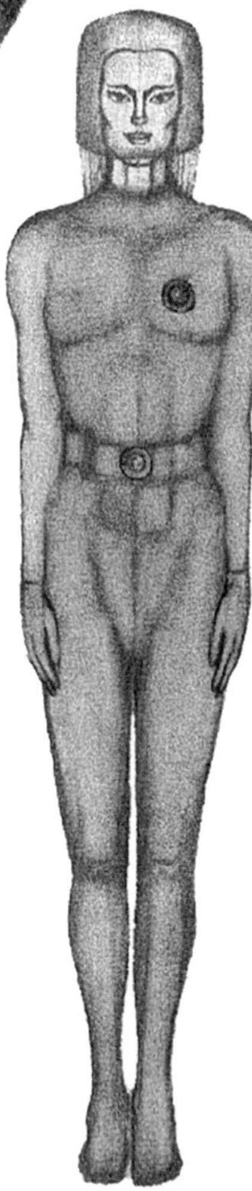

濤在太空船上穿的工作服。

濤拉：海奧華上的七位大師。他們是該星球上進化程度最高的人，他們充滿活力的光環在周圍延伸了數百公尺。

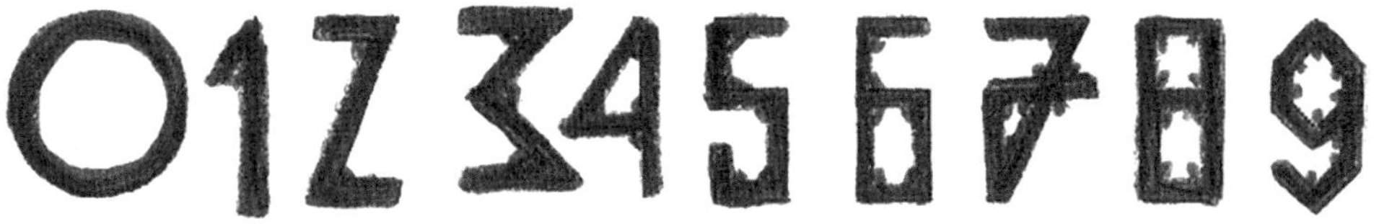

海奧華的數字系統：我們所知道的阿拉伯數字源自海奧華。

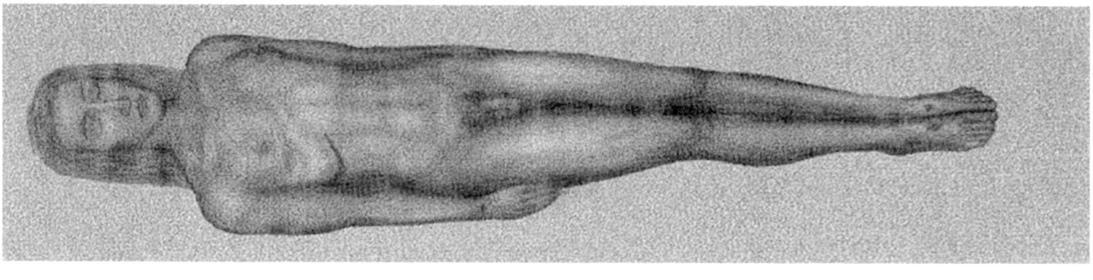

耶穌基督的身體：保存在停滯狀態中，耶穌的屍體是神聖「金色都扣」中所保存近一百五十具身體之一。

冥想中的海奧華人。

眾生系列　JP0165

海奧華預言：第九級星球的九日旅程．奇幻不思議的眞實見聞

Thiaoouba Prophecy

作　　者／米歇．戴斯馬克特（Michel Desmarquet）
中 譯 者／張嘉怡
審 校 者／ Samuel Chong
責任編輯／劉昱伶
內頁排版／歐陽碧智
封面設計／兩棵酸梅
業　　務／顏宏紋
印　　刷／韋懋實業有限公司

發 行 人／何飛鵬
事業群總經理／謝至平
總 編 輯／張嘉芳
出　　版／橡樹林文化
城邦文化事業股份有限公司
115 台北市南港區昆陽街 16 號 4 樓
電話：(02)2500-0888　傳眞：(02)2500-1951
發　　行／英屬蓋曼群島商家庭傳媒股份有限公司城邦分公司
115 台北市南港區昆陽街 16 號 8 樓
客服服務專線：(02)25007718；25001991
24 小時傳眞專線：(02)25001990；25001991
服務時間：週一至週五上午 09:30 ～ 12:00；下午 13:30 ～ 17:00
劃撥帳號：19863813　戶名：書虫股份有限公司
讀者服務信箱：service@readingclub.com.tw
香港發行所／城邦（香港）出版集團有限公司
香港九龍九龍城土瓜灣道 86 號順聯工業大廈 6 樓 A 室
電話：(852)25086231　傳眞：(852)25789337
Email: hkcite@biznetvigator.com
馬新發行所／城邦（馬新）出版集團【Cité (M) Sdn.Bhd. (458372 U)】
41, Jalan Radin Anum, Bandar Baru Sri Petaling,
57000 Kuala Lumpur, Malaysia.
電話：(603) 90563833　傳眞：(603) 90576622
Email：services@cite.my

初版一刷／ 2020 年 1 月
初版三十八刷／ 2024 年 8 月
ISBN ／ 978-986-98548-2-5
定價／ 400 元

城邦讀書花園
www.cite.com.tw

國家圖書館出版品預行編目（CIP）資料

海奧華預言：第九級星球的九日旅程．奇幻不思議的真實見聞 / 米歇．戴斯馬克特（Michel Desmarquet）著；張嘉怡譯. -- 初版. -- 臺北市：橡樹林文化，城邦文化出版：家庭傳媒城邦分公司發行，2020.01
面；　公分. --（眾生系列；JP0165）
譯自：Thiaoouba prophecy
ISBN 978-986-98548-2-5（平裝）

887.157　　108023076

廣　告　回　函
北區郵政管理局登記證
北台字第 10158 號
郵資已付　免貼郵票

115 台北市南港區昆陽街 16 號 4 樓

城邦文化事業股份有限公司
橡樹林出版事業部　收

請沿虛線剪下對折裝訂寄回，謝謝！

|橡|樹|林|

書名：海奧華預言：第九級星球的九日旅程・奇幻不思議的真實見聞
書號：JP0165

橡樹林文化
讀者回函卡

感謝您對橡樹林出版社之支持，請將您的建議提供給我們參考與改進；請別忘了給我們一些鼓勵，我們會更加努力，出版好書與您結緣。

姓名：________________ □女 □男 生日：西元__________年

Email：________________________________

● 您從何處知道此書？

□書店 □書訊 □書評 □報紙 □廣播 □網路 □廣告 DM □親友介紹

□橡樹林電子報 □其他__________

● 您以何種方式購買本書？

□誠品書店 □誠品網路書店 □金石堂書店 □金石堂網路書店

□博客來網路書店 □其他__________

● 您希望我們未來出版哪一種主題的書？（可複選）

□佛法生活應用 □教理 □實修法門介紹 □大師開示 □大師傳記

□佛教圖解百科 □其他__________

● 您對本書的建議：

____

____

____

____

____

我已經完全瞭解左述內容，並同意本人資料依上述範圍內使用。

________________（簽名）

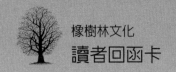